La morale

PERSPECTIVES LITTÉRAIRES

Collection dirigée par
Michel Delon et Michel Zink

MICHEL JARRETY

La morale dans l'écriture
Camus Char Cioran

Ouvrage publié avec le concours
du Centre National du Livre

Presses Universitaires de France

Du même auteur

Édition de *Cartesius redivivus* de Paul Valéry, Gallimard, 1986.

Édition de *Lettres et notes sur Nietzsche* de Paul Valéry, in *Valéry pour quoi ?*, Impressions Nouvelles, 1987.

Valéry devant la littérature. Mesure de la limite, PUF, coll. « Écrivains », 1991.

Paul Valéry, Hachette, coll. « Portraits littéraires », 1992.

La Poésie française du Moyen Age jusqu'à nos jours, PUF, coll. « 1er Cycle », 1997 (en collaboration).

La Critique littéraire française du XXe siècle, PUF, coll. « Que sais-je ? », 1998.

Édition d'*Alphabet* de Paul Valéry, Livre de Poche, LGF, 1999.

ISBN 2 13 049781 0
ISSN 1242-482 X

Dépôt légal — 1re édition : 1999, janvier

AVANT-PROPOS

Nous sommes désormais sortis d'une époque où la disjonction radicale de l'auteur et de l'œuvre conduisait à n'envisager la relation de l'écrivain au monde, pour l'essentiel, que sous la forme d'un engagement qui, justement, le dégageait largement de ce qui l'avait fait écrivain, et l'établissait parmi les intellectuels. Le prestige que ses livres lui valaient pouvait sans doute fonder l'autorité qu'on lui reconnaissait : elle se dissociait néanmoins largement de ce qu'il avait pu écrire et procédait moins de l'auteur lui-même que de la figure publique qui s'était construite à partir de lui. Ainsi socialisée, rabattue au versant de l'histoire culturelle et du politique, la présence de l'auteur au monde se trouvait pour une part déliée des valeurs que ses livres, précisément, mettaient en œuvre, et dont on ne retenait, dans le meilleur des cas, que des principes abstraits, c'est-à-dire séparés tout à la fois de l'expérience privée qui les avait forgés et de la forme qui leur donnait force. Quant aux propositions que sa parole publique formulait, l'efficacité fatalement exigeait qu'elles ne fussent pas seulement les siennes.

Or ces positions collectives d'écrivain engagé, soucieux de mettre au service de la communauté la reconnaissance que ses livres lui valent, on ne saurait les confondre avec les valeurs d'autre part singulières qui travaillent une œuvre et pour une part la définissent en même temps que s'y découvre l'éthique de l'écrivain. Confusion que le terme de moraliste certainement facilite, s'il suppose que l'écrivain se tourne vers autrui, entendu comme lecteur, tout ensemble, et comme objet d'étude ou d'intérêt. En un premier sens, lorsque le surplomb d'une parole un peu trop volontiers sentencieuse ou bien prescriptive permet que l'écrivain qui la profère soit qualifié de moraliste, et parfois indépendamment de ce que son œuvre réellement affirme : c'est pour une part l'ambiguïté de

Camus. En un second sens, lorsqu'une lecture assez hâtive des textes justifie que soit aussi désigné comme tel l'écrivain dont les livres, par une thématique d'apparence pessimiste ou une forme d'apparence fragmentaire, semblent s'inscrire dans la continuité de l'âge classique : on élude alors volontiers la question de savoir si cette œuvre répond à une exigence personnelle qui l'écarte des autres – c'est un trait de la modernité – ou si elle se tourne au contraire vers une communauté susceptible de partager ce qu'elle affirme.

Parler de morale dans l'écriture, ce sera donc analyser les flottements de ces deux sens et les incertitudes proprement littéraires qu'ils supposent, et repenser dans cette perspective ce qui lie moralement un Sujet à son œuvre et au monde. Non qu'il s'agisse de revenir à un quelconque biographisme, ni de réduire la différence entre l'être empirique et l'instance d'écriture, mais bien plutôt de chercher comment une expérience existentielle informe pour une part l'œuvre qui ne l'exprime pas comme telle – elle la met à distance et pourtant la maintient – et définit chez certains écrivains le souci éthique de ne pas éluder, dans l'acte même d'écrire, les valeurs qu'il suppose et que l'écriture même permet de formuler. Un souci de vérité en procède, dont l'autre nom, et peut-être meilleur car délié de toute tentation d'absolu, est *l'authenticité* qui ne sépare pas l'écrivain du Sujet qu'il demeure : non par ce qu'il affirme dans le siècle, même si son œuvre est lue, mais par ce qu'Yves Bonnefoy appelle la *vérité de parole*. L'analyse ne cessera donc pas ici de se conforter à la distinction nécessaire entre une morale reçue comme code de prescriptions collectives qui renvoie fatalement à des impératifs issus de valeurs absolues et parfois transcendantes, et une éthique au contraire définie comme ces règles de vie individuelles et immanentes, relatives au bonheur de qui les choisit pour soi-même. Puisqu'il ne s'agira pas d'abord d'envisager la manière dont une morale partagée s'exprime dans une œuvre, ni comment celle-ci peut conforter celle-là ou à l'inverse la contester, mais comment des valeurs singulières se construisent pour gouverner, d'un même mouvement, et une existence et une œuvre, l'évidence s'impose que ce livre se fût plus justement intitulé *Éthique et écriture*. Mais si l'éthique est aujourd'hui devenue l'appellation euphémisée, frileuse, et finalement mondaine d'une morale qui ne s'avoue pas de peur qu'en soit refusée la mesure nécessairement prescriptive, alors que derrière elle, pourtant, c'est en réalité la morale qui s'avance masquée pour conjurer le péril, justement, de tout ordre moral – le terme d'éthique risquait de prêter à malentendu, et il m'a semblé finalement plus efficace de préférer *La morale dans l'écriture,* dont le bénéfice est par ailleurs de maintenir plus clairement la référence aux moralistes.

Référence fragile, car l'écrivain moderne creuse avec eux des différences sensibles. Il n'est plus le dépositaire de valeurs que partagerait la communauté sociale ou religieuse à laquelle il se trouve intégré, et parce que le romantisme a fait de l'individu un Sujet, contre une morale commune, sinon vraiment universelle, chacun devient insensiblement le fondateur d'une éthique singulière. L'entrée en force de l'Histoire ouvre alors une seconde différence : dès la fin du XVIIIe siècle, la pensée du monde s'historicise, sous la forme d'un progrès possible ou dans la désillusion qui s'ensuit. Bien des œuvres contemporaines en témoignent, et certainement au premier chef celles qui s'écrivent au tournant de la Seconde Guerre mondiale. La situation de l'écrivain, la solidarité avec le présent de l'Histoire et avec la communauté qui l'incarne s'en trouvent naturellement troublées, ébranlées parfois – et confortent souvent l'exil qui rabat le Sujet sur lui-même s'il est vrai, pour reprendre une formule de Gracq, que le *sentiment du non* l'emporte sur le *sentiment du oui.* Parce qu'enfin cette évolution s'accompagne de ce qu'on nomme commodément la Mort de Dieu, événement lui-même historique dans la pensée occidentale, les valeurs communes se trouvent d'autant plus corrodées que le passage à une morale postkantienne fondée sur la responsabilité propre au Sujet bien plutôt que sur la soumission à un corps de valeurs partagées trouve sa vraie mesure dans le comportement propre à chacun. Le sens du terme de moraliste s'en trouve radicalement infléchi – jusqu'à nous faire douter qu'on puisse encore y recourir sans beaucoup de confusion.

De telles questions, il m'a semblé qu'il pouvait y avoir quelque pertinence à montrer comment elles travaillent les œuvres de Camus, de Char et de Cioran, pour ce qui d'évidence les distingue – leur écriture d'abord, l'acceptation ou le refus d'une forme d'engagement, une présence au monde contestée sur des modes divers, des valeurs orientées vers la communauté ou au contraire séparées d'elle – mais également ce qui les rapproche assez pour que les études qu'on va lire ne soient pas dénuées de cohérence. Il a pu arriver en effet que chacun d'eux soit qualifié de moraliste, et pour des raisons différentes dont j'essaierai de montrer qu'elles ne sont jamais totalement convaincantes : le premier par le souci qui lui fut prêté de fonder une morale et la vigueur qu'il mit à défendre publiquement des principes qu'il tournait volontiers vers l'universel ; les deux autres par la parenté que certains de leurs fragments, ramassés sur une proposition de tonalité parfois générale, cités souvent de manière ornementale, pouvaient entretenir avec le frappé de la maxime. Cette qualité de moraliste tenait bien évidemment pour beaucoup à la vigueur d'affirmations qui volontiers démasquent et à l'amère lucidité dont leurs œuvres témoignent : il n'est donc pas indifférent que ces trois écrivains aient connu les épreuves – et les désillusions – propres à la même génération. Ce qui se découvre en eux de pessimisme, ils lui opposent pourtant une contestation puissante dans le désir, selon la belle formule de Char, de se forger une *santé du malheur*. Cette faille ouverte entre ce qu'on peut vivre comme bonheur et penser comme malheur est alors essentielle, bien qu'elle se marque en chacun d'eux de manière différente : par l'harmonie avec le monde sensible chez Camus ou bien Char, par l'aveu, chez Cioran, d'un amour de la vie que son œuvre dément et cependant laisse entrevoir dans la jubilation de l'écriture.

Le même refus de l'ordre présent se manifeste chez tous les trois, mais il prend une forme différente pour chacun, ouvrant à la révolte, chez Camus, mais au souci d'autrui, à une volonté de rupture personnelle chez René Char, et à la souffrance, chez Cioran, d'être entraîné dans l'aventure humaine entendue à la fois comme expérience de l'Histoire et de l'être : un radical refus de la communauté l'accompagne, et à l'égard d'autrui une distance qui n'écarte pas la détestation et le distingue à la fois de Camus et de Char. Ceux-ci ne désespèrent pas de redresser l'homme : Cioran l'abandonne au contraire à sa chute. Reste néanmoins pour chacun – et c'est peut-être l'essentiel de ce qui fait leur modernité et qu'on a jusqu'ici insuffisamment souligné – la nostalgie plus ou moins manifeste d'une antériorité perdue, et dans le même temps, le souci, qu'il faudra évaluer à sa juste mesure, d'une forme de transcendance qui est aussi peut-être une forme de nostalgie. Dans le congé donné au sens que le christianisme avait pu imposer et que chacun d'eux récuse, dans le refus maintenu d'une attente simplement chargée d'espérance, tous les trois préservent ainsi, dans le rapport au monde, l'essentiel souci d'une plénitude différemment atteinte, et d'une essentielle souveraineté qu'il s'agit de conquérir, dans l'affrontement, pour Char, avec ce qui lui paraît condamnable ou bien méprisable, dans le désir chez Camus d'une action partagée, susceptible d'ouvrir à une plus juste harmonie et tout à l'inverse, chez Cioran, dans le refus de se soumettre à une Histoire mauvaise où le désastre humain ne peut guère que s'accroître. Pensées du présent en tout cas qui, en rupture avec les confortables idéologies du progrès, déjouent constamment l'illusion d'un avenir projeté comme meilleur, c'est-à-dire séparé, et ne s'attachent qu'à une manière de mieux vivre dans une lucidité constamment reconquise qui est précisément ce qui ouvre, chez chacun d'eux, l'essentielle tension entre la plus sombre pensée du réel, et cependant l'acceptation de ce qu'il est.

Les valeurs forgées par ces trois écrivains, l'essentiel ne sera donc pas de les étudier dans le prolongement qu'elles ont pu avoir au dehors, mais dans le soubassement intérieur, bien plutôt, qu'elles ont constitué pour leur œuvre. Du côté du dehors en effet, chacun, face à son temps, a choisi une position différente : Char a combattu par les armes et Camus par la plume ; quant à Cioran, après le trouble des années roumaines et le malheureux soutien apporté à la Garde de fer fascisante, il s'est farouchement refusé à toute position publique, préférant s'établir dans une solitude essentielle et ne pas faire acception des conséquences morales de ce qu'il écrit. Du dedans, cependant, la dimension pleinement éthique de leur œuvre se découvre identiquement dans le refus radical, et formulé souvent de manière jumelle, d'exprimer quoi que ce soit qui n'ait pas été intimement éprouvé – dans l'épreuve justement de ce qui reste une manière de drame personnel : d'où le congé donné par tous les trois à toute proposition abstraite, c'est-à-dire séparée du monde, comme à toute pensée dénouée de celui qui l'énonce. La question de la réception se pose donc en termes chaque fois différents car si Camus tourne volontiers son œuvre vers des lecteurs susceptibles de s'y reconnaître, René Char l'en éloigne davantage – c'est en particulier ce qu'on nomme son hermétisme –, et Cioran délibérément la rabat sur l'indélivrance personnelle qui la fonde. Lire ces œuvres au plus près de ce qu'elles signifient, c'est ne pas trahir cette différence où s'affirme en particulier la tension entre la morale et l'éthique, le difficile partage de l'une à l'autre qui pour une part – celle qui précisément me retiendra ici – gouverne le sens qu'il peut y avoir, finalement, à écrire.

CAMUS :
LE REFUS DE LA SÉPARATION

L'évidence confortable où l'image de Camus s'est lentement constituée puis, semble-t-il, figée à sa disparition, et qui ne cesse de tacitement s'imposer est qu'en lui se maintient la tradition des moralistes : enrôlement commode qui, au lieu d'établir Camus dans toute sa singulière identité, de faciliter l'approche de la dimension morale de son œuvre, ou mieux encore d'en saisir la question, ne fait guère que brouiller sa figure – et avant tout par un étrange retournement qui fut parfois, songeons à Sartre, celui des hommages nécrologiques. Car, d'un mouvement retors, le même terme de moraliste qui, de son vivant, avait été si souvent opposé à Camus lorsqu'il s'agissait de contester le fondement de sa parole, il suffisait que l'écrivain disparût pour qu'il vînt s'inverser en un éloge de l'écrivain glorieusement intégré à une filiation classique. Un tel renversement du négatif au positif ne fait cependant que substituer une manière d'exclusion à une autre puisque, si qualifier Camus de moraliste, c'était d'abord le séparer de la communauté au-dessus de laquelle on le disait exhaussé pour parler, l'installer peu après dans la tradition d'un ancien héritage littéraire, c'était le détacher du temps présent, dénouer son œuvre de toute actualité, et finalement en faire une lecture déplacée.

Il se trouve en effet, j'essaierai de le montrer, que Camus ne fut pleinement moraliste en aucun de ces deux sens, et que ce statut qui lui est si ordinairement reconnu témoigne d'abord d'une approche incertaine et d'autre part immobilise abusivement une pensée en mouvement dont l'intérêt toujours présent est d'avoir voulu concilier le souci de soi, selon l'expression naguère proposée par Foucault, et le souci de l'autre – mais dont l'évolution appelle d'autre part des réponses nuancées. En premier lieu, parce que le refus, chez lui, de la prescription impérative et le désir, à l'inverse, de principes partagés et vécus par chacun témoignent d'une recherche plus éthique que morale. En second lieu, parce que la préoccupation qui se fait jour en effet sous ce terme de morale dont Camus fait lui-même un usage assez flou, en un long quart de siècle a été conquise avant tout sur lui-même, sans cesse reprise ensuite dans la confrontation aux événements, et toujours attachée au travail même d'une écriture qui ne s'en distingue pas, et de surcroît s'écarte de la tradition classique que d'ailleurs l'écrivain conteste. Ce qui se dessine ainsi, c'est fondamentalement la recherche d'une cohérence sans doute impossible entre les exigences d'un Sujet et l'évolution d'une société contestée, mais entre les ressources aussi d'un écrivain et l'ambition *présente* qu'il assigne à son œuvre, au-delà de la sagesse parfois irréelle qu'accrédite le ton sentencieux. Il y va d'une approche de la littérature dont le souci authentique est de ne pas s'écarter du monde, d'une position également de l'auteur qui n'absente jamais la communauté. Le malentendu en effet ne s'est pas tout à fait dissipé qui constituait Camus en un fondateur de morale – et ce fut en particulier la lecture parfois de *La Peste* –, quand en réalité son œuvre entière ne fait jamais qu'explorer patiemment la difficile question de sa possibilité. Que cette recherche, objet de tensions et de déceptions, ait fait de lui un *être de morale* – en un sens qui d'ailleurs maintient des variations –, cela ne doit pas trop rapidement porter à voir en lui un moraliste, et si un glissement s'est fait jour qui l'a insensiblement transformé en un *être pour la morale* – et ce fut à certains égards l'évolution de l'écrivain, le risque aussi de sa figure publique –, on ne saurait l'y figer sans explications.

Tout commence, en effet, par un refus qui se propose plutôt comme une manière d'amoralisme, parce qu'il entend dénouer, ou peut-être ignorer, toutes obligations antérieures. Si la pensée de Camus affirme ainsi d'emblée une mesure éthique qui en fait une manière d'être au monde, c'est qu'elle investit la pensée pour en déjouer l'abstraction, c'est-à-dire la séparation d'avec le réel qui est une des modalités du leurre, car si d'évidence elle permet de penser, d'évidence aussi l'abstraction détourne de voir : proche en cela de Cioran, Camus considère que ce qu'elle pense n'est jamais le monde, mais l'image qu'elle en compose et qui n'est pas lui, parce que finalement cette image *n'est pas*. Pour que cette première mesure éthique s'élargisse, il faudra qu'à cette résistance à toute réflexion détachée qui fatalement conduit ailleurs, vienne se superposer le refus d'une seconde séparation : celle qui permet que l'existence individuelle trouve son accomplissement hors du souci de la communauté des êtres dont seule une morale partagée peut construire l'harmonie. La lucidité camusienne qui s'attache à l'absurde puis à la révolte n'est donc rien d'autre que la constante remise en cause de tout ce qui éloigne du réel où celui qui pense demeure présent ; mais parce qu'elle suppose également la volonté de définir une règle de vie où se maintienne la solidarité des êtres, alors s'inaugure le conflit, qui ne cessera pas, entre les exigences d'une morale collective et pour chacun celles d'un accomplissement de soi – aporie que Camus essaiera de lever de diverses manières. En théorie et dans l'action, mais au regard aussi de toute existence singulière : lorsque, dans la préface qu'il rédige au début des années cinquante pour *L'Envers et l'Endroit*, il revient sur cette question centrale, c'est pour opposer explicitement à la nature cette morale qui la corrige et préciser que le prix de l'effort consenti est une limitation de la vie ; et lorsqu'en 1953, il présente au lecteur le recueil d'*Actuelles II*, l'avant-propos souligne que si ce livre est bien encore l'affirmation qu'une morale est possible, l'auteur n'en oublie pas le coût.

Ainsi se trouve définitivement formulée la tension qui, sur tant de modes, parcourt l'œuvre, entre l'accomplissement heureux de l'expérience humaine, et la nécessité pourtant de règles qui astreignent l'individuel au souci d'une *valeur* commune : ce sera, parmi d'autres, un des enjeux de *La Peste*. La plénitude existentielle suppose l'entier accord individuel de l'homme à la réalité sensible, celui même dont *Noces* ou bien *L'Été* célèbrent la louange, celui dont *Le Premier Homme*, parfois superbement, donne aussi la mesure ; mais l'harmonieuse unité des êtres, qui suppose une morale, est une valeur supérieure à cet épanouissement privé, et sa découverte est précisément le passage – ou peut-être le saut – qui s'opère du *Mythe de Sisyphe* à *L'Homme révolté*, comme de *L'Étranger* à *La Peste*. L'originalité de Camus fut cette recherche patiente d'une position, ou d'un impossible point d'équilibre, où se puissent concilier l'éthique individuelle qu'il théorise d'abord, et la morale de la communauté qu'il cherche en un second moment qui n'efface pas le premier mais s'attache à le dépasser. De l'un à l'autre, il se peut bien que la différence parfois éclate : c'est elle qu'il s'agit justement d'exposer si Camus n'a cessé de vouloir la réduire.

ÉLOGE DE LA PRÉSENCE

Le commencement ne se sépare pas, chez Camus, de l'innocence qu'entamera le surgissement de la pensée, ou mieux encore de cette *réflexion* où s'établit un face à face entre la plénitude et la finitude de l'être.

A un lecteur du *Mythe de Sisyphe*, l'auteur concède, pendant la guerre, qu'il a raison de déceler dans son livre « le goût des paradis perdus » – et c'est pour ajouter : « L'absurde n'aurait pas de sens hors de la nostalgie » (*E* 1423 *sq.*)[1]. L'évidence s'impose que l'absurde n'est pas un mouvement premier, ni d'ailleurs *naturel*, mais une réaction réflexive qui ébranle la perception originelle d'une nature et d'une communauté humaine harmonieuses, comme d'un monde qui n'a besoin d'aucune morale. Ce paradis perdu est un âge d'innocence, et tout se passe comme si ce commencement bienheureux, enfance du monde peu séparable de la propre enfance de Camus, prenait soudain sa pleine valeur de *mythe* – que l'on entende le mot comme le légendaire récit, justement, d'un commencement, ou, dans une acception plus ordinaire, comme une fiction, voire un mensonge subitement révélé par la réflexion. Non qu'il s'agisse ici d'un reniement. Mais ce passé trouvait sa possibilité, ensuite perdue, dans l'absence de lucidité qui, faisant de l'enfant un être de nature, lui permettait de le vivre pleinement : dans le sommeil de la conscience lié au sentiment que la beauté fût éternelle et heureuse la palpitation des choses. Ce que dit très clairement *Le Mythe* : « Si j'étais arbre parmi les arbres, chat parmi les animaux, cette vie aurait un sens, ou plutôt ce problème n'en aurait point, car je ferais partie de ce monde. Je serais ce monde auquel je m'oppose maintenant, par toute ma conscience [...] » (*E* 136). Or le problème dont parle Camus est précisément cet écart entre la conscience et le monde, cette différence qui interdit une naturelle intégration, et défait le Sujet de cette ancienne conaturalité avec le réel qui l'accueille.

La question que pose la conscience est bien celle du sens – donc de l'absurde tel que le définit Camus comme divorce lucidement constaté entre l'être et le monde. La conscience ne dédouble pas, comme il advient par exemple chez Rousseau : elle sépare, et cette rupture ne peut être évitée, car celui qui choisit de la refuser ne retrouve aucunement l'harmonie antérieure irrémédiablement perdue, mais accroît au contraire la distance en acceptant une illusion métaphysique qui accorde à l'être un sens qu'il n'a pas : selon le mot de Nietzsche, un « arrière-monde » se crée, qui retient de vivre pleinement. C'est pourquoi le même exercice de lucidité qui dans un premier temps éloigne du monde, dans un second

1. Nous désignerons les deux volumes des *Œuvres* de Camus procurés par Roger Quillot dans la Bibliothèque de la Pléiade, *Essais* d'une part, et d'autre part *Théâtre, Récits, Nouvelles* (rééd. de 1965 et 1967) respectivement par la lettre *E* et la lettre *T,* suivies du numéro de la page. La lettre *C,* accompagnée d'un chiffre romain, renverra, quant à elle, aux trois tomes des *Carnets* parus chez Gallimard en 1962, 1964 et 1989.

moment y reconduit par le refus maintenu d'une pensée qui ordonne le monde *du dehors* ; la vraie conscience est d'aller vers une autre harmonie, construite sur l'acceptation, tout ensemble, et le dépassement de l'absurde. Mouvement de bascule que Camus a lui-même explicitement formulé : « L'erreur serait de dire que le bonheur naît forcément de la découverte absurde. Il arrive aussi bien que le sentiment de l'absurde naisse du bonheur » (*E* 197). S'il n'y avait pas eu de bonheur fondateur, l'absurde n'eût rien détruit ni ouvert à aucune inquiétude ; mais si le sentiment de l'absurde ne s'était pas fait jour, la conscience d'un bonheur à forger – et qui ne naît pas *forcément* – ne se serait pas substituée à l'inconscience d'un premier bonheur éprouvé.

Or, ce bonheur n'est pas le même. La lucidité, en effet, qui accompagne l'absurde exhausse en même temps l'être humain – et il peut donc y avoir un « bonheur métaphysique à soutenir l'absurdité du monde » (*E* 173) : la *soutenir*, c'est-à-dire la défendre comme thèse et construire ce qui permettra de l'accepter, mais encore la dévisager d'un regard qui demeure une tension, ou une épreuve de force. Aussi la vie qu'envisage Camus apparaît-elle comme immédiate : présente, et en particulier par la sensualité de la relation maintenue avec toute beauté des choses, mais aussi dégagée de la médiation d'aucune pensée qui ne soit, au plus près, la pensée de cette proximité. Tel est le vrai mouvement, puisqu'il écarte la transcendance qui substituerait un espoir – que le monde n'offre pas – à un désespoir au contraire naturel puisque né de la constatation de l'absurdité du monde. Le désespoir n'est donc pas refusé, mais plutôt combattu car l'écarter serait témoigner d'une faiblesse qui consiste précisément à s'abandonner, pour l'avenir, à un espoir qui n'est rien d'autre que l'image inversée, projetée dans le futur, de l'unité originelle perdue : « Tant que l'esprit se tait dans le monde immobile de ses espoirs, tout se reflète et s'ordonne dans l'unité de sa nostalgie » (*E* 111). Le même *silence* se fait écho dans le passé perdu dont le bonheur était absence de pensée, et dans l'avenir rêvé dont l'illusion est une pensée détachée du présent.

L'absurde, sans doute, est la défaite de cette nostalgie, mais il est aussi bien la force qui lui est opposée. Le face à face avec le monde est une forme d'insoumission, le refus de plier la raison à l'irrationnel, et la liberté qui en procède tient à l'éloignement des abstractions. L'absurde, ainsi, supprime la pensée symétrique du passé et de l'avenir par un double congé qui entraîne l'*éloge de la présence* qui, chez Camus, ne cessera pas : « Le présent et la succession des présents devant une âme sans cesse consciente, c'est l'idéal de l'homme absurde » (*E* 145). Or si l'acceptation du désespoir est le propre, on le sait, des pensées tragiques, c'est à tort certainement que les premiers lecteurs de Camus s'y sont trop souvent arrêtés – jusqu'à Sartre lui-même qui, commentant *L'Étranger*, avait cru retrouver dans les thèmes du *Mythe* ceux qui « servirent de lieux communs au pessimisme classique »[1]. Car un tel pessimisme, justement, la volonté camusienne fut de lui opposer, non certes un optimisme, mais une manière de vivre au présent – qui ne fût reçue de personne, mais fondée au contraire par la raison d'un *Je* capable de s'ouvrir à la plénitude d'un monde vécu, sans accepter de lui prêter un sens qui en soit détaché. Cela suppose un raisonnement.

On a souvent souligné la forme cartésienne que revêt la pensée de Camus dans *Le Mythe* puis dans *L'Homme révolté*, le premier reprenant le protocole du doute méthodique, le second affirmant un nouveau Cogito. Si l'absurde, en effet, suppose une *tabula rasa*, c'est par la nécessité d'écarter toute pensée séparée, ou métaphysique ou morale, et cette table rase, en même temps qu'elle ouvre à un sentiment de solitude, permet une affirmation de liberté. Or il faut souligner la singularité de l'acte fondateur que représente, après la constatation de l'absurde, l'*acceptation* de la vie qu'exprime le refus du suicide car cet acte d'entière liberté est l'instauration d'un choix essentiel qui prend à revers, non seulement le pessimisme tragique, mais également le nihilisme dont Camus reconnaît qu'il n'est pas étranger au sentiment absurde. Car si « le nihiliste n'est pas celui qui ne croit à rien, mais celui qui ne croit pas à ce qui est » (*E* 479), selon la définition que Camus tire de Nietzsche, la seule question qui importe en procède : celle de l'acceptation ou du refus de la vie – en même temps que du monde réel. Or la position de Camus inverse précisément les termes de la définition : il ne croit en effet à rien mais, à la différence du nihiliste, il croit à ce qui est, et la disparition de tout espoir, le refus de toute transcendance ne se perçoivent pas comme un manque, car ce qui fait ainsi défaut, en réalité, n'était *rien*[2].

Cet éloge de la présence qui entraîne, ici et maintenant, la disparition de toute signification séparée, congédie aussi bien – définitivement – toute téléologie, et partant toute doctrine qui prétend sacrifier le présent à un avenir meilleur. A cet égard, Camus ne distingue pas l'irrationalité religieuse de la rationalité idéologique : dans l'un et l'autre cas se trouve

1. *Situations I*, Paris, Gallimard, 1947, rééd. 1973, p. 93.
2. Nietzsche encore : « L'artiste tragique *n'est pas* un pessimiste, il dit "oui" précisément à tout ce qui est problématique et terrible, il est *dionysien...* » (trad. J.-C. Hémery) : *Le Crépuscule des idoles*, in *Œuvres philosophiques complètes*, Paris, Gallimard, 1974, t. VIII, p. 79.

outrepassée la raison pratique à quoi il entend se tenir, car « la vraie générosité envers l'avenir consiste à tout donner au présent » (*E* 707). Cette approbation fondatrice établit pour toujours l'acceptation constamment reconduite de l'instant vécu et, dans cette perspective, *L'Homme révolté* n'est guère que la longue dénonciation, littéraire, philosophique et historique des *attitudes de fuite* que les deux derniers siècles ont pu mettre en œuvre, qui toutes dessinent rêveusement les contours d'un futur dont la nature est à la fois d'être finalement inaccessible car absolu, et radicalement séparé du monde : parce qu'il s'agit d'un horizon dressé comme cette fin à quoi doit se plier l'action présente, tous les moyens doivent être réunis pour y atteindre, et le présent sacrifié du même coup à un hypothétique avenir[1].

Il ne s'agit certes pas pour Camus de donner congé à l'histoire, mais de s'opposer toujours à sa fatalité, ce qui suppose d'agir *dans* le présent de l'histoire, et non point *pour* ce qu'elle pourrait devenir en un futur dès maintenant gouverné par une cause finale où le présent se dérobe. Cette position, que Camus partage avec Char, ouvre à une attitude finalement ontologique car le Sujet n'exerce sa souveraineté que dans cette recréation du présent : « L'individu, *pour être*, doit à la fois collaborer à l'histoire et s'y opposer » (*E* 1711) [Je souligne] – et cette manière d'être est une volonté d'être au monde. *L'Homme révolté* ne fait alors qu'étendre à une plus longue Histoire ce qu'affirmait déjà *Le Mythe* : il s'agissait dans le premier essai de refuser l'existence d'un arrière-monde métaphysique qui abriterait le sens accordé au réel et donnerait unité à la création ; il convient désormais de congédier l'idée qu'il puisse y avoir, au plan de la temporalité, un au-delà du monde qui soit la promesse d'autre chose dont l'Histoire serait le vecteur : c'est le refus de l'historicité hégélienne, et nous verrons qu'au plan moral c'est le refus de sacrifier un bien présent mais relatif à l'absolu d'un Bien futur.

C'est pourquoi l'approche de Camus est manifestement *éthique* en ceci même qu'elle se refuse à rester *théorique* : l'Histoire n'est pour lui qu'une suite de présents, et sans doute reste-t-il possible d'agir sur chacun d'eux, non sur leur succession qui n'est qu'une abstraction que n'ordonne aucune conscience historique, et qu'un sujet ne peut connaître que dans la rétrospection de son existence propre. La présence devient coprésence et de l'homme et du monde : « Si j'ai essayé de définir quelque chose, ce

1. Sur tous ces points, la position de Camus n'est guère éloignée de celle de Nietzsche telle que lui-même la présente dans *L'Homme révolté* (tout particulièrement *E* 475-477).

n'est rien d'autre, au contraire, que l'existence commune de l'histoire et de l'homme, la vie de tous les jours à édifier dans le plus de lumière possible, la lutte obstinée contre sa propre dégradation et celle des autres » (*E* 801). Cette acceptation ne cessera pas de se conforter, mais aussi de s'étendre, car ce que la révolte refuse, ce n'est ni le monde ni l'homme ni leur histoire commune, mais la soumission à ce qui n'est pas et limite la souveraineté humaine – la soumission aussi à ce qui pourrait être et sacrifie le présent à l'avenir. Et les ultimes pages de *L'Homme révolté* – « La pensée de midi » – sont justement pour formuler cette certitude qu'ont écartée ou bafouée les hommes de l'Europe qui pour leur part « ne croient plus à ce qui est, au monde et à l'homme vivant » (*E* 708).

Ne pas connaître le sens du monde est ce qui nous y attache et permet seul d'en percevoir la plénitude. Il s'agit de ramener l'irrationnel *à la raison*, au sens tout à la fois critique et familier de l'expression, et le refus de toute abstraction séparée régit l'absurde lui-même qui « n'a de sens que dans la mesure où l'on n'y consent pas » (*E* 121). Le paradoxe n'est qu'apparent : y consentir, ce n'est rien d'autre en effet que l'hypostasier, et s'y abandonner comme à un désespoir symétrique de l'espoir que Camus, au même motif, condamnait à l'instant – et il perd donc son sens parce qu'il devient abstrait, et du coup n'est plus rien ; ne pas y consentir, c'est à l'inverse lui accorder un sens, en reconnaissant à celui qui le pense la tâche de lui résister pour une plus grande plénitude de l'être. La raison est impuissante à rendre compte du monde, mais il ne convient nullement d'en conclure que le sens soit ailleurs qu'en lui : simplement faut-il vivre avec cette absence de sens, ou mieux encore vivre cette absence même en refusant d'y voir un manque.

Ainsi s'explique cet autre apparent paradoxe d'une vie « d'autant mieux vécue qu'elle n'aura pas de sens » (*E* 138). Supprimer le sens, c'est faire preuve de lucidité, puisqu'il n'y a *réellement* pas de sens ; c'est également rendre la joie possible en éradiquant cette angoisse qu'entraîne fatalement avec elle l'idée que la vie est absurde. Le monde suffit car rien n'est désiré de plus. La vie réelle est bien le *tout* d'une existence et choisir d'écarter le suicide, c'est ne pas s'abandonner passivement à la vie que l'on a reçue, mais la faire pleinement sienne en se la réappropriant par le refus, positif justement, de sa suppression. Du coup, mon existence devient ma décision : choix qui dit à la fois la volonté de nier le hasard d'une vie fatalement contingente et le refus, mieux encore, de lui donner un sens – une direction aussi bien – qui ne soit pas celui seul que je lui accorde en fondant mon existence même.

Camus, on le sait, distingue le *sentiment* de l'absurde, puis le *raisonnement* absurde. Le premier n'est guère que l'image inversée d'une communauté perdue dont on éprouve le manque, et le second consiste à se demander si l'absurdité de l'existence « exige qu'on lui échappe, par l'espoir ou le suicide » (*E* 103). On peut s'interroger, cependant, sur le caractère simplement *pensable* de cette acceptation à quoi conduit le raisonnement, et se demander si elle n'est pas plutôt la *naturelle* tentation de pleinement éprouver la simple joie présente ; ou, pour formuler autrement la même proposition, si elle n'est pas simplement la reconstruction théorique *a posteriori* d'une acceptation naturelle – et c'est ce que donne à penser l'assimilation de l'absurde au doute cartésien. Et si Camus nous donne à croire que l'on puisse venir à cette acceptation comme Descartes au Cogito après avoir douté de tout, jusqu'à envisager l'hypothèse de sa propre folie, l'absurde, comme le doute cartésien, pourrait être une fiction. Tout se passe en effet comme si, avant de poser la question, Camus était déjà sûr de sa propre réponse : il ne chercherait pas l'accord avec la vie s'il ne l'avait déjà trouvé. Mais l'essentiel est que le raisonnement, s'il ne conduit pas tout nécessairement à une approbation qui peut-être était antérieure, en tout cas vient ouvrir à une décision : choisir de vivre n'est que le moment premier de cet *ordre* qu'on entend imposer à sa propre existence et qui suppose que se définissent des lois ; mais c'est surtout reconnaître à la vie – ou bien plutôt lui assigner – une façon d'être vécue qui soit une manière sans doute de l'accepter, mais aussi de vivre avec soi, dans un sentiment de maîtrise, ou de réappropriation d'un destin qui pouvait échapper. Aucune surprise, par conséquent, si bien des pages, dans *L'Envers et l'Endroit* comme dans *Noces*, associent la plus pure sensation du réel à une reconnaissance de soi qui est approbation de sa vie en même temps que du monde auquel le *Je* s'unit : « Ce n'est pas si facile de *devenir ce qu'on est*, de retrouver sa mesure profonde. A regarder l'échine solide du Chenoua, mon cœur se calmait d'une étrange certitude. J'apprenais à respirer, je m'intégrais et je m'accomplissais » (*E* 56) [Je souligne] – et c'est bien sûr d'une renaissance continuée, dominée, qu'il s'agit en ce devenir.

Or cette intelligence du monde, à l'évidence, est d'ordre éthique : dans le refus de toute transcendance, elle vise d'abord à construire un bonheur possible à partir du malheur premier que suscitait le sentiment absurde. Il ne s'agit donc pas d'une logique du pessimisme, mais bien de la lucidité qui, ouvrant à l'équilibre tendu d'une *volonté* qui s'oppose au pire, consiste à accepter et cultiver ce par quoi la vie mérite d'être vécue, ce que Camus appelle, évoquant Nietzsche, sa « morale de grande allure » (*E* 146). Mais morale, ici, est sans doute un terme excessif, tout ensemble, et trop vague, qui vient esthétiser – car c'est un style de vie – ce que Camus venait de formuler plus rigoureusement en affirmant que « par le seul jeu de la conscience, je transforme en *règle de vie* ce qui était invitation à la mort » (*E* 145 sq.) [Je souligne]. Une *règle*, parce qu'il convient de se plier à une exigence qui n'est ni naturelle ni spontanée, et qui est celle de la lucidité conquise ; une règle *de vie*, parce qu'il s'agit précisément de congédier toutes les idées qui ne sauraient être vécues, tous les espoirs qui n'ouvrent qu'à la constellation du rêve, toutes les morales, enfin, qui limitent la souveraineté du présent et entraînent à la soumission. C'est pourquoi les pages qui illustrent *Le Mythe* par le portrait de Don Juan, du comédien ou bien du conquérant sont d'abord des éloges du périssable – mais aussi de sa plénitude simplement vécue dans l'instant, et répétée comme telle.

Jusqu'au défi de soutenir que « dans le monde absurde, la valeur d'une notion ou d'une vie se mesure à son infécondité » (*E* 151) – Camus conforte une louange du présent qui se voue à la liberté et prend à rebours toute ambition du résultat qui limite ou supprime la qualité de l'instant toujours tendu vers ce qui lui succédera et, partant, n'est pas lui. Ici se conjoignent à nouveau le refus d'une pensée – religieuse, idéologique ou morale – détachée parce qu'abstraite, et d'une ambition séparée, parce qu'à venir. D'où le congé donné à toute raison qui ne soit pas une raison pratique. *Le Mythe* l'affirme sans détours : « Une fois pour toutes, les jugements de valeur sont écartés ici au profit des jugements de fait » (*E* 143). Une fois pour toutes ? Nous verrons à plusieurs reprises combien l'affirmation est excessive : il suffit de songer ici que le choix fondateur de vivre prend une valeur, précisément, d'instauration, et dès l'introduction de *L'Homme révolté*, Camus se trouve contraint de reconnaître cette contradiction première entre un maintien de la vie qui écarte les jugements de valeur et un choix de la vie qui n'est rien d'autre qu'un tel jugement (*E* 417). D'un livre à l'autre, cette évolution est fondamentale : elle montre à l'évidence comment *Le Mythe*, dans sa confrontation au monde sensible, est un refus – excessif, souvent, et du même coup parfois embarrassé – de toutes les valeurs séparées[1] ; elle nous assure aussi que le point aveugle de *L'Homme révolté* est précisément le souci, chez Camus, d'affirmer une valeur fondatrice, universelle pour être par-

1. Par ex. : « Je constate tous les jours que l'honnêteté n'a pas besoin de règles » (*E* 149).

tagée, et cependant concrète pour permettre une *morale vécue*, mais une valeur pourtant qui ne soit pas le simple avatar des morales antérieures (idéologique, bourgeoise, religieuse) qui donnent un *sens* au monde ou transmettent une règle héritée – et en cela marquent une double contradiction avec l'absurde et la table rase qu'il suppose.

LE SOUCI DE L'UNITÉ

Le même renversement se trouve à l'œuvre dans *Le Mythe* et dans *L'Homme révolté* : l'absurde qui séparait du monde a reconduit à l'acceptation de la vie et, par un mouvement comparable, la révolte par laquelle « un homme se dresse contre sa condition et la création tout entière » (*E* 435) va reconduire à l'acceptation de la communauté humaine. Un homme, car c'est bien d'abord d'un mouvement singulier qu'il s'agit. La présence, la puissance du *Je* sont ici essentiels, et si la révolte naît, pour une part, d'un pur refus de l'humiliation, il convient de toujours souligner – après les belles analyses de Bataille[1] – à quel point c'est la dignité souveraine d'un Sujet qui par là s'affirme surtout : le désir de n'être d'abord le jouet ni de sa condition ni du mouvement de l'Histoire et, à l'intérieur même de la communauté, de ne subir aucune entrave à cette souveraineté partagée, et pour chacun égale. Souci de l'unité à la fois présente et concrète, individuelle et collective, qui est à bien des égards la nervure de *L'Homme révolté*, et sa valeur inaugurale aussi qu'on n'a pas assez soulignée, car toute la démonstration de Camus vise une difficile alliance entre éthique et morale, souci de soi en même temps que de l'autre.

Une pareille communauté naturellement n'est pas donnée, mais théoriquement fondée et légitimée – et si de la fermeté de sa fondation procède l'efficacité de la morale qui doit pouvoir s'ensuivre, cette morale, en retour, n'a de sens qu'à toujours conforter la communauté. Aussi n'échappe-t-on pas à la question préjudicielle, qui est celle de l'origine : pourquoi, après avoir défini, dans *Le Mythe*, un style de vie qui n'était guère que l'aristocratique esthétisation d'une manière de vivre, Camus

1. Le Temps de la révolte, articles parus dans *Critique* en 1955-1956 et repris in *Œuvres complètes*, Paris, Gallimard, 1988, t. XII, p. 149-169.

a-t-il éprouvé le besoin, qui ne lui était pas naturel, non pas tant de fonder une morale, que d'en rechercher inlassablement la possibilité, c'est-à-dire d'essayer de fonder en raison cette possibilité : « Peut-on, loin du sacré, et de ses valeurs absolues, trouver la règle d'une conduite ? Telle est la question posée par la révolte » (*E* 431). Comment le passage de l'absurde à la révolte peut-il être ainsi le chemin qui conduit d'une *règle de vie*, encore individuelle, à une *règle de conduite* ouverte à la présence de l'autre sans que s'y soumette, par une prescription qui affaiblit sa liberté, l'existence de chacun ? L'expérience de la guerre, assurément, a dû compter, et surtout celle du meurtre dramatiquement exhaussé à la puissance d'un massacre à la fois méthodique et odieusement légitimé. Mais l'hypothèse, sur un autre versant, peut aussi bien être formée que le souci, chez Camus, d'une morale vécue dans l'unité présente de la communauté n'est que la résurgence de ce qui n'a pas cessé, en lui, de vivre au plus intime : la nostalgie, encore, d'un sens perdu de la fraternité vécue auquel il faudrait assigner désormais un fondement qui ne fût pas une de ces valeurs transcendantes congédiées par *Le Mythe*, mais tout au contraire immanent à l'homme.

Le même mouvement qui se trouvait à l'œuvre dans l'essai de 1942 réapparaît alors, dix ans plus tard, dans le second moment théorique de Camus que constitue *L'Homme révolté* : le premier livre cherchait à fonder sur la réflexion une acceptation naturelle et peut-être impensable qui semblait n'avoir été écartée, par l'absurde, qu'au travers d'une fiction philosophique qui feignait d'en douter ; par un protocole comparable, la révolte semble asseoir sur la rigueur de l'analyse l'exigence d'une communauté qui en réalité apparaît chez Camus comme un *sentiment* antérieur, peut-être fondateur de toute sa personnalité intellectuelle, et qu'il s'agit alors de théoriquement *retrouver* plutôt que de véritablement construire. Car il n'est que de lire les premiers *Carnets* pour percevoir combien l'exigence communautaire, très tôt, put s'avérer déterminante – et ceci en particulier, dès 1937 : « La civilisation ne réside pas dans un degré plus ou moins haut de raffinement. Mais dans une conscience commune à tout un peuple » (*C* I.44). Le lexique, sans doute, n'est pas celui que retiendra *L'Homme révolté*, mais tout cependant porte à croire que l'essai de 1951 trouve en amont un essentiel ancrage existentiel.

Le Mythe fondait sur la conscience lucide l'acceptation de la vie par un *Je* ; *L'Homme révolté* cherche l'intégration de ce *Je* parmi les autres, et légitime le lien qui les unit. L'intention de Camus paraît ainsi de rabattre vers l'immanence l'unité transcendante que le sacré donne à la Création – de rendre à l'homme le souci de l'unité qu'il puisse lui-même assurer par une valeur commune, où s'affichent sa souveraineté et le choix d'une morale qu'il sache lui-même construire, non subir. La difficulté, du même coup, est que le souci du collectif ne s'affirme pas à partir de la communauté qui scellerait une manière de contrat, mais dans la singularité, et peut-être l'isolement, d'un Sujet : « Je me révolte, donc nous sommes » (*E* 432) est l'acte fondateur, et il précède la réflexion. Étrange formule, à dire vrai, et à plusieurs égards. D'abord parce que ce nouveau Cogito, pour asseoir sa validité, doit, comme celui de Descartes, possiblement valoir pour tous par la réappropriation multipliée de son énonciation – et dans ce cas la révolte doit être issue d'une valeur universelle, non d'une position individuelle susceptible de n'être pas partagée ; or, si la révolte est bien « la première évidence » (*E* 432), on peine à croire qu'elle puisse surgir sans raison antérieure. Ensuite parce que le passage de la révolte à la communauté – « Je me révolte, *donc* nous sommes » –, sauf à demeurer l'expression d'un lien abstrait, celui d'une condition métaphysique commune, ne saurait être que *naturellement* fondé sur un sentiment de solidarité humaine, ou de sollicitude morale dont l'Histoire n'offre pas la preuve. Dans son refus de prêter le moindre crédit à une transcendance qui unirait les hommes par un point de convergence supérieure qui s'imposerait à tous, Camus se condamne à les unir par un universel concret – et l'ambiguïté de sa position apparaît bien dans ces formules où il consent à parler de « solidarité métaphysique » (*E* 1691) et d'une *complicité* entre les hommes née d'une *frustration* commune[1]. Ainsi, la difficulté de la position camusienne est tout entière inscrite dans la nécessité, refusée et cependant réintroduite, d'une forme d'absolu, et tout se passe comme si ce Cogito était un coup de force fondateur dont l'objet puisse être la possibilité d'une morale partagée, mais coup de force qui menace aussi bien sa solidité théorique que les chances de son accomplissement.

Le passage semble s'opérer d'abord de « la volonté de vivre » sur quoi *Le Mythe* se refermait à « la volonté de faire vivre » qu'affirme *L'Homme révolté* (*E* 1705). Rien cependant n'assure que la question de la mort qui se fait l'enjeu, pour une part, de ces deux essais, soit ici véritablement centrale : sans doute s'agit-il pour Camus de dresser le lucide constat de faillite humaine des idéologies tôt traduites en terreur, et parfois au nom même de leur certitude présumée de conduire à un Bien absolu – et dans

1. Il arrive à Camus de pousser très loin l'affirmation de cette solidarité métaphysique : « Si nous ne sommes pas, je ne suis pas, ainsi s'expliquent l'infinie tristesse de Kaliayev et le silence de Saint-Just » (*E* 685).

cette perspective, c'est encore d'une critique de toute abstraction séparée qu'il s'agit. Le refus du suicide et l'absurde, d'un côté, la révolte et le refus du meurtre, de l'autre : même si les deux questions soulignent clairement la distinction entre une question éthique (un homme *choisit* de vivre) et une question morale (un homme *ne doit pas* tuer), l'essentiel n'est pas que la symétrie puisse paraître artificielle, mais que le vrai passage – ou peut-être le saut – soit bien ici celui du *Je* au *Nous*. Car s'il s'opère au nom d'une valeur partagée, la question ne peut s'éluder de savoir si cette valeur préexiste à celui qui soudain la découvre, ou si c'est lui-même qui l'affirme : dans le premier cas, elle peut être en effet transcendante, dans le second elle doit être concrète : mais peut-elle être alors universelle ? C'est à coup sûr le point aveugle du raisonnement de Camus, et mettre au jour cette hésitation théorique revient moins à en contester la pensée qu'à simplement y découvrir l'indice de cette difficulté fondatrice qu'il n'a pu éluder lorsqu'il s'est agi de penser les conditions d'une morale possible : faire en sorte qu'elle puisse être, elle aussi, suffisamment concrète pour être vécue dans le présent – assez universelle aussi pour unir une communauté pleinement retrouvée ; suffisamment soucieuse du Sujet pour que chacun puisse la choisir, mais assez fondée en raison pour être également commune. Ce qui se joue alors, c'est le passage de ce que le *Je* de Camus théoriquement postule à ce qu'un *Nous* peut réellement accomplir.

La question est donc double : la valeur qu'entraîne la révolte est-elle *absolue* ? Est-elle, d'autre part véritablement postérieure à la révolte qui doit la fonder ? Dans cette double perspective, la confrontation des textes semble maintenir une large incertitude, et la critique a tôt remarqué, en particulier, le significatif redressement opéré par Camus de la « Remarque sur la révolte », publiée en 1945, au premier chapitre de *L'Homme révolté* qui en offre une version remaniée[1]. Ce que le texte définitif a vraiment infléchi, en effet, c'est la *qualité* de cette valeur qui, dans la « Remarque », est ouvertement transcendante, et, dans l'essai de 1951, prend la plus concrète mesure que propose la notion de « nature humaine » (*E* 425), assez floue il est vrai mais dont le bénéfice est de réduire la dimension métaphysique que préserve celle de *condition humaine*, car tout se passe bien comme si Camus avait souhaité faire l'économie d'un concept qui pût à son corps défendant rétablir sa pensée dans une tradition métaphysique du sens. Dans la version de 1945, en effet, la

1. Cf. La révolte génératrice et régénératrice de R. Gay-Crosier, in *Cahiers Albert Camus* n° 5, Paris, Gallimard, 1985, en particulier p. 128 *sq.*

révolte morale ouvre à un interdit commun : elle signifie aussi bien « “il y a des choses que je ne peux pas faire” que “il y a des choses que vous ne pouvez pas faire” », et cette approche suppose bien « quelque chose qui transcende l'individu [...] et qui fonde une valeur » (*E* 1683) qui justement permette le passage du *Je* au *Nous*. Ce que Camus choisit alors de désigner, dans la « Remarque » de 1945, comme *transcendance horizontale* a certes l'avantage théorique de donner une assise philosophique à la notion de communauté humaine, mais au prix d'une conceptualisation douteuse, et aussitôt relevée par Georges Blin, s'il faut admettre qu'horizontalité et transcendance ne vont pas sans contradiction. L'essentiel, cependant, est que Camus vient ici métisser le concret et l'abstrait, comme il le fait plus loin en soulignant la qualité humaine de cette valeur puisqu'il s'agit d'une « certaine part de l'homme placée *au-dessus* de tout » (*E* 1697) [Je souligne]. Présente en l'homme et néanmoins hypostasiée par cette hauteur difficile à penser hors de toute abstraction, pareille valeur est ce qui donne son sens à l'existence humaine – et comment nier qu'il puisse s'agir d'un absolu, puisqu'elle « n'est pas relative » (*E* 1687) ? Tout le texte de Camus montre en réalité que cette transcendance n'est horizontale que par une rectification formelle mais, comme toute autre, verticale et finalement abstraite, dès lors qu'elle se trouve définie comme une « vérité qui dépasse [la] destinée individuelle » (*E* 1684), quoiqu'elle demeure humaine. Il s'agit bien là, en tout cas, plus ou moins voilé, d'un retour du sens, et l'on ne peut douter que se fasse jour, ou peut-être revienne, une tentation métaphysique par ailleurs constamment refoulée. Retour pourtant inévitable dès lors que Camus s'attachait, au-delà de l'éthique du *Mythe*, à fonder en raison la possibilité d'une morale où chacun puisse se retrouver par un choix singulier et pourtant partagé.

La même ambiguïté se maintient quant à la seconde question : la révolte crée-t-elle réellement la valeur, ou ne fait-elle que révéler ce qui préexistait ? On peut difficilement douter qu'une transcendance ou une vérité qui excède l'individu ne lui soit pas antécédente, à moins de constituer le « Je me révolte » comme un commencement absolu, donc fictif. Or la prise de conscience consécutive au moment de révolte « réside dans la *perception soudaine* d'une valeur à laquelle l'homme peut s'identifier totalement » (*E* 1683) [Je souligne]. Rien d'autre ici qu'une manière de *révélation* : qui ne se révolte pas n'a pas conscience de cette valeur qui, dans l'article de 1945, manifestement préexiste, et c'est en quoi elle ne relève pas encore d'une morale vécue. C'est bien pourquoi le texte définitif de *L'Homme révolté* est à la fois moins net et plus tranchant, puisque Camus affirme que « le fondement de cette valeur est la révolte elle-même » (*E* 431). La question de l'antécédence devient celle du soubassement. On peut cependant se demander si ne s'opère pas ici l'inversion des facteurs – qui conforte bien sûr la souveraineté du *Je* et sa puissance inaugurale –, et si ce n'est pas plutôt la révolte qui procède d'une valeur antérieure, que Camus théorise comme conséquence après l'avoir individuellement éprouvée comme cause.

L'essai de 1951, à maints égards, laisse en effet entière cette question de la préséance. Ainsi, lorsque Camus affirme : « Toute valeur n'entraîne pas la révolte, mais tout mouvement de révolte invoque tacitement une valeur » (*E* 424), tout porte à croire que la conscience de la valeur ici tacitement *invoquée* précède la volonté de révolte. L'abstraction que s'attache à gommer l'écriture de *L'Homme révolté*, il la maintient pourtant comme ce qui doit être voilé, et l'on est porté à considérer que Camus présente sous les apparences d'une logique ce qui, ne pouvant être un objet de connaissance, relève d'un postulat. Et la notion de *nature humaine* finalement mise en œuvre, dans la mesure même où elle est éternelle, contresigne fatalement la nostalgie que nous avons dite d'une communauté première. Elle permet néanmoins à Camus de gagner sur plusieurs tableaux : elle ramène au réel ce qui pouvait s'en éloigner, et de ce fait n'apparaît ni contraire à l'Histoire, ni étrangère à elle ; elle est capable, d'autre part, de rapprocher l'homme de *sa nature* pour renforcer leur harmonie sur le modèle de ce qui s'est perdu ; elle est enfin l'équivalent de la souveraineté humaine contre la soumission, car la référence à cette « part de l'homme placée au-dessus de tout » permet d'assurer le principe d'une morale qui se construise pour la communauté, intimement nouée à la conscience de ce qui *élève*, et non formellement établie comme la Loi à laquelle consentir serait avant tout *se plier*. Elle lui permet enfin de définir un humanisme en approchant, quoi qu'il en veuille dire, quelque chose comme une *essence* de l'homme, et du même coup de justifier l'affirmation fameuse de Heidegger selon laquelle « tout humanisme reste métaphysique »[1].

Or l'enjeu de cette valeur est aussi bien de rendre possible une autre forme d'action qu'il s'agit de légitimer. C'est qu'à cet égard, Camus se distingue des vrais penseurs tragiques (Schopenhauer ou bien Cioran) puis-

1. « Tout humanisme se fonde sur une métaphysique ou s'en fait lui-même le fondement. Toute détermination de l'essence de l'homme qui présuppose déjà, qu'elle le sache ou non, l'interprétation de l'étant sans poser la question portant sur la vérité de l'Être, est métaphysique. C'est pourquoi, si l'on considère la manière dont est déterminée l'essence de l'homme, le propre de toute métaphysique se révèle en ce qu'elle est "humaniste". De la même façon, tout humanisme reste métaphysique » : *Lettre sur l'humanisme*, trad. R. Munier, Aubier, rééd. 1983, p. 51.

qu'il ne lui paraît pas inutile ni vain de travailler à modifier le réel, mais il se sépare aussi bien de toutes attitudes idéologiquement gouvernées, dès lors qu'il n'agit pas *en vue* d'une valeur que l'action pourrait accomplir – et parfois par le mal ou par l'injustice – mais d'abord *en son nom* parce qu'elle mérite qu'on la défende quotidiennement. Pour que toute action soit morale dans le moindre de ses moments, il faut donc qu'elle se fonde elle-même en principe, et la même ambiguïté se fait jour de nouveau dans la sévère critique que *L'Homme révolté* conduit de l'hégélianisme – et tout particulièrement en ces lignes décisives : « La valeur est donc reportée à la fin de l'histoire. Jusque-là, point de critère propre à fonder un jugement de valeur. Il faut agir et vivre en fonction de l'avenir. Toute morale devient provisoire. Le XIXe et le XXe siècle, dans leur tendance la plus profonde, sont des siècles qui ont essayé de vivre sans transcendance » (*E* 550)[1]. L'ambivalence n'est pas douteuse : la réflexion de Camus est une critique manifeste puisque sa position est très lisiblement *inverse* – la valeur doit être présente et non point future, il faut assurer le primat du présent sur l'avenir –, mais elle donne à penser dans le même temps que la morale, pour ne pas être provisoire ni reporter son avènement à l'accomplissement d'un avenir lointain, doit s'appuyer sur une transcendance. Travailler à la modification du présent, cela ne peut donc se faire, comme le prouve la critique d'une morale hégélienne provisoirement fondée sur le respect des mœurs et des coutumes, par le gouvernement du *fait*, « roi provisoire, mais roi réel [qui] n'a pu conduire, on l'a bien vu, qu'au cynisme politique » (*E* 551), ni par la référence non plus à une valeur absolue puisque même le Bien – Camus le note à propos de Saint-Just – conduit à la terreur. Ainsi, l'équilibre encore ne peut guère se trouver que dans une transcendance présente, donc encore verticale, cet entre-deux qui fait ici toute la difficulté de la démonstration.

UNE JUSTE RÉVOLTE

S'il apparaît que la notion de *nature humaine* est un au-delà de toute nature, la révolte s'y appuie moins qu'elle ne s'assigne pour objet de la faire respecter sous le nom de justice : « Peut-on, éternellement, refuser

1. Et Camus, d'une formule essentielle, précise dans la même page que « Hegel détruit définitivement toute *transcendance verticale* » [Je souligne].

l'injustice sans cesser de saluer la nature de l'homme et la beauté du monde ? Notre réponse est oui » (*E* 679). Bien plus encore que son principe, la morale trouve la dynamique de son action dans le refus retourné de l'injustice : une *juste révolte* contre ce qui entrave l'harmonieuse transparence. La nostalgie de l'unité perdue que j'évoquais en commençant se retourne ainsi en volonté de communauté : des hommes entre eux, d'eux-mêmes avec le monde qu'ils reconstruisent[1]. La justice, en effet, apparaît très visiblement, à la lecture de *L'Homme révolté* – et toujours davantage ensuite, dans l'action politique de Camus – comme cette commune mesure seule susceptible de rapprocher ceux auxquels, du même coup, elle confère un supplément d'être. C'est pourquoi le rapport entretenu avec la grâce, si allusif soit-il, et si périlleux pour le pourfendeur des théologies, ne saurait être indifférent. Plusieurs phrases de loin en loin les associent comme si l'une était précisément l'inverse de l'autre – car la grâce, divine et absolue, trouve son double immanent et restreint en une justice humaine et relative – mais aussi le succédané de l'autre, c'est-à-dire, au plus près de l'étymologie, ce qui lui succède, ou plus gravement lui a maintenant déjà succédé dans un effondrement à partir duquel la révolte a pour tâche de reconstruire : « Le royaume de la grâce a été vaincu, mais celui de la justice s'effondre aussi » (*E* 684). Tout semble ainsi se conjuguer pour que la révolte soit le levier de la justice, la justice l'ambition toujours renouvelée de la révolte.

Du même coup s'éclaire sans doute le passage, peu explicité finalement par Camus, de la révolte à la morale : dès lors que la révolte est solidarité – même si le saut du « Je me révolte » au « Nous sommes » reste largement, sinon l'impensé, en tout cas le plus fragile maillon de sa réflexion – la révolte est morale en ce qu'elle doit réduire la disruption de la communauté par le seul vrai facteur de solidarité : non pas le Bien puisqu'il s'absolutise et se projette vers un avenir qui n'advient pas, mais seulement une justice relative dont la difficulté, non toujours justement surmontée par Camus, sera qu'elle soit vécue sans être hypostasiée. De l'absurde à la révolte, le passage, ainsi, est celui d'une règle de vie qui écartait toutes les valeurs formelles à une règle de conduite dans une communauté qui ne dicte pas ses valeurs à l'individu, mais l'amène à les partager : une éthique, si l'on veut, qui, étant celle de tous, serait une morale sans

1. Et c'est encore la nostalgie du commencement qu'évoque « Entre oui et non », dans *L'Envers et l'Endroit*, par le souvenir de l'enfance : « Oui, recueillir seulement la transparence et la simplicité des paradis perdus » (*E* 28).

prescription. Ainsi, parce que rien ne nous attend que ce que nous faisons *hic et nunc* et qu'il convient de ne rien désirer qu'une action présente, l'évolution qui se dessine du *Mythe* à *L'Homme révolté* est aussi le passage, et en même temps l'union, d'une manière d'être au monde à une manière d'agir sur lui.

Du premier essai au second, cependant, l'évolution est encore autrement éclairante. Dans *Le Mythe*, la table rase conduit à une question centrale, voire unique – qui certes n'est pas neuve : si le monde n'a pas de sens, tout est possible ; mais cette irresponsabilité menaçante, Camus la conjure aussitôt : « Tout est permis ne signifie pas que rien n'est défendu » (*E* 149). L'absence de Dieu doit trouver son relais dans la présence humaine, la transcendance dans l'immanence, et c'est tout le contraire d'un immoralisme : simplement une passation de devoirs. Mais si, dans *Le Mythe* encore, il remarque qu'« on peut être vertueux par caprice » (*E* 150), c'est à dépasser à la fois une morale formelle et une conduite par trop individuelle et instinctive qu'il lui semble urgent de s'attacher désormais, dans la recherche d'une raison pratique, à l'écart à la fois de l'irrationnel religieux et de la toute-puissante Raison des idéologies dont *L'Homme révolté*, justement, théorise le refus. D'où malgré tout le retour du sens : « Si l'on ne croit à rien, si rien n'a de sens et si nous ne pouvons affirmer aucune valeur, tout est possible et rien n'a d'importance. [...] Malice et vertu sont hasard ou caprice » (*E* 415). Une responsabilité devient donc nécessaire, et qui tient au passage d'une innocence métaphysique qui limitait d'abord l'éthique à un style de vie tout individuel, une manière d'être au monde, à la constatation que, dans l'exercice du mal, l'homme est coupable d'une faute commise contre autrui, et donc contre soi-même : d'où la recherche d'une raison dont l'efficacité conforte la souveraineté d'une *nature* universelle qui se reconnaisse comme valeur[1].

De la révolte à la morale, le premier lien est certainement celui d'une perspective ouverte par une dynamique commune : un en-avant doit se maintenir dans la tension, sans doute, contre tout ce qui est et devrait être différent, dans l'assurance aussi d'une fidélité au commencement – aux racines naturelles. Présente, la morale ne peut s'affirmer que dans le mouvement d'une *création continuée* qui ne s'immobilise pas en des principes qui

1. Dans le passage de la métaphysique au souci de la communauté, la différence éclate entre *Le Mythe de Sisyphe* où Camus déclare au sujet de l'homme absurde : « Je pars ici du principe de son innocence » (*E* 149), et *L'Homme révolté* qui, une dizaine d'années plus tard, éloigne de l'homme toute « prétention à une impossible innocence » (*E* 420).

reportent à l'avenir leur plein accomplissement. On ne peut donc qu'être d'abord sensible à certaine prudence camusienne – celle même qui parfois sera reprochée à la « pensée de midi » et sa *mesure* –, mais cette prudence paraît étroitement attachée à une constatation d'époque – et peut-être à certain désarroi qui ne s'en séparait pas. Ainsi, lorsque Camus remarque qu'André Breton « n'a sans doute pas réussi, *ni personne aujourd'hui*, dans cette tentative de fonder la nouvelle morale » (*E* 506) [Je souligne], il ne semble pas simplement minorer l'échec de pareille tentative pour nuancer le bilan souvent sévère qu'il vient de dresser du surréalisme ; c'est une manière aussi de donner à entendre la difficulté de sa propre tâche – et lui-même multiplie les formules qui approchent la question morale par une réflexion qui l'affirme à la fois possible et nécessaire, mais ne s'abandonne pas aux certitudes de sa réalité.

A cet égard, le souci de la communauté et la volonté de justice se superposent très largement. Le révolté « se dresse sur un monde brisé pour en réclamer l'unité. Il oppose le principe de justice au principe d'injustice qu'il voit à l'œuvre dans le monde » (*E* 435). Être juste, en effet, ce n'est pas d'abord rendre à chacun ce qui semblerait dû à une dignité individuelle, et relèverait ainsi d'une manière d'équité valable pour *chacun* : c'est bien plutôt ce qui permet de les rapprocher par le respect d'une valeur et d'une dignité assez partagées pour qu'ils s'y retrouvent[1]. La vertu, certainement, est préférable au vice, mais elle demeure une valeur individuelle, et que Camus ne définit guère, comme s'il se montrait incertain quant à sa nature ou qu'il y vît pour une part le résidu de ces morales formelles qu'il écarte. Le privilège du juste est au contraire d'être fondé : on ne le choisit pas par caprice, mais parce qu'une même nature humaine permet d'y accueillir l'autre comme image de soi ; parce qu'être juste, c'est accroître en même temps sa part d'humanité s'il est vrai que l'injustice, à l'inverse, « tue le peu d'être qui peut venir au monde par la complicité des hommes entre eux » (*E* 687).

On peut être surpris que Camus éloigne le Bien comme principe d'unité, au profit d'une justice qui domine très tôt, et dont le souci ne cessera de se développer jusqu'à devenir le pivot de ses positions politiques. Mais la réponse procède du mouvement suivi par *L'Homme révolté* : le Bien, trop dogmatiquement défini par une instance législatrice, court le

1. Ce n'est rien d'autre, ainsi, que l'exigence kantienne de dignité : « Tout homme a le droit de prétendre au respect de ses semblables et réciproquement il est obligé au respect envers chacun d'eux [...], c'est-à-dire qu'il est obligé de reconnaître pratiquement la dignité de l'humanité en tout autre homme » (*Doctrine de la vertu*, § 38, trad. A. Philonenko).

risque de s'absolutiser, de transformer le souci d'unité en volonté de totalité, de devenir ferment de totalitarisme – et pour la souveraineté humaine, le péril est bientôt de s'inverser en simple soumission à cette loi abstraite. Dans le même temps, le Bien devient cette valeur à venir au nom de laquelle le mal, et l'injustice, peuvent être ordinairement commis. La justice, au contraire, ne rencontre pas ce danger : tout législateur divin écarté, elle trouve une constante limite dans la finitude humaine, et relève de l'action présente, comme la révolte même ; elle n'est pas une « idée éternelle » (*E* 687), et ne cesse d'apparaître comme le mouvement même qui accompagne la révolte plus qu'il ne cherche à la réaliser dans l'accomplissement d'une fin. C'est que l'une et l'autre, en réalité, à tous les sens du mot, apparaissent *sans fin* : elles n'existent que dans l'action qui oriente le devenir, et doit constamment être dépassée. « La révolte, elle, ne vise qu'au relatif et ne peut promettre qu'une dignité certaine assortie d'une justice relative » (*E* 693). Son bénéfice pourtant est double puisque, dans le même temps, elle manifeste le souci de l'autre et le souci de soi en accroissant cette part d'être propre à chacun.

Du même coup le mal apparaît, mais indirectement, comme ce qui entrave la justice, et la définition que reprennent les dernières pages de *L'Homme révolté*, et que de diverses manières elles modulent, est simplement qu'être juste, c'est renverser tous les obstacles – hostilité, mensonge, violence ou meurtre – qui séparent ou viennent opacifier les relations humaines. Il s'ensuit que le bien est l'auxiliaire, seulement, de la justice : c'est en cherchant à être juste qu'on le commet – et nulle autre définition n'en peut être utilement apportée. L'un et l'autre, alors, cohabitent en chaque révolté même si sa finitude, parfois, peut le conduire à mal agir – et dans la création continuée, imparfaite, de la morale, chacun peut savoir le bien et pourtant encore, *malgré lui*, faire le mal (*E* 689). Mais à l'inverse il fait le bien dans l'exacte mesure où, luttant contre soi, il parvient à se montrer juste, et si la justice est une conquête collective, c'est également une victoire intérieure et individuelle. Il se pourrait, pourtant, que la faille théorique, ici encore, soit d'universaliser, en même temps que la révolte, une volonté de justice qui demeure un choix personnel – et la limite d'une telle position tient au difficile protocole de sa mise en œuvre collective, à la limitation aussi, qui l'accompagne, de tout bonheur individuel.

En premier lieu, la difficulté est ouverte par le rapport que peuvent entretenir moyens et résultats. *L'Homme révolté*, sans doute, pose en principe que « la revendication de justice aboutit à l'injustice si elle n'est pas fondée d'abord sur une justification éthique de la justice » (*E* 614), et cette justification, c'est la nature humaine qui l'offre dès lors que chacun la maintient comme valeur fondatrice. L'illusion, cependant, a pu être de croire qu'une telle assise puisse suffire à éviter que la justice présente ne s'inverse en une injustice ultérieure, ou qu'une plus grande justice puisse s'accomplir, partiellement, de manière injuste, et l'humanisme de Camus paraît parfois privilégier, non ce qu'il sait de l'homme, mais ce qu'il ambitionne pour lui ; ainsi le péril, qu'il ne prend guère en compte, est d'envisager la justice (du même coup plus abstraite) à partir d'une valeur qui ne saurait, *en réalité*, être universellement partagée, non plus que la volonté de révolte. Illusion porteuse de désillusions. Dans l'ordinaire du combat politique, la difficulté a surgi, et n'a pas cessé d'être actuelle. Ce qu'exprime une phrase de Marx où Camus voit la marque de sa grandeur et de son humanité – « un but qui a besoin de moyens injustes n'est pas un but juste » (*E* 613) – il était néanmoins condamné à en concevoir la part d'utopie. Une action, en effet, n'est jamais totalement immédiate : sa mise en œuvre conduit toujours à une prévision, et à la fragmentation de ses étapes. C'est pourquoi, plus encore que la question de l'épuration après la guerre, sa position sur l'Algérie nous demeure exemplaire d'avoir mis face à face, dans la clarté d'un affrontement qui fut bientôt contradiction, son attachement à la justice présente et le mouvement de l'Histoire.

Il ne s'agit pas ici de constater trop aisément que, sous le nom de décolonisation, ce mouvement de l'Histoire témoignait d'une forme de justice qui consistait à offrir au peuple algérien le droit à être, ou devenir une nation libre et indépendante. L'essentiel, bien plutôt, est que, pour avoir refusé de *penser la séparation* – c'est-à-dire le fait national – et avoir voulu au contraire maintenir l'unité par le souci de l'égalité à construire entre Français et Algériens présents sur un même sol, Camus s'est enfermé dans une logique communautaire : le désir de ne pas condamner les Français d'Algérie à quitter une terre qui était à ses yeux *également* la leur. C'était aussi montrer sa réticence à accepter qu'une injustice présente, et que l'Histoire montrait inévitable, soit accomplie pour aussitôt se dépasser en cette justice plus large que la décolonisation ouvrait. L'ironie amère de l'Histoire est que la révolte, en termes camusiens, était bien du côté du peuple algérien, et de son souci d'une communauté propre, et que lorsque Camus parlait de justice, il le faisait en termes d'égalité des droits. Par défaut d'accommodation entre la pensée et le réel, la pensée du réel s'est muée en incapacité à le transformer, et douleur à le vivre. D'où bientôt le silence public, et le cruel aveu, réservé à l'espace privé d'un *Carnet* de 1959, que la justice, elle aussi, est une valeur séparée qui absolument défendue, sans souci suffisant du réel, entraîne concrètement son contraire : « J'ai abandonné le point de vue moral. La morale mène à l'abstraction et à l'injustice » (*C* III.268 *sq.*).

C'était dire à nouveau, bien qu'à un autre plan, le prix d'une position qui, chez Camus, n'a pas manqué d'être sacrificielle, puisqu'il n'a pas cessé de percevoir vivement que les principes qu'il s'attachait à définir, à respecter et à universaliser, s'ils apportaient un supplément d'être en offrant à chacun le bénéfice qui selon lui naît de la complicité humaine, dans le même temps venaient limiter l'épanouissement de l'individu. Le conflit était bien celui de la solidarité métaphysique et de l'accomplissement individuel qui se trouvait contraint – et c'est certainement là ce qu'il appelle souvent le *coût* de la morale que définit si vivement la préface à *L'Envers et l'Endroit* : « Avec de l'énergie, et j'en ai, on arrive parfois à se conduire selon la morale, *non à être* » (*E* 11) [Je souligne][1]. D'une certaine manière, le conflit est bien celui d'une première éthique – celle du *Mythe* – où il s'agissait de sauver sa vie au présent sans vouloir lui donner un sens, c'est-à-dire justement de chercher à être, et d'autre part d'une morale où le *Je* se soumet au *Nous* pour assurer ce qui appartient à l'un et aux autres, pour découvrir également sans doute, en dépit de tout, une parcelle de sens. Conflit qui apparaît aussi, finalement, sous les espèces d'un devoir qu'on s'impose à soi-même, par quoi l'adéquation constamment recherchée entre souci de soi et souci de l'autre n'est plus vraiment possible. Cette harmonieuse concomitance est un gain (on élève sa condition en même temps que sa souveraineté), mais également une perte (on limite le bonheur vécu) – et la difficulté de la doctrine camusienne se resserre dans l'impossible conciliation d'une éthique attractive – où chacun choisit ce qui est juste et bien parce que seule pareille décision permet le véritable accomplissement de son existence propre –, et d'une morale prescriptive qu'il refuse, où l'on ne fait qu'obéir à la Loi qui n'est pas d'elle-même adéquate à cette mesure existentielle. S'il préserve l'antique *souci de soi*, il l'établit de plain-pied avec le *souci de l'autre*, et ne l'en sépare pas : ces deux visages que l'intérêt de sa morale était de vouloir concilier, son utopie est aussi bien d'avoir voulu qu'ils puissent coïncider.

1. Rappelons aussi ces lignes de janvier 1949 : « J'ai essayé (et j'y ai eu du mérite, étant africain) d'être un homme de morale. Il le fallait sans doute. Mais finalement, cela détruit beaucoup de choses, en soi et autour de soi », in *Correspondance Albert Camus - Jean Grenier*, Paris, Gallimard, 1981, p. 152.

Il demeure cependant qu'en rapprochant ainsi éthique individuelle et morale collective, il a, sinon tout à fait effacé, à tout le moins réduit la différence, traditionnelle dans notre histoire, entre le bien qui relève plutôt de l'héritage grec, et le juste que privilégie l'éthique postkantienne. Il renoue en effet largement avec l'idée antique que la vertu morale est nécessaire pour l'accomplissement véritable d'une vie, et il n'y a donc pas de surprise à le voir évoquer les Grecs à propos, justement, du concept de nature humaine qu'il réintroduit comme valeur (*E* 425), car lui-même retrouve Aristote pour qui l'éthique, à l'écart des impératifs extérieurs, permet l'accomplissement de soi auquel les hommes se trouvent conduits de par leur nature même. Mais dans le même temps cet accomplissement, grâce au juste qui renvoie à une *nature* partagée[1] cherche à devenir collectif par l'unité des hommes qu'il postule, et se transforme en conception communautaire de l'existence humaine. Bien et juste sont les deux faces – l'une plus intérieure, l'autre plus extérieure – d'une même exigence, les deux leviers de toute action. Ce que recherche Camus, c'est ainsi finalement une manière de *contrat moral* que rien ne dicte mais que chacun choisit à l'instar du contrat social de Rousseau où la volonté générale n'est pas la somme des volontés particulières, mais où tous doivent gagner de sacrifier celles-ci, pour une part, à celle-là. Ce qui pouvait d'abord apparaître comme un *devoir* n'est donc pas séparable de l'intérêt propre à celui qui vient l'accomplir, et c'est en quoi ce n'est pas un devoir – mais plutôt une volonté, une tension qui comme telle n'efface pas la possibilité d'un relâchement, l'hypothèse de moments d'abattement. Contre une morale traditionnelle qui condamnait d'abord le manquement à sa Loi, Camus préserve à sa démarche son caractère rebelle en lui assignant le but positif d'effacer l'injustice qu'il condamne – mais au nom d'une règle qui reste intérieure. La *nature humaine* est ainsi efficace en ce que vouloir le bien d'autrui, c'est également faire le sien propre. Si bien que toute prescription devient inutile : il y suffit de la conscience lucide d'un révolté qui n'agit pas pour obéir à un critère moral qu'il subirait dans la contradiction maintenue avec sa rébellion, mais au contraire pour dominer sa condition, et accroître sa souveraineté.

Reste que la fragilité de sa théorie, il faut y revenir encore, se mesure à ce que la révélation de la nature humaine, si elle advient au révolté, c'est

1. Spinoza : « J'entendrai donc par bon dans ce qui va suivre, ce que nous savons avec certitude qui est un moyen de nous rapprocher de plus en plus du modèle de la nature humaine que nous nous proposons », préface de la quatrième partie de *L'Éthique*, Paris, Vrin, 1977, t. 2, p. 9 (trad. Ch. Appuhn).

toujours de manière singulière : pour que le respect de la justice fût parfaitement partagé, il conviendrait donc qu'elle s'impose malgré tout comme une loi prescriptive puisque chacun n'y est pas nécessairement porté de son propre mouvement. S'il est vrai qu'accomplir sa vie, c'est l'assurer au sein d'une communauté juste, toute la limite de la révolte (et de cette *valeur* que Camus y attache) est précisément qu'elles ne peuvent être universelles, si l'on ose dire, que pour certains : on peut sans doute considérer que si *je* me révolte, *nous* sommes ; mais cet élan vers l'autre n'est pas une expérience commune, ni qu'on puisse imposer à chacun. L'aporie camusienne est ainsi qu'il n'est pas de morale sans prescription, ni du même coup sans instance qui légifère, interdise et contraigne à des devoirs catégoriques – avec une part d'échec, qui est la rétorsion de sa coercition, et aussi une part de révolte contre elle. Et l'éthique ne peut rencontrer la morale qu'en un mouvement qui porte volontairement le Sujet à accomplir ce qu'il ne subit pas. Cette essentielle confrontation qui, dans *L'Homme révolté*, est à la fois une part d'ombre et une limite de l'analyse, *La Peste* en offre un autre protocole.

QUESTION MORALE, RÉPONSE ÉTHIQUE

Faire de *La Peste* une lecture morale, cela peut certainement s'entendre au moins de deux façons : considérer que la morale s'y formule comme question, et du même coup comme expérience, ou bien qu'elle s'y affirme comme conclusion. La première approche prend en compte la réaction des personnages au Mal et la manière dont s'y accorde, ou non, le souci de soi et l'intérêt de la communauté dont nous venons de voir la difficile alliance ; la seconde considère que l'issue du récit (c'est alors sa leçon) donne la mesure d'une possible refondation. Ainsi l'enjeu n'est pas seulement la signification du livre, mais aussi le statut de l'écrivain, moraliste, l'expression est désuète, en ce qu'il propose une « peinture des mœurs », ou en ce qu'il énonce une morale. J'essaierai de montrer que la seconde hypothèse n'est recevable que par une sorte de méprise – essentielle car elle brouilla la réception immédiate du livre et conduisit certains à moquer cette morale ou en dénoncer les insuffisances –, et qu'elle supposait abusivement, chez Camus, la tentation de constituer la morale en objet de littérature, sinon même à moraliser.

Cette approche déplacée – même si le livre superficiellement y incline par les sentences qu'il propose çà et là et la solennité sermoneuse, parfois, de l'écriture d'où procède l'impression d'une sagesse un peu molle qui affadit le livre – le compte rendu qu'assez tardivement (puisqu'il date de 1955) publia Roland Barthes en est sans doute l'une des plus claires illustrations puisque, déchiffrant d'une part dans *La Peste* le désir camusien de fonder une morale, et concluant étrangement à la solitude de Camus, il nouait à la signification de l'œuvre la situation de son auteur, mais semblait en même temps conclure que l'isolement de l'écrivain pût d'une certaine manière contresigner l'échec d'une morale séparée de son temps, et d'un livre à ses yeux décollé du réel[1]. Or, affirmer que Camus cherche ici à fonder une morale, c'est d'abord *retourner* contre lui le mouvement même de l'œuvre qui, loin de s'assigner une mesure abstraite, la récuse au contraire par l'exposition du conflit intérieur que suppose pour chacun, et dans la différence maintenue de sa situation, le choix d'une conduite que la raison gouverne moins que l'expérience du malheur qu'il est conduit à faire. Et si ce qui advient dans *La Peste*, c'est d'évidence le surgissement du Mal, si cet événement ouvre d'emblée à une question morale, la réponse n'est pas l'évidence du Bien qui viendrait y répondre, mais, pour dire les choses d'abord trop vite, le passage du souci de soi à celui de la communauté et pour une part l'harmonie de leurs exigences.

Deux moments sont à distinguer. A la naissance du fléau répond d'abord une Loi : la fermeture des portes de la ville pour en éviter la propagation ; prescription morale, sans doute, puisque son objet est de ne pas étendre la maladie au dehors, et d'autant plus sévère que les bénéficiaires n'en sont pas les Oranais mêmes – et le respect de cette Loi suppose le sacrifice consenti par chacun d'un bonheur personnel que viennent suspendre l'enfermement et la séparation. A une bonne conduite (le respect de l'impératif légal) peut ainsi faire écho simplement une mauvaise conduite (la transgression de l'impératif). Or une telle opposition, naïve tout ensemble et manichéenne, Camus s'en refuse la facilité pour affirmer tout au contraire, dans le suspens de tout jugement abstrait, la légitimité que le souci de son bonheur propre permet à chacun d'opposer à une légalité cependant nécessaire.

1. « A mi-chemin entre l'Histoire et le Roman, *La Peste* aurait pu être encore une tragédie. On verra à l'instant qu'elle a préféré être l'acte de fondation d'une Morale » (*La Peste.* Annales d'une épidémie ou roman de la solitude ?, in *Œuvres complètes*, éd. É. Marty, Paris, Seuil, 1993, p. 452-456).

Mais l'essentiel est que *La Peste* installe au premier plan un conflit plus complexe par le passage de ce premier moment, qui se définit par la suspension du bonheur, à un second, qui ouvre à l'expérience du malheur. A la décision qui d'abord consistait à respecter ou non la Loi qui préservait la santé de ceux qui, *au-dehors*, ne devaient pas se trouver menacés, une seconde décision succède : l'engagement dans les formations sanitaires, qui permet de lutter, *au-dedans*, contre la maladie et d'en étouffer la propagation. Le remarquable, ici, n'est pas non plus que se fasse jour la volonté du Bien, mais que Camus donne à comprendre les mobiles qui amènent les figures principales du roman à une *conduite* qui ne répond jamais à des raisons abstraites. Aucune morale de l'engagement ne se formule car l'action, qui n'est pas générale (tous en effet ne combattent pas la peste), n'est pas non plus fondée sur une valeur prescrite, mais pour l'essentiel procède en chacun de la détermination progressive d'une éthique singulière. La facilité d'une première faiblesse, simplement, vient à se surmonter, pour des raisons où l'héroïsme n'entre pas, mais l'émergence d'une souveraineté où l'être se conforte de s'attacher aux autres.

Ce qui écarte ainsi toute abstraction morale, c'est la souffrance dont Camus ne surdétermine pas le sens, mais dont il fait l'*aventure* de son livre : ce qui advient comme expérience, et infléchit, pour la plupart des personnages, leur manière d'être au monde. Au commencement, il n'est donc pas indifférent que la volonté de Camus ait été de montrer, non le mal commis par les hommes eux-mêmes, mais l'exception de celui qu'ils subissent *en commun* et ne peuvent éviter – d'où une dimension visiblement métaphysique[1] et une situation qui du même coup, au-delà de toute morale ordinaire, laisse chacun libre d'un engagement qui est moins un combat (on ne détruit pas le mal dont personne n'est responsable) que le choix d'une conduite car, si coupable que chaque victime puisse être par ailleurs, c'est sa part d'innocence qui se trouve bafouée par cette violence pure. D'une vérité obsédante par la récurrence descriptive de symptômes identiques, la peste est le mal le plus visible, le plus indéchiffrable aussi dans sa contingence tragique, le plus lesté enfin de charge imaginaire – et c'est bien pourquoi, aux premiers signes de l'épidémie, les autorités de la

1. Dimension soulignée, on l'a souvent remarqué, par l'écho manifeste à Pascal : « Qu'on s'imagine un grand nombre d'hommes dans les chaînes, et tous condamnés à la mort, dont les uns étant chaque jour égorgés à la vue des autres, ceux qui restent voient leur propre condition dans celle de leurs semblables, et, se regardant les uns et les autres avec douleur et sans espérance, attendent à leur tour. C'est l'image de la condition des hommes » (*Pensées*, éd. Brunschvicg, fr. 199).

ville redoutent de donner ce *nom-là* aux syndromes de plus en plus patents au regard des médecins.

Mais en choisissant un fléau qui relève de la métaphysique du mal, Camus s'interdisait, quoi qu'il ait dit, d'allégoriser tous les maux, et c'est le problème essentiel – car il engage toute la lecture du livre – que vient d'emblée poser l'épigraphe du livre, empruntée à Defoe : « Il est aussi raisonnable de représenter une espèce d'enfermement par une autre que de représenter n'importe quelle chose qui existe réellement par quelque chose qui n'existe pas. » Si d'évidence Camus a pu trouver dans la seconde guerre mondiale le modèle ici réfléchi d'une exemplaire atrocité, si lui-même a visiblement postulé à la fois une lecture réaliste de la *peste brune* et une approche allégorique[1] – il apparaît clairement que ces deux lectures ne sont pas conciliables. En multipliant les références transparentes au nazisme et à l'Occupation (l'enfermement et la séparation, le marché noir, la crémation des corps, l'exaltation de la Libération) et pourtant en les dépassant, sans doute affirmait-il – et c'est la question esthétique que j'évoquerai tout à l'heure pour elle-même – à la fois son désir de ne pas s'éloigner du réel et son refus du réalisme. Reste qu'en maintenant la possibilité de deux lectures, il ouvrait aux malentendus, car si le livre est à la fois histoire et mythe, le passage de l'un à l'autre s'avère impossible dès lors que, du nazisme à la peste, la différence demeure irréductible : le premier n'était pas sans raison ni finalité, il n'était pas non plus inévitable à l'inverse de la seconde, ici donnée comme cette pure fatalité que l'analyse doit préserver : elle a certes une cause (le bacille), mais demeure sans raison à moins d'ouvrir à une métaphysique justement ici récusée – et à la différence de l'écrasement militaire du nazisme, ce sont finalement moins les Oranais, en dépit de leurs efforts, qui parviennent à la vaincre, qu'elle ne s'éloigne, puis s'interrompt, par la même contingence qui l'a fait advenir. Or c'est précisément la volonté de ne pas penser cette différence qui conduisit, d'une part à une lecture réaliste et au reproche fait à Camus de ne proposer qu'une morale finalement défensive[2], d'autre part au regret que *La Peste*, ni tout à fait histoire ni vraiment mythe, se maintînt dans un entre-deux trop flottant. C'est cette volonté qui permit aussi

1. Il affirme à l'adresse de Barthes : « *La Peste*, dont j'ai voulu qu'elle se lise sur plusieurs portées, a cependant comme contenu évident la lutte de la résistance européenne contre le nazisme » (Barthes, *Œuvres complètes*, éd. citée, p. 457).

2. Gaëtan Picon : « Lutter contre les fléaux qui asservissent l'homme : c'est la seule conclusion qui, aux yeux d'Albert Camus, échappe au doute. Mais ce ne peut être que le premier principe d'une morale : l'essentiel est de savoir ce qu'il faut faire d'une liberté sauvée des fléaux » (Remarques sur *La Peste,* in *L'Usage de la lecture*, Mercure de France, 1979, p. 85 *sq*.).

bien que fût moqué le passage de la réalité à une allégorie où pouvait se constituer une manière de simulacre qui faisait prendre, abusivement, un signe pour un autre[1].

L'aporie d'une lecture réaliste, par ailleurs sans doute réductrice, apparaît d'évidence dans l'impossibilité où nous sommes de penser comme mal historique un mal métaphysique qui, d'autre part – et c'est la fragilité même de *La Peste* – n'est pas l'enjeu du livre puisque seul le jésuite Paneloux, dans un prêche que le romancier, par certain ton de parodie, discrètement dénonce en même temps qu'il l'énonce, s'abandonne à la révélation de sa signification en accusant les Oranais d'avoir mérité ce malheur – ce qui le rend plus lourd : « Simplement, le prêche rendit plus sensible à certains l'idée, vague jusque-là, qu'ils étaient condamnés, pour un crime inconnu, à un emprisonnement inimaginable » (*T* 1301). Et le revirement du prêtre lui-même consistera précisément à revenir de l'abstraction et de la séparation qu'il manifestait à l'endroit des autres (« *vous* êtes dans le malheur ») pour finalement choisir l'action concrète contre le mal, et du coup la communauté. Tout à l'inverse de l'abstraction, c'est un fléau concret que présente Camus, et la question morale, du même coup, est moins liée au mal qu'au malheur qui le rend sensible et, par un mouvement qui nous est désormais familier, cette souffrance s'affirme dans une relation doublement suspendue : avec toute beauté des choses, avec toute communauté des êtres.

Au commencement, en effet, vivre *avec* la peste, c'est supporter que vienne à se creuser l'écart peu à peu révélé à chacun par rapport à un monde deux fois congédié, puisque sa plénitude est désormais passée, mais extérieure aussi à la ville maintenant repliée sur soi : « Ce monde extérieur qui peut toujours sauver de tout, ils fermaient les yeux sur lui, entêtés qu'ils étaient à caresser leurs *chimères trop réelles* et à poursuivre de toutes leurs forces les images d'une terre où une certaine lumière, deux ou trois collines, l'arbre favori et des visages de femmes composaient un climat pour eux irremplaçable » (*T* 1278 sq.) [Je souligne]. Ce chimérique excès de réel, c'est l'échappée même d'un bonheur qui se dérobe à la prise, et se dégrade en une image mentale qui en est à la fois la présence et le regret, c'est le commencement d'un malheur qui déréalise le présent, avant d'éloigner en un second temps, non la réalité d'abord de ce bonheur passé, mais l'éclat de son image : le lent travail du mal sera en effet

1. L'ironie de Sartre a fait mouche, qui reprochait plaisamment à Camus de « faire tenir [le rôle de l'Allemand] par des microbes sans que nul ne s'avisât de la mystification » (*Situation IV*, p. 118).

d'estomper la présence jusqu'ici vivante d'un passé lumineux qui viendra lentement se ternir et s'éteindre dans l'espace atrophié de la ville, dans le temps d'autre part meurtri par la répétition que la mort subie rendra jour après jour plus monotone à tous – jusqu'à ce que la vie se retire tout à fait de l'image, et que le souvenir du bonheur et des êtres quittés s'abolisse : « Sans mémoire et sans espoir, ils s'installaient dans le présent » (*T* 1367), temps désormais de l'insensible, préfiguration de la mort, mort présente dans la vie par là dégradée, mais aussi temps fermé sur l'épidémie que souligne le narrateur en scandant son récit de références datées de cette nouvelle origine qu'installe la première « semaine de la peste » pour ouvrir à une durée désormais séparée de l'ordinaire temporalité et liée à la progression du fléau. Vivre, jusqu'alors, c'était s'établir dans la représentation préservée du dehors, dans la séparation sans doute de ce qu'on avait été, mais qu'on serait peut-être encore ; s'installer dans le présent, c'est habiter la place maintenant *creusée* par lui, temps vidé de son en-avant, et qui ne mène à rien qu'à la répétition de son propre manque.

Cette séparation des êtres, Camus s'est visiblement attaché à multiplier ses modalités : dans sa mesure tout d'abord collective, puisque les Oranais, isolés *du dehors*, sont exilés au sein de leur ville close, et cette épreuve est déjà double : « En fait, nous souffrions deux fois – de notre souffrance d'abord et de celle ensuite que nous imaginions aux absents, fils, épouse ou amante » (*T* 1276). Dans sa mesure ensuite individuelle, puisque le souci de ne pas propager non plus le bacille à l'intérieur d'Oran entraîne à son tour une séparation *du dedans* : l'isolement des malades dans les camps, et celui de leurs proches dans les lazarets. Imposer la souffrance de l'éloignement pour éviter au plus grand nombre la douleur supérieure du deuil, il se peut bien que ce soit la raison même. Mais qu'ainsi la morale ait un coût, nul ne le perçoit mieux, dans *La Peste*, que le journaliste Rambert pour qui la séparation prend la forme la plus cruelle : elle lui interdit, et c'est le lot commun, de rejoindre sa maîtresse, mais la communauté qui le retient lui demeure étrangère, puisque seul le hasard d'une mission l'a conduit à Oran. Nulle surprise, par conséquent, dès la fermeture décidée de la ville, à ce qu'il soit gagné par la tentation d'un dehors qui est sa vraie demeure : l'intérêt propre aux Oranais n'est pas une exigence qu'il puisse aisément partager, et la question morale s'exacerbe pour lui dans l'affrontement exemplaire d'un bonheur dont il se trouve injustement privé et d'une Loi qui pourtant l'interdit justement. Ce conflit que Camus nous propose dans son évidence douloureuse, l'essentiel cependant est qu'il se refuse à l'envisager selon le code d'une morale formelle (celle du juge, par exemple, qui sanctionne la contrebande) – et que la violence dont témoigne, chez Rambert, le désir de quitter la ville, bien loin de faire l'objet d'aucune condamnation, appelle au contraire la compréhension. Car si le Dr Rieux a lui-même incité les autorités à fermer la ville et si, dans la fidélité à cette exigence commune, il refuse à Rambert l'exception d'un certificat qui lui permettrait de sortir, c'est sans duplicité cependant qu'il l'encourage à s'évader.

Contre les apparences qui les opposent, l'un et l'autre mesurent à quel prix la morale congédie le particulier au-dessus duquel elle s'élève – et lorsque Rambert objecte à Rieux : « Vous parlez le langage de la raison, vous êtes dans l'abstraction » (*T* 1289), la plus vive pointe du reproche qu'il formule est précisément de n'avoir « pensé à personne », de n'avoir pas « tenu compte de ceux qui étaient séparés ». Mais d'être à la fois vraie et fausse, l'objection tire la force de manifester au lecteur le dédoublement, donc le déchirement qui est aussi celui de Rieux : imposant à chacun la séparation, il évitait de penser la souffrance qu'elle donnait à vivre, *mais* lui-même la vivait parce qu'avant la peste, sa propre femme avait quitté la ville pour se soigner dans une maison de repos[1] ; il avait contribué à l'interdiction de sortir *mais* il souhaitait que Rambert réussît à enfreindre cet interdit. Lui-même a donc connu, aussi bien que le journaliste, ce que la morale sacrifie et sans doute est-ce là l'expérience qui l'a conduit à la compréhension. « Il y a cela et il y a autre chose » : la réponse qu'il fait à Rambert, dans l'équilibre difficile de son partage, s'entend comme un refus de juger qui n'est pas une position *détachée*, mais la mesure, tout au contraire, d'une tension vécue. Certainement juste dans sa fin, et cependant injuste en ses moyens, la loi commune, aux yeux de Rieux, n'est pas le Bien qui s'opposerait au mal que serait le bonheur personnel, et l'aporie morale est leur impossible conciliation.

Cette tension, d'ailleurs, si d'abord la clôture de la ville la lui fait éprouver, l'isolement des malades qu'il est bientôt conduit à ordonner vient chaque jour la doubler, et c'est un autre déchirement *vécu* entre l'exigence salutaire d'éloigner des siens le pestiféré, et la conscience d'ainsi leur imposer une souffrance trop dure pour qu'ils ne tentent pas de lui résister : « Il se présentait avec des soldats, et il fallait des coups de crosse pour que la famille se décidât à ouvrir » (*T* 1376). La violence physique signifie la violence morale d'un arrachement qui ne peut être décidé

1. Et lui-même, vers la fin de l'épidémie, décidera, par une infraction vénielle, mais symbolique, et qui le rapproche de Rambert, de faire parvenir à sa femme une lettre clandestine (*T* 1431).

que dans le suspens de toute compassion. Soigner le mal suppose qu'on partage la souffrance, et pourtant qu'on refuse de la vivre. Or cet éloignement de la réalité vécue, c'est bien à quoi pourvoit la fréquence même d'une situation qui peu à peu vient rendre abstrait le mal concret : dans la différence des êtres, Rieux ne retrouve plus que l'identité pathologique d'un cas – et la répétition efface insensiblement la pitié contre quoi, d'abord, il devait lutter. C'est son propre malheur, ainsi, d'être entraîné vers l'abstraction et le repli sur soi parmi les autres ; mais c'est sa chance aussi de pouvoir par là s'opposer à cette autre abstraction qu'est la peste – et sans doute est-ce le sens d'une formule qui sinon resterait obscure : « Pour lutter contre l'abstraction, il faut un peu lui ressembler » (*T* 1293).

Ce refus de juger dont témoigne constamment Rieux, c'est aussi bien celui de s'exhausser au-dessus d'une communauté qui demeure la sienne, et il importe que les modalités de la narration le manifestent et que Camus choisisse d'en dédoubler la voix. Celui qui parle, c'est de son propre chef qu'il se désigne longtemps comme « le narrateur », avant que nous n'apprenions finalement que c'est Rieux lui-même. Le narrateur n'est donc pas une instance abstraite, ce n'est pas un *Il* anonyme quoique son nom soit tu jusqu'à la fin, mais le personnage principal – et sa parole, d'une manière précieuse, échappe parfois au témoignage pour s'ouvrir, non certes au jugement, mais au commentaire porté sur les événements ou les jugements des autres[1]. Que Rieux se retire derrière le narrateur, cette distance est ainsi le contraire d'une séparation : chroniqueur, il témoigne, non de l'acteur qu'il a été, mais de ce qu'il a connu, et laisse en lui se rassembler les voix diverses des Oranais qu'il désigne de manière récurrente comme ses « concitoyens ». Il s'efface parmi eux et, dans cette communauté, choisit de s'abolir comme sujet trop particulier : ce personnage qui appelle l'admiration, Camus évite ainsi d'en faire le héraut de sa propre geste, et en même temps cette parole du narrateur, constamment tournée vers les autres et gouvernée par la volonté de « parler pour eux », contresigne le dévouement de son double – le médecin – à cette même communauté.

Le refus du *Je* certainement est un artifice ; mais cette troisième personne n'est pas un *Il* traditionnel : elle n'est pas personne, mais le moyen néanmoins de dépersonnaliser un *Je* plus naturel – et de faire que celui qui est si présent dans l'histoire, ne le soit pas trop dans le récit. Songeons à ce que Blanchot écrit de ceux qu'il nomme les « porteurs de paroles » : « Quelque chose leur arrive, qu'ils ne peuvent ressaisir qu'en se dessaisis-

1. Par ex. : « C'est là une idée que le narrateur ne partage pas » (*T* 1326).

sant de leur pouvoir de dire “je”. »[1] Mais à la différence de ce qu'entraîne l'analyse de *L'Entretien infini*, ce passage du *Je* au *Il* n'est pas une ouverture à la littérature par la distance prise avec l'événement, mais au contraire son évitement : le désir de ne pas séparer sa voix de ceux que l'on raconte, mais d'en restituer au plus près la commune présence. Bernard Rieux, ainsi, est à la fois le même et l'autre : celui qui a partagé la souffrance de ses concitoyens, mais également celui qui a dû l'imposer à son corps défendant. Aussi peut-il redevenir lui-même et faire tomber de son visage le masque, ou si l'on veut le porte-voix du « narrateur », au moment même (la fin de l'épidémie) où sa mission s'achève : celui qui parle peut révéler la source de sa parole quand, son rôle relevant du passé, il ne court plus le risque de trop s'exprimer en son nom.

Or ne pas s'établir lui-même, par un discours trop singulier, en surplomb de ce qu'il raconte, et ne pas introduire par là l'exception d'une parole ou d'un être dans le déroulement d'une chronique ordinaire, ce n'est d'autre part que l'application à soi-même d'une règle qui vaut pour tous – et sans doute une règle morale puisque « le narrateur est plutôt tenté de croire qu'en donnant trop d'importance aux belles actions, on rend finalement un hommage indirect et puissant au mal. Car on laisse supposer alors que des belles actions n'ont tant de prix que parce qu'elles sont rares et que la méchanceté et l'indifférence sont des moteurs bien plus fréquents dans les actions des hommes » (*T* 1326). Considérer que les belles actions peuvent être fréquentes, donc communes, c'est refuser d'esthétiser le Bien, et du même coup, littérairement, de l'incarner dans la figure du héros, du saint, ou encore du martyr ; nulle surprise, par conséquent, si dans *La Peste* le modèle du héros par antiphrase est Grand, le petit employé de bureau, si Tarrou définit la sainteté qu'il recherche comme une moindre ambition que celle, simplement, d'être un homme (*T* 1427), si Rieux, enfin, échappant à la mort, reste un homme parmi ceux auxquels il s'est largement sacrifié et s'en fait le témoin, et non point le martyr. Pour le reste, chacun peut devenir ce qu'il est, s'accomplir dans un choix qu'on ne soupçonnait pas – et c'est le sens des propos échangés par Rieux et Tarrou après que le Père jésuite a choisi de se joindre à eux pour enrayer la maladie : « Je suis content de le savoir meilleur que son prêche. – Tout le monde est comme ça, dit Tarrou. Il faut seulement leur donner l'occasion » (*T* 1342).

1. *L'Entretien infini*, Paris, Gallimard, 1969, p. 564.

Il n'est donc pas sans intérêt qu'*un* personnage seulement, et c'est Cottard, figure l'indifférence dont parle ici le narrateur, plus encore que la méchanceté. Figure largement négative, mais surtout figure inversée comme une manière de contre-exemple : recherché pour un crime qui ne sera jamais dit, aux premières pages du livre, avant l'épidémie, il désire mourir quand les autres vivent, puis, après l'échec de son suicide, cherche à revivre quand les autres meurent, et précisément parce qu'ils meurent, car la désorganisation de la ville le laisse provisoirement libre ; il ne peut donc souhaiter que l'extension de l'épidémie dont il profite, sans souci d'éviter la propagation du bacille, en pratiquant une contrebande qui l'enrichit. Mais il n'est pas l'agent condamnable, et moins encore diabolisé, du Mal ; il est seulement le « suicidé de la société » qui inverse le sens de la communauté : par son exception même, d'abord, puisqu'il est seul *parmi* les autres bien que « la seule chose qu'il ne veuille pas [soit d']être séparé des autres » (*T* 1378) ; par sa disqualification morale, ensuite, puisque lui est coupable quand ils sont innocents. La fin de la peste est donc sa chute, la Libération son enfermement, et les ultimes pages du roman nous le montrent, séparé de la joie commune comme il avait été séparé du malheur commun, et tirant sur la foule : en retournant de soi-même vers autrui le désir d'anéantissement, il inverse, terme à terme, la conduite de ceux qui ont risqué leur vie pour secourir les autres. Or ce passeur de mort, dont la mort même n'a pas voulu et que celle des autres a servi, le narrateur choisit de le définir emblématiquement (c'est toujours la pensée de la communauté) comme « un cœur ignorant, c'est-à-dire solitaire » (*T* 1469) ; la conduite de Cottard, Rieux ne s'en fait pas juge, il ne s'élève pas contre lui, mais le met à distance, et cette exclusion symbolique *répond* à l'usurpation que constituait l'appartenance du personnage à une ville dont il n'attendait que l'oubli de ce qu'il était, et qu'il redevient finalement. Dans le texte lui-même, Cottard est seul car « il est *un* de nos concitoyens au moins pour lequel le Dr Rieux ne pouvait pas parler » *(ibid.)* [Je souligne], alors que le sens de sa parole, on l'a vu, est de « parler pour tous » : aussi le place-t-il simplement hors récit, en laissant aux carnets de Tarrou la charge de le raconter par une voix elle-même délibérément séparée de ce que le narrateur veut être la chronique de tous.

Il reste que si *La Peste* développe la question morale selon un double protocole – l'interdiction de sortir que l'on subit, puis l'action sanitaire qu'à l'inverse on choisit d'accomplir – l'essentielle signification du livre est dans ce passage d'une morale à une éthique. Or la réponse au mal que l'action sanitaire constitue, bien loin de résoudre le problème moral, tout au contraire le pose. Si vers le commencement du livre, Rambert affirme sans détour : « Le bien public est fait du bonheur de chacun » (*T* 1290), l'intérêt de cette position trop simple est de formuler une sagesse un peu courte. Ce que Rambert refuse, c'est que le souci de la communauté limite, en chacun, le souci de soi ; c'est également qu'une catégorie abstraite – un Bien qu'il n'éprouve pas comme tel – puisse prévaloir sur l'expérience vécue. Et le mouvement même du livre consiste à proposer le passage, non à un bonheur collectif illusoire, mais à la possibilité que quelques-uns trouvent dans le bien public une forme de bonheur personnel, qu'une éthique personnelle se décide dans le souci de l'autre.

Au commencement de la maladie, en effet, le prix de la morale subie se resserre dans l'épreuve que constitue l'expérience du bonheur soudainement révélée comme ce qui a eu lieu – passé maintenant détaché, et dont l'éloignement ouvre à un autre temps ; mais ce qui peu à peu infléchit la conduite de chacun, c'est, dans la douleur éprouvée de la maladie et de la mort, l'expérience du malheur. Aussi la définition proposée par Rambert ne saurait-elle être longtemps maintenue : envisager le bien public, cela ne saurait plus se faire en référence au bonheur maintenant oublié, mais seulement, désormais, au malheur éprouvé. Et l'attitude même de Rambert, si elle nous apparaît rapidement emblématique, c'est de rendre sensible, par une évolution particulière qui lentement s'enlace à la trame narrative du roman, ce renversement général où s'assure la transition de l'une à l'autre des deux étapes qu'il convient de distinguer : la tentation de l'évasion pour retrouver le bonheur ; le choix de l'action pour affronter le malheur et y trouver un accomplissement de soi plus élevé.

Il est donc essentiel qu'entre les deux termes de ce parcours, Camus ait longuement développé le *passage* – et le débat qui l'accompagne : pour celui qui vient du dehors, il ne s'agit pas en effet d'une paisible intégration vers le dedans, non plus que d'une sereine décision que fonderait la seule raison, mais d'un retournement gouverné par l'épreuve et une tension qui dure puisque, dans l'attente d'un départ possible, il seconde le médecin et lutte contre la peste *en même temps* qu'il fréquente les passeurs et contrebandiers qui lui permettraient de sortir. L'interdiction de quitter Oran et qui lui paraissait injuste, il ne choisit pas de la respecter parce qu'elle lui semblerait maintenant juste, mais parce que le premier partage entre un bonheur concret et un malheur abstrait est venu peu à peu s'inverser par l'expérience vécue. A Rieux qui toujours se refuse à condamner son désir d'évasion – car « il n'y [a] pas de honte à préférer le bonheur » –, il justifie son renoncement par une autre approche, désormais, de la séparation : « Il peut y avoir de la honte à être heureux tout seul. [...] Maintenant que j'ai vu ce que j'ai vu, je sais que je suis d'ici, que je le veuille ou non » (*T* 1389)[1]. Il ne s'agit donc pas, ainsi que Camus lui-même le dit trop rapidement à Barthes de « renoncer à la vie privée pour rejoindre la vie collective »[2] mais de choisir un accomplissement de soi plus élevé, non plus dans une existence séparée mais bien désormais collective. Mais s'agit-il véritablement de choisir ? « Que je le veuille ou non », la précision n'est pas indifférente puisqu'elle paraît anticiper le lien qui viendra plus tard s'établir, chez Camus, de la solidarité métaphysique à la révolte ; mais le péril qu'elle porte en elle est bien d'ouvrir à une approche métaphysique, précisément – qui du même coup annule la lecture réaliste d'un *engagement* contre le nazisme –, et tout se passe comme si la découverte de la souffrance humaine entraînait tout à coup Rambert, et du même coup annihilait sa liberté de choisir : que je le veuille ou non je suis *embarqué*[3]. Il ne s'agit plus alors ni de morale ni d'éthique, mais de la révélation périlleuse d'une transcendance, et la même ambiguïté se retrouve que j'analysais tout à l'heure dans la notion de nature humaine, valeur, tout ensemble et réalité, de même qu'ici la solidarité se révèle en même temps qu'elle s'éprouve.

Reste que le livre, dans le même temps, maintient la possibilité d'un choix : celui d'une *manière d'être* nouvelle appelée par le surgissement du malheur, et si la décision répond à un mobile, c'est alors le passage d'une conception naguère abstraite de l'existence à une perception vécue. Un partage en particulier se fait jour, entre ceux que l'expérience de la mort a dès longtemps portés vers le malheur d'autrui, et ceux qui la rencontrent *ici*. Rieux ne décide pas d'agir, parce qu'il a *déjà* décidé (et c'est son « métier d'homme ») avant que son récit ne s'ouvre – et c'est aussi ce qui, pour une part, légitime sa parole ; de même, le choix de Tarrou est issu d'une ancienne épreuve fondatrice : le parti pris – après avoir vu son père, avocat général, requérir une mort légale, sinon légitime – de se placer du côté des victimes, car si les pestiférés étaient ces donneurs de mort, « je ne voulais pas être un pestiféré, voilà tout »

1. C'est cela même que, dès le début, Rieux avait prévu : « A partir de maintenant, hélas ! vous serez d'ici comme tout le monde » (*T* 1289).
2. Barthes, *Œuvres complètes,* t. 1, éd. citée, p. 457.
3. J'utilise à dessein ce terme pascalien que nous retrouverons tout à l'heure sous la plume de Camus. Rambert lui-même semble ici démarquer Pascal : « *Cela n'est pas volontaire*, vous êtes embarqué » [Je souligne] (*Pensées*, fr. 233, éd. Brunschvicg).

(*T* 1423) – et *voulais* est ici essentiel. Symétriquement, le Prêtre, Paneloux, et le Juge, Othon, figures jumelles de deux morales formelles, par là portés tous deux à peser les fautes et à distinguer les coupables, n'accèdent à l'engagement contre la mort que par l'expérience qu'ils en font – et l'essentiel est que, pour eux, la morale est *mise en question* : remise en cause en même temps qu'elle devient un sujet d'interrogation, et ce n'est plus la même. Dans l'ébranlement vécu de l'abstraction par le malheur, leur évolution, quoique différente, est commune : le jésuite, homme d'études, « n'a pas vu assez mourir et c'est pourquoi il parle au nom d'une vérité » (*T* 1322) –, et son engagement ultérieur se trouve tout entier gouverné par le renversement des préséances entre la vérité conçue et la réalité vécue ; et si l'épreuve du juge – la mort de son enfant – est plus cruelle, c'est la même transformation qu'elle induit : lui dont la fonction même était d'infliger la séparation, il cherche un adoucissement personnel – le sentiment d'être moins séparé de son fils – dans le choix d'aider la communauté[1]. Et c'est en quoi, ici encore, importe la figure négative de Cottard. Une lecture réaliste du livre a pu sans doute en faire la pure figure du collaborateur. Son personnage, pourtant, prend une signification différente à être rapporté à la situation même ouverte par la peste, et à ce choix qu'elle offre de la combattre ou non. Car dès lors qu'il n'est pas accessible à ce qui se dessine abstraitement comme possible valeur transcendante et concrètement comme expérience de la mort (puisque celle des autres diffère la sienne), il n'accède pas à ce qu'il pourrait lui aussi devenir, mais s'oblige à rester cet être-pour-la-mort que sa différence condamne.

Sans doute comprend-on mieux, maintenant, par quel malentendu il a pu être question de découvrir dans *La Peste* une morale, ou plus abusivement encore sa fondation, alors qu'à la liberté finalement rendue à chacun par l'éloignement du fléau aucun usage n'est assigné qui pourrait en être collectivement fait, chacun étant laissé à l'existence neuve qu'il s'est construite à partir de cette *santé du malheur*. Étrange dérive, à dire vrai, s'il

1. Que l'expérience du Mal humainement vécu comme malheur soit ici essentielle, cette mort le montre encore, qui symboliquement réunit tous les personnages essentiels du livre au chevet de l'enfant – et l'absolu de l'injustice subie sans signification devient pour tous l'Événement majeur : « Ils avaient déjà vu mourir des enfants puisque la terreur, depuis des mois, ne choisissait pas, mais ils n'avaient jamais encore suivi leurs souffrances minute après minute, comme ils le faisaient depuis le matin. Et, bien entendu, la douleur infligée à ces innocents n'avait jamais cessé de leur paraître ce qu'elle était en vérité, c'est-à-dire un scandale. Mais jusque-là du moins, ils se scandalisaient *abstraitement* en quelque sorte, parce qu'ils n'avaient jamais regardé en face, si longuement, l'agonie d'un innocent » (*T* 1394) [Je souligne].

s'agit bien d'abord de donner à voir des conduites d'où Camus s'est visiblement attaché à exclure une règle qui se fût imposée à tous, au nom de quelque valeur formelle, et sous la forme d'un impératif que le Bien eût été de respecter. Parmi tant d'exemples possibles, qu'il suffise de rappeler ici la réponse de Tarrou à Rieux qui l'interroge sur la raison de son action : « Je ne sais pas. *Ma* morale peut-être. – Et laquelle ? – La compréhension » (*T* 1325) [Je souligne]. Simplement chaque parcours singulier rencontre ceux des autres dans un même refus de l'assujettissement dont la solidarité est la conséquence plutôt que le principe, et ce sont des Sujets éthiques qui se constituent sous nos yeux.

Ce refus de la soumission, on le trahirait sans doute en lui prêtant une formulation universelle ; mais on ne le trahirait pas moins en le nouant trop visiblement au souci d'une action efficace (c'est-à-dire encore d'une morale), car ce qui se fait jour ici, c'est le choix d'abord d'une manière d'être au présent – et qui évoque Char aussi bien : « Ne t'attarde pas à l'ornière des résultats. » Puisque la hauteur d'une conduite ne se mesure pas à l'aune d'une réussite, on ne saurait donc considérer que *La Peste* nous propose je ne sais quelle fable dont l'issue – bienheureuse et naïve – serait la récompense du Bien, ou d'un ordre meilleur. Car Camus s'est visiblement attaché à délier l'engagement de ses conséquences. Individuellement, d'abord, pas plus que le Mal que la peste symbolise, la mort ne revêt de signification séparée : dans l'aléa constamment préservé du choix de ses victimes, elle ne punit pas ceux qu'elle frappe (Tarrou meurt), ni ne récompense ceux qu'elle épargne (Cottard n'est pas touché). Elle est l'aveugle même – c'est-à-dire si l'on veut l'injustice absolue – face à quoi la lucidité libre est l'humaine rétorsion. Et c'est la raison pour laquelle, quoi que l'on ait dit, *La Peste* n'est pas tout à fait une tragédie, puisque le choix ne s'impose pas entre deux termes dont l'un est la mort, mais entre un accomplissement de soi séparé, et un autre au contraire solidaire.

Mais collectivement, d'autre part, l'action conduite contre la peste ne trouve pas non plus sa raison dans l'éclat d'une victoire. Le combat, en effet, échappe au bénéfice trop simple d'un résultat qui le justifierait dans l'évidence comptable d'un bilan, et la fin de l'épidémie résulte moins des forces humaines tendues contre elle qu'elle ne surgit comme une interruption dont les soins médicaux n'ont pu être que l'auxiliaire précieux, non l'agent essentiel : « A la vérité, il était difficile de décider qu'il s'agissait d'une victoire. On était obligé seulement de constater que la maladie semblait partir comme elle était venue » (*T* 1440). Affirmation qui à nouveau incline à une lecture métaphysique où à la contingence du mal, l'essentiel est bien d'opposer l'exercice d'une souveraineté humaine. On a beau choisir la communauté, on ne la renforce pas nécessairement, et ce n'est toujours pas une morale. C'est qu'aussi bien s'il était possible de détruire le Mal, *La Peste* serait une fable qui supposerait un sens de l'Histoire orientée vers un Bien absolu. Or le livre se clôt sur la probabilité de son retour, et l'on peut voir dans cette relative inutilité de l'action l'écho de cette phrase déjà citée du *Mythe de Sisyphe* : « Dans le monde absurde, la valeur d'une notion ou d'une vie se mesure à son infécondité » (*E* 151). La peste, ainsi, suspend l'Histoire comme elle a suspendu le bonheur, et si sa fatalité est ainsi de toujours revenir, la nécessité ne disparaît pas de l'*envisager* sans jamais pactiser avec elle. Et c'est en quoi Rambert est encore exemplaire : son désir de partir était une « manière de refuser l'asservissement qui [le] menaçait » (*T* 1333) ; mais sa décision de rester n'a pas non plus de plus haute justification que celle-là, réorientée par l'ébranlement de l'événement : s'établir simplement à la hauteur même de ce qui pouvait l'abaisser ; non pas agir en vue de la victoire, mais comme si elle était possible, et en dernière instance – ce sont encore les mots de Char – fermement opposer, à la fatalité, la résistance à la fatalité.

Ici, cependant, s'ouvre un autre champ d'analyse, car si l'essentiel doit se constituer chez Camus à l'abri de tout impératif, mais à l'intérieur d'un espace partagé au nom d'une *nature* commune, on ne peut éluder la question de l'écriture même, ni le problème, étroitement connexe, de la position de l'écrivain. Prescrire, proférer une parole qui vient du dehors, mais aussi bien d'en haut, Camus, pas plus que son narrateur Rieux, ne saurait certainement l'accepter, ni qu'écrire puisse ainsi revenir à s'adresser à la communauté de ses lecteurs à partir d'un tel lieu. Le problème, du même coup, peut certainement s'envisager selon un double protocole – littéraire et encore moral – dont la nervure commune sera l'autorité de celui qui écrit. Il ne s'agit pas ici de rajeunir une vieille question sans réponse – pourquoi écrit-on ? – mais de simplement déterminer si l'écrivain fait de la littérature un autre enjeu de la communauté qu'il postule.

VERS UNE ESTHÉTIQUE DE L'ÉCHANGE

La Peste est un roman. Si la fiction qui s'y dévoile pour une part anticipe les affirmations théoriques et souvent plus abruptes énoncées peu après dans *L'Homme révolté*, ce n'est pas qu'elle apporte aucunement une réponse, mais seulement qu'elle approche autrement une question qui demeure la même. Si le privilège du roman est qu'« on ne pense que par images » (*T* 1912), si une vraie pensée n'est ainsi jamais une pensée séparée de ce qui est vécu, la littérature se voit reconnaître la tâche d'assurer, chez celui qui écrit, sa présence au monde, en même temps qu'elle permet à celui qui le lit de déchiffrer dans cette ambition accomplie la révolte que, pour sa part, il ne saurait dire. C'est donner à comprendre déjà ce qu'il faut tenter d'approcher plus précisément : l'assurance que la littérature, à condition que ses *images* ne soient pas un congé donné au réel (c'est visiblement, pour Camus, le risque d'une certaine poésie), bien loin d'être une écriture d'où l'auteur s'absente, est au contraire un des modes privilégiés d'une plus profonde perception de ce qui l'unit au lecteur – une commune compréhension de l'existence que la littérature leur permet de mieux dominer et par laquelle ils dépassent, mais reconnaissent, les limites d'une nature humaine partagée[1].

Pareille position, cependant, Camus ne l'a pas immédiatement conçue, mais bien plutôt conquise dans la richesse d'un déplacement qui, d'un art considéré d'abord comme l'esthétisation d'une existence singulière – celle de l'écrivain –, s'est ensuite porté vers la recherche d'un possible échange avec ceux auxquels il s'adresse. Lorsqu'il choisit de faire sienne, dans *Le Mythe de Sisyphe*, l'affirmation fameuse du *Crépuscule des idoles* – « Nous avons l'art pour ne pas mourir de la vérité » (*E* 173) – il reconnaît bien à la création cette portée morale que nous avons évoquée plus haut. Mais elle reste orientée tout entière vers celui qui, en pleine liberté, la choisit comme une règle de vie, car en ce premier temps de l'absurde, il y va d'abord pour l'artiste d'une lucidité et d'une volonté qui, tout entières tendues contre le désespoir justement de la vérité, lui permettent d'affirmer plus pleinement ce par quoi l'existence mérite d'être acceptée et d'être vécue, si l'on veut, *l'aile haute*. L'esthétique de la création, parce qu'elle relève d'une esthétique du Sujet, n'est pas séparable d'une conduite elle-même stylisée. C'est ce que suppose, vers les années du *Mythe*, une note des *Carnets*, contemporaine de *L'Étranger*, où la rup-

1. Il s'agit donc d'outrepasser le réel tout en le maintenant, et nous retrouvons ici la même ambivalence que nous avons longuement analysée quant à la notion de *valeur* : « L'art conteste le réel, mais ne se dérobe pas à lui. Nietzsche pouvait refuser toute transcendance, morale ou divine, en disant que cette transcendance poussait à la calomnie de ce monde et de cette vie. Mais il y a peut-être une *transcendance vivante*, dont la beauté fait la promesse, qui peut faire aimer et préférer à tout autre ce monde mortel et limité. L'art nous ramène ainsi aux origines de la révolte, dans la mesure où il tente de donner sa forme à une *valeur* qui fuit dans le devenir perpétuel, mais que l'artiste pressent et veut ravir à l'histoire » (*E* 662) [Je souligne].

ture de la littérature classique à la littérature moderne se trouve rapportée au passage d'une morale critique (négative) à une morale positive parce qu'elle « définit des *styles de vie* » dont le héros romantique est l'exemple, mais aussi bien Barrès et Montherlant, Malraux et Gide (*C* II.28). La littérature, ainsi, permet à celui qui s'y livre de s'accepter aussi, par le même mouvement qui lui fait accepter le monde, dans sa finitude reconnue. Cette absence de sens, néanmoins, Camus ne l'outrepasse pas pour muer sa vie en destin, à l'instar de Malraux, mais tout au contraire la maintient pour seulement devenir pleinement ce qu'il est – et pour « donner une forme à son destin » (*E* 192) : seconde naissance, et peut-être la seule véritable, par quoi il se réapproprie ce qui lui a été donné, mais se libère aussi d'un arrière-monde qui le détacherait du réel.

Dans la mesure exacte où le livre assure, et d'une certaine façon redouble ainsi la présence de son auteur puisqu'il la justifie en même temps qu'il la crée à ses propres yeux, nous sommes ici tout à l'inverse de la vision sacrificielle de Mallarmé où l'effacement de l'auteur comme personne assure seul l'émergence de l'œuvre : « L'idée d'un art détaché de son créateur n'est pas seulement démodée. Elle est fausse » (*E* 175). Il y a là, assurément, la revendication éthique d'une écriture qui, par le maintien en elle d'un nécessaire ancrage existentiel, s'assure d'une authenticité qui sans lui se perdrait – et nous en retrouverons le souci dans la poétique de Char[1] aussi bien que chez Cioran. Et nous ne cesserons de constater plus loin la sévérité de Camus pour tous les formalismes – comme pour ceux qui écrivent ce qu'ils n'ont pas vécu ; qu'il suffise pour l'instant de noter que, s'il convient de reconnaître à l'art une portée *métaphysique*, c'est au plus près de l'étymologie, parce qu'il vient *après* la nature, mais ne s'en sépare pas. En refusant toute échappée vers un sens que l'absurde interdit, l'objet de la littérature est bien de répéter la vie, selon le protocole d'une *mimèsis* – mais particulière – qui nous retiendra tout à l'heure, et dans un mouvement justement qui réaffirme sa stérilité – elle aussi est vouée à la mort – en même temps que sa joie, parce que « la joie absurde par excellence, c'est la création » (*E* 173), et que l'art, pour reprendre à Clément Rosset le titre d'un beau livre, est à coup sûr la *Force majeure*[2].

Inverse du désespoir, elle est aussi le contraire d'une fuite. Elle vient constituer l'œuvre en une figure qui n'oublie pas le monde, mais

1. Mais aussi chez Bonnefoy comme j'ai tenté de le montrer dans Sujet éthique, Sujet lyrique, in *Figures du sujet lyrique*, Dominique Rabaté (éd.), PUF, 1996.
2. Éd. de Minuit, 1983.

l'accepte et pourtant le conteste – et la solidité de cette conviction ne sera jamais ébranlée. Ainsi donc, « créer, c'est vivre deux fois » (*E* 173). Une littérature existentielle s'affirme parce qu'elle dit l'existence dans sa présence la plus sensible (l'*esthétique* de Camus est fidèle à la sensation), et parce que l'écrire est aussi une manière de la vivre – mais cette formule souligne aussi combien l'approche de l'écriture que *Le Mythe* nous propose est d'abord tournée du côté de l'auteur. S'il fallait en effet désigner d'un mot la fonction de l'écrivain absurde dans la communauté, que Camus justement laisse encore à l'imprécision, il suffirait de rappeler que si l'œuvre *révèle* à proportion de la lucidité dont elle témoigne, et si elle « fait sortir l'esprit de lui-même et le place en face d'autrui, non pour qu'il s'y perde, mais pour lui *montrer d'un doigt précis* la voie sans issue où tous sont engagés » (*E* 174 *sq.*) [Je souligne], elle exhausse pour une part l'écrivain au-dessus de ceux mêmes auxquels il s'adresse, et n'entame pas sa prophétie.

Cette position qui maintient, si l'on veut, certain romantisme – celui de la morale positive que j'évoquais mais aussi bien celui d'une parole qui révèle –, Camus cependant ne tarde pas à l'infléchir, sinon la congédier, dans la perspective bientôt ouverte par l'émergence de la révolte. Donner une forme à son destin – cette première ambition s'élargit dans la volonté maintenant de donner forme à une communauté, si bien qu'à tous égards le problème de la création se trouve aimanté désormais par les conditions formelles et sociales d'un accomplissement qui puisse *réunir.* C'est dire que si, du côté de l'auteur, l'œuvre ne se défait pas de sa stérilité métaphysique, du côté du lecteur au contraire elle s'accompagne d'une fécondité tout entière liée à la lucidité du face à face que la littérature maintient avec le monde – sans estomper sa part d'intolérable. Le refus de la séparation, si souvent évoqué dans ces pages et qui traverse l'œuvre de Camus de part en part, se retrouve donc ici selon le double protocole d'une œuvre qui ne s'éloigne pas du réel (c'est autre chose que le réalisme), et d'un écrivain qui ne se distingue pas de la communauté.

L'infléchissement de la position de Camus s'est produit assez tôt. Deux ans seulement après *Le Mythe*, il publie en effet une *Introduction aux « Maximes » de Chamfort* où se dessinent déjà, quoique de manière encore latérale, certains articles essentiels de ce que sera la poétique, ou l'esthétique, de la maturité. Sans doute ne s'agit-il ici, dans l'approche de la maxime classique, que d'analyser, parmi beaucoup d'autres, une des littératures de fuite que ne cesse pas de dénoncer Camus. Mais au-delà d'un genre à la fois limité et passé, ces pages importent au premier chef par la condamnation qui s'y affirme des moralistes classiques (La Rochefoucauld surtout) dont on l'a voulu bien abusivement l'héritier – et par le renversement significatif qui s'y opère de la maxime au profit du roman qui ne cessera pas d'être à ses yeux la forme la plus adéquate à l'expression de la révolte. La définition qu'en ces pages Camus propose du moraliste – « un homme qui a la passion du cœur humain » (*E* 1099) – est trop vague pour ne pas décevoir, et l'on ne se défait pas non plus d'une certaine déconvenue à le voir approcher si peu l'esthétique d'une forme brève, et si peu prendre en compte la qualité de tous ceux qui s'y sont livrés. Reste qu'à préciser aussitôt que le cœur humain est « ce qu'il y a de moins général au monde », il donne immédiatement à comprendre que ce qui se perd à ses yeux dans le frappé de la maxime ou la solennité de la sentence, ce n'est rien moins que le réel lui-même dans sa qualité singulière.

S'il excepte Chamfort de sa condamnation en lui reconnaissant le statut de romancier plutôt que celui de moraliste, Camus ne ravive pas le vieux débat des histoires littéraires – les mérites comparés du roman et de la maxime quant à la vérité psychologique[1] – mais bien plutôt le subvertit en déniant au moraliste classique toute aptitude à dire la réalité vraie de la nature humaine : la maxime n'est plus la rivale du roman, mais tout simplement son contraire dès lors qu'elle apparaît comme cette écriture purement formelle qui, dans sa prétention à subsumer tout le divers de la réalité vécue, bien loin d'en découvrir les lois, la recouvre au contraire d'un énoncé opaque dont le sens est toujours séparé, replié sur une vérité autonome que Camus tourne en dérision en faisant de son écriture l'équation close à l'intérieur de quoi les termes sans dommage peuvent commodément permuter. Une vérité que l'expérience *dément* ? Pas même, puisque ce serait lui reconnaître un lien avec cette expérience où, plus durement encore, Camus nous dit qu'elle n'a pas de « correspondant » (*E* 1100) : parole en l'air, par conséquent, simple *flatus vocis* qui ne rencontre en nous aucun écho. Son inutilité se resserre tout entière dans l'écart où l'entraîne sa visée de l'universel – abstraite jusqu'à se détacher du monde.

Cette séparation se redouble d'une autre : celle des moralistes qui « ont légiféré » (*E* 1100) – et donc prescrit normativement des règles bien plutôt qu'énoncé des lois de fonctionnement. Jugement certainement

1. Songeons simplement à Lanson : « Il [La Rochefoucauld] formule impartialement, avec une probité scientifique, les lois des faits qu'il a observés. Mais comme il dit en cinq mots la vérité que le roman dilue en un volume, notre amour-propre trouve le breuvage amer », in *Histoire de la littérature française*, Paris, Hachette, rééd. 1911, p. 477.

excessif et historiquement contestable, mais qui vaut ici de reconduire le conflit que nous avons longuement commenté entre une morale prescriptive et une éthique au contraire attractive. Or ce qu'il s'agit de représenter en littérature, ce sont bien des sujets éthiques où le lecteur vienne à se retrouver : tout le divers des manières d'être au monde dont on livre l'expérience nue – sans jugement (*La Peste* nous l'a montré), sans intention non plus d'établir celui qui écrit en surplomb de ceux auxquels il s'adresse. Il n'est donc pas indifférent que Camus donne implicitement à comprendre que le moraliste classique, par le même mouvement qui porte son écriture à s'élever au-dessus du réel, vient lui-même souverainement s'établir au-dessus de la communauté de ses lecteurs par la *prescription* de son œuvre.

Il se peut bien, ici encore, que la situation de l'écrivain classique infirme largement cette supposition. Ce qui doit retenir cependant l'attention, c'est que, louant *La Princesse de Clèves* dans un article exactement contemporain de l'*Introduction* à Chamfort, Camus transpose à la spécificité du roman cette problématique de l'échange, et de la limite que peuvent lui imposer certaines formes d'écriture : « Nous appelons mauvais écrivain celui qui s'exprime en tenant compte d'un contexte intérieur que le lecteur ne peut connaître » (*T* 1897). De l'auteur au lecteur, une nouvelle forme de distance se trouve explicitement refusée. Sans doute y a-t-il dans la vivacité de ce *Nous appelons* toute la raideur d'un geste qui condamne bon nombre des plus hauts écrivains – ceux qui, de Montaigne à Valéry, offrent à autrui, dans le maintien d'une subjectivité détachée, un livre qui ne s'adresse pas *d'abord* à lui, mais savent pourtant, et pour certains postulent, que la littérature, pour une part, trouve son origine dans la fécondité de l'écart creusé entre l'œuvre et celui qui, la lisant, se la réapproprie de manière neuve. Ce qui s'affirme pourtant ici, avec une force qui peut heurter parce qu'elle est un congé donné à ce qui n'est pas elle, c'est que l'écrivain, tel que l'envisage Camus, ne saurait être, parmi ses lecteurs, un sujet *séparé* ; que la littérature, parallèlement, s'affirme comme la *traduction*[1], à l'usage d'autrui, d'une expérience intérieure dépouillée de ce qui ne saurait être vraiment partagé.

Lorsque ainsi Camus en vient à affirmer que « nos plus grands moralistes ne sont pas des faiseurs de maximes, ce sont des romanciers »

1. Le mot figure dans une note des *Carnets* qui reprend presque terme à terme les lignes que nous citions : « Le problème en art est un problème de traduction. Les mauvais écrivains : ceux qui écrivent en tenant compte d'un contexte intérieur que le lecteur ne peut pas connaître » (*C* I. 234).

(*E* 1099), on aurait tort de croire que ce face à face puisse reconduire l'opposition – qui n'emporte pas l'adhésion – entre une littérature classique de consentement et une littérature moderne de dissidence[1], puisque quelques-uns des traits essentiels du roman sont ceux que déjà Camus reconnaît à l'œuvre de Mme de Lafayette. Et s'il convient de ne pas s'étonner que l'éloge de *La Princesse de Clèves* ne diffère pas essentiellement, dans ses principaux attendus, de l'analyse plus large que *L'Homme révolté* vient proposer du genre lui-même, c'est que « le monde romanesque est la *correction* de ce monde-ci, suivant le désir profond de l'homme » (*E* 666) [Je souligne]. Camus, sans doute, ne fait que réaffirmer ici la plus large ambition d'une « création corrigée » qui à partir de 1940 se formule dans les *Carnets* comme dans les œuvres publiées[2] ; il n'est pas pourtant inutile que le mot de *recréation* – le manuscrit l'indique – ait d'abord été préféré à celui de *correction*. Car ce qui se trouve ainsi souligné davantage, c'est toute la portée mimétique de l'œuvre qui vient s'établir à mi-voie entre l'insuffisance d'un réalisme qui copie le monde dans le maintien de sa dispersion, et les excès d'un formalisme qui absente trop commodément le réel qu'il convient d'affronter dans le mouvement de cette reprise.

Il y va cependant d'une *mimèsis* particulière qu'on ne saurait laisser à trop d'imprécision. Le romancier recrée parce qu'il trace plus visiblement le mouvement de destins dont il extrapole la courbe vers cet accomplissement qui est vraiment leur fin, que le réel de l'existence élude, et qui seule cependant en découvre le sens immanent ; il accorde à un monde épars *l'unité* qu'il n'a pas réellement. Cette imitation renouvelée redouble ainsi la présence de l'écrivain pour lui-même, et selon un motif qui nous rappelle que créer, c'est vivre deux fois. Mais elle redouble aussi pour les lecteurs de l'œuvre la présence même des êtres et des choses : elle s'ajoute sans doute au réel, mais en aucun cas n'y vient suppléer par quelque monde second qui serait son oubli, ou son effacement ; tout au contraire, elle le maintient en *complétant* le sens que la réalité ne rend pas perceptible. Ce qui élève l'imitation à la puissance de la révolte, c'est bien alors que l'écrivain n'exalte pas le monde que sa représentation accepte, mais le conteste aussi par cette plénitude que le roman découvre, et que le réel n'offre pas à vivre. Comment autrement comprendre l'affirmation de

1. Roman et révolte, *E* 662.
2. En 1945, par exemple, dans « Remarque sur la révolte » : « Le but de l'effort artistique étant une œuvre idéale où la création serait corrigée » (*E* 1696).

Camus : « Le roman naît en même temps que l'esprit de révolte et il traduit, sur le plan esthétique, la même ambition » (*E* 662) ? C'est que le roman vient dépasser la finitude de l'homme en donnant à celui qui écrit – qui lit – la possibilité de posséder *davantage* le monde, et d'affirmer ainsi la force de sa révolte contre une réalité qui si largement lui échappe. Il y va d'une réappropriation totale de la présence, qui unit l'auteur au lecteur comme les unit aussi – et par une même valeur – le refus de ce qui limite l'existence. Ainsi s'affirme chez Camus une *esthétique de la tension* qui reconduit de part en part l'éthique du révolté, car ce qu'il cherche, par son action, à reconstituer par-delà les désordres du monde est, sur un autre mode, ce que le roman lui offre en substituant aux éclats du réel vécu un réel étendu et réunifié – et c'est encore la nostalgie d'une unité que les hommes ont perdue : « Connaître l'embouchure, dominer le cours du fleuve, saisir enfin la vie comme destin, voilà leur vraie nostalgie, au plus épais de leur patrie » (*E* 664).

On conçoit donc qu'à l'intérieur même de l'espace général de la littérature, le roman soit privilégié, et que parmi les nombreuses formes que peut prendre la poésie, soient d'abord louées celles qui, comme l'écriture de Ponge, n'absentent pas le réel. Il se peut bien qu'il y ait ici quelque injustice à n'envisager fatalement la position de Camus qu'au travers de ce que nous en livre une œuvre tôt interrompue, et qui peut-être se fût par la suite élargie au-delà de cette problématique centrale, mais finalement étroite quant à l'analyse des œuvres. Il demeure que *L'Homme révolté*, dans son approche conjointe de la littérature et de la révolte, nous paraît souvent établir une manière de cartographie où d'immenses territoires inconnus, parce qu'ils sont hors propos, jouxtent les terres brûlées par une critique qui ne retient d'abord que ce qui répond à l'appel de son exigence. Ainsi de l'apogée de Rimbaud, lyriquement loué, mais *après* Charleville, *avant* l'Abyssinie, « à l'instant où, donnant à la révolte le langage le plus étrangement juste qu'elle ait jamais reçu, il dit à la fois son triomphe et son angoisse, la vie absente au monde et le monde inévitable, le cri vers l'impossible et la réalité rugueuse à étreindre, le refus de la morale et la nostalgie irrésistible du devoir » (*E* 497). La puissance de Rimbaud se rassemble ici tout entière dans le resserrement, sans exemple avant lui, de cette succession de *et* où ne cessent de se maintenir au plus haut, dans un face à face éphémère où Camus se reconnaît, l'approbation *et* la révolte. Le Harrar, par la suite, ne sera guère pour lui que fuite et renoncement – faiblesse, finalement, de qui tourne le dos pour ne pas soutenir plus avant la confrontation.

Cette brutale condamnation d'une *démission* – le mot est de Camus – a légitimement heurté, et il se peut qu'elle ne soit guère que la plus fragile lecture d'un événement considérable auquel Char, au contraire, a donné sa vraie dimension. Elle est pourtant emblématique de l'approche qui se met en place dans *L'Homme révolté* où Camus, s'attachant à penser les rapports de la littérature à la révolte telle qu'il la définit, n'envisage la première que par l'accomplissement que la seconde peut y trouver, et finalement met en place un système d'exclusion dès lors qu'il s'agit de montrer combien les œuvres de révolte ont été jusqu'alors avant tout des manœuvres d'esquive – et tout se passe comme si cet évitement de la réalité suffisait à lui seul à sceller leur condamnation, et que l'insuffisance de leur révolte dût les exclure du champ de la littérature véritable. Ces longs développements déçoivent par cet *a priori*, mais par les approximations aussi qui l'accompagnent – songeons à la critique, chez les romantiques, d'un éloge du mal qui ne les définit que de façon latérale, et qu'ils sont loin de tous partager – et finalement par l'étroite réduction qu'ils opèrent de l'écrivain à la position qu'il choisit face au monde. Trait d'époque, peut-être, pour une part, si l'on songe par exemple au *Qu'est-ce que la littérature ?* de Sartre qui lui aussi, pour des raisons différentes mais voisines, éloigne la poésie, met en pièces le surréalisme, et assignant à l'écrivain la tâche de « faire entrevoir les valeurs d'éternité qui sont impliquées dans les débats sociaux ou politiques » définit la *fonction sociale* que doit à ses yeux revêtir la littérature largement alors définie par la relation de l'écrivain avec son public.

C'est qu'à l'esquive du réel que la littérature opère dans l'acceptation d'un imaginaire séparé, chez l'écrivain qui y consent répond bien en effet pour Camus *l'illusion d'être* que la création d'une pareille fiction lui apporte – jusqu'au surréalisme défini, d'une formule fameuse, comme « un grand appel vers une vie absente [qui] s'arme d'un refus total du monde présent » (*E* 500). Reste que cette fuite de l'écrivain, poète maudit ou dandy romantique, trouve la perversité de son effet, selon la logique développée par *L'Homme révolté*, dans une esthétique de « créateurs solitaires » : « L'artiste devient alors modèle, il se propose en exemple : l'art est sa morale » (*E* 463)[1]. L'intérêt de la conclusion de Camus n'est pas seulement de nous montrer l'exemplaire renversement de sa propre attitude

1. Et sans doute faudrait-il nuancer la position de Camus qui donne trop aisément à croire que cette marginalité fut d'abord un choix d'écrivain : « Tout poète, pour être reçu, doit alors être maudit » (*E* 461).

telle qu'elle s'exprime dans *Le Mythe* – où l'on se rappelle l'importance de la définition nietzschéenne de l'art entendu comme morale –, à ces lignes de *L'Homme révolté* qui sont une condamnation de l'écrivain séparé devenu « directeur de conscience » ; elle est aussi de reconduire pleinement l'exigence de ce passage que j'ai longuement analysé d'une morale qui légifère à une éthique qui patiemment cherche à unir une communauté autour d'une valeur acceptée par chacun. Ainsi l'esthétique de Camus, certainement, est une esthétique de l'échange, et le *Discours de Suède* l'affirme sans détours par la double présence du souci de soi et d'autrui : « L'artiste se forge dans cet aller-retour perpétuel de lui aux autres, à mi-chemin de la beauté dont il ne peut se passer et de la communauté à laquelle il ne peut s'arracher » (*E* 1072).

Il demeure cependant que, par un ironique renversement, cette manière de théologie négative par quoi *L'Homme révolté* donne bien plus visiblement à comprendre les raisons pour lesquelles la littérature jusqu'ici a manqué la révolte, que les ressources précises par lesquelles elle pourrait désormais l'exprimer au plus près, a contribué paradoxalement, on ne l'a pas assez souligné, à établir Camus dans la situation de qui légifère, et exclut que la qualité esthétique des œuvres puisse suffire à elle seule à les légitimer[1]. Car en s'attachant à penser de manière généreuse l'utilité de l'art pour autrui, il la définit néanmoins du point de vue d'un créateur abusivement universalisé. Dès lors, en effet, que son ambition n'est pas tant de proposer *sa* poétique que de théoriser *la* poétique de la révolte, il s'établit dans la position périlleuse de celui qui livre moins les attendus de ce qu'il voudrait faire, qu'il ne vient définir, par l'universalité rêvée de son propos, ce que l'écrivain révolté *doit* faire. L'approche qui se découvre ainsi est trop générale, tout ensemble, pour que nous y lisions seulement, derrière le nom de Camus, la position de l'écrivain qu'il est, et trop particulière pour que le philosophe qui le double ne semble pas prescrire plutôt qu'analyser, parler pour tous et non pas simplement pour soi. Or la réputation de moraliste qui lui fut faite a pu tenir, précisément, à la position insensiblement adoptée de celui qui, fût-ce à son corps défendant, profère une parole qui excède son propre nom, et cette ambiguïté n'a pu manquer d'exacerber les polémiques.

1. D'où la vive réaction de Breton heurté par l'attaque de Camus contre Lautréamont (*Arts*, 12 octobre 1951).

EMBARQUÉ PLUTÔT QU'ENGAGÉ

L'esthétique de l'échange que nous venons d'évoquer trouve son répondant, naturel en même temps que nécessaire, dans une *situation* de l'écrivain que Camus a analysée en des pages essentielles, et dont certaines sont liées à la solennité du prix Nobel. Répondant naturel, puisque, dès lors que la littérature se trouve envisagée comme cette expérience où s'assure le passage de la beauté à la communauté, l'écrivain choisit de s'établir au centre, assurément mobile, des échanges qui la travaillent ; mais nécessaire, aussi, parce qu'une exigence survient, que cette fois il subit, et qui est, en dehors même de l'œuvre, la manifestation de sa solidarité : ce que naguère, d'un mot que Camus justement défait, l'on nommait engagement, et qui maintient – mais sur un autre mode – la relation de l'homme à l'auteur. Assurément, le *Discours de Suède*, dans la totalité de son mouvement et au-delà de toute coquetterie d'écrivain, est pour dire d'abord cette présence de l'un parmi les autres – et l'on ne peut douter qu'elle fut pour lui l'occasion d'opposer à ses adversaires une image de l'artiste qui inversait de part en part la figure trop commode qu'ils avaient composée – imposée – de lui-même en moraliste séparé : un antiportrait se construit, d'une tonalité troublante et grave que rétrospectivement la mort nous rend testamentaire, mais aussi un autoportrait – et ce que Camus rétorque, d'une manière qu'il faut préciser, c'est une présence de l'homme bien plutôt que de l'écrivain.

Cette réponse, sans doute – et les circonstances, bien sûr, ne pouvaient que l'y inciter –, est moins polémique qu'historique, puisque le point de départ de l'analyse est la constatation simplement d'une rupture qui oblige chacun et l'entraîne : « Jusqu'à présent, et tant bien que mal, l'abstention a toujours été possible dans l'histoire. Celui qui n'approuvait pas, il pouvait souvent se taire, ou parler d'autre chose. Aujourd'hui, tout est changé, le silence même prend un sens redoutable » (*E* 1079). Tout entière construite sur une chronologie radicale – *jusqu'à présent* – et néanmoins flottante – quand cet *aujourd'hui* commence-t-il ? – cette approche certainement surprend. Elle congédie d'un geste les diverses modalités passées de la présence, depuis près de deux siècles, de l'écrivain dans l'histoire, elle écarte la figure traditionnelle de l'intellectuel – et du même coup, parfois, le confort irresponsable de celui qui ne prend aucun risque[1] –, et rappelle que Camus, non sans raisons, n'a pas cessé de distinguer l'artiste de l'intellectuel.

Ainsi s'inverse l'ordre des préséances : il s'agissait *jusqu'à présent* d'un choix que l'écrivain était libre de faire, ou non ; il s'agit désormais d'une contraignante exigence qui trouve son origine dans cette communauté dont le souci l'emporte : « A partir du moment où l'abstention elle-même est considérée comme un choix, puni ou loué comme tel, l'artiste, *qu'il le veuille ou non*, est *embarqué* » *(ibid.)* [Je souligne]. Formule étrange assurément, et jusqu'au bord de la contradiction : si l'abstention est un choix, pourquoi l'artiste n'aurait-il pas lui-même la possibilité du choix inverse, et pourquoi serait-il *embarqué* dans la non-abstention ? C'est qu'il s'agit ici de l'artiste tel que l'envisage Camus et qui ne sépare pas figure publique de l'écrivain et présence en lui de l'homme privé. Aussi longtemps qu'il s'agissait d'écrire, l'un et l'autre, sans doute, devaient rester indissociables[2] ; dès lors qu'il s'agit des affaires du siècle, l'homme entraîne l'écrivain au nom d'une solidarité humaine étroitement nouée à la solidarité esthétique. Ce qui doit surtout retenir ici l'attention, c'est le retour à l'identique des termes utilisés par Rambert dans *La Peste* : « Maintenant que j'ai vu ce que j'ai vu, je sais que je suis d'ici, *que je le veuille ou non* » (*T* 1389) [Je souligne]. Plusieurs glissements s'opèrent ici : en premier lieu la substitution qu'opère Camus de la situation générale de « l'artiste » à ce qui n'est pourtant que la sienne propre : tout se passe donc comme si elle devait être naturellement partagée, et l'on retrouve ici la même tentation d'un hâtif passage à l'universel que nous avons vu dans *L'Homme révolté* ; mais de l'écrivain engagé à celui qui est embarqué, c'est la liberté plus profondément qui s'annule au profit d'une valeur transcendante – celle de nature humaine – qui impose d'être solidaire, et force est de constater que l'on passe d'une éthique par laquelle le Sujet s'engagerait pour être solidaire d'autrui, à une morale métaphysique qui l'oblige à parler au nom d'une solidarité antérieurement éprouvée (révélée ?) – et nous retrouvons encore la même ambiguïté que j'ai plusieurs fois évoquée entre la solidarité vécue par la singularité de l'expérience concrète et la transcendance qu'elle suppose comme valeur partagée. Mais si l'écrivain embarqué

1. Songeons seulement à cette réponse à Emmanuel d'Astier : « C'est en cela que je me sépare de quelques-uns des grands esprits, dont je m'arrêterai de mépriser les appels au meurtre quand ils tiendront eux-mêmes les fusils de l'exécution » (*E* 356).
2. « Détestable, l'écrivain qui parle, exploite ce qu'il n'a jamais vécu » (*C* II.20) – d'où cette conséquence à propos d'un débat avec David Rousset : « Ce qui me ferme la bouche, c'est que je n'ai pas été déporté. Mais je sais quel cri j'étouffe en disant ceci » (*ibid.*, 235).

s'exprime *au nom* de cette valeur abstraite, et non pas pour l'étendre ou la faire partager comme expérience concrète, le risque ouvert est bien celui du moralisme qu'aggrave ici la connotation religieuse qui accompagne le retour du vocabulaire pascalien.

Par un essentiel retournement que Camus ne rend pas explicite, l'homme prend ici le pas sur l'écrivain qui pourtant s'en sépare d'autant moins que c'est lui seul qui donne à sa parole cette autorité grâce à quoi on l'écoute. L'analyse de Camus n'est pas sans conséquences. Elle déporte d'abord le contenu de la décision : jusqu'ici, parce que l'abstention demeurait possible, quelques-uns choisissaient de parler, et le choix (négatif) est plutôt maintenant de se taire : si le privilège de l'exception revient désormais à l'artiste silencieux dont le refus d'intervention est une marque de désintérêt qu'implicitement Camus juge condamnable, la parole publique, à l'inverse, lui devient naturelle ; elle n'est plus une manière de se distinguer – fût-ce par l'exigence du courage et l'expression de la générosité – mais tout au contraire de s'unir plus étroitement encore à ceux mêmes dont elle se soucie ; elle n'est plus une façon d'abord de s'opposer momentanément – selon le modèle hérité de Voltaire ou Zola – pour détruire ce qui est maintenant détestable, mais bien plutôt de s'intégrer durablement ; elle n'est plus enfin l'émergence d'une parole d'autant mieux entendue qu'elle ne s'élevait que pour répondre à la gravité de l'événement, mais une voix au contraire qui ne cesse de parler parmi d'autres, de plain-pied avec elles, dans le cours ordinaire des choses.

D'où le recours à la métaphore des gradins et du cirque : « Mais l'artiste jusqu'ici était sur les gradins. Il chantait pour rien, pour lui-même, ou, dans le meilleur des cas, pour encourager le martyr et distraire un peu le lion de son appétit. Maintenant, au contraire, l'artiste se trouve dans le cirque. Sa voix, forcément, n'est plus la même ; elle est beaucoup moins assurée » (*E* 1079 *sq.*). Il se peut bien, ici encore, que la dénonciation de l'art pour l'art (chanter pour rien) soit sans nuances ; il se peut, plus gravement, qu'une telle approche fasse fi du péril encouru, malgré tout, par celui qui élevait la voix : être à son tour entraîné dans la fosse aux lions – et sans doute l'injustice du propos éclate-t-elle dans des formules trop ironiques (« encourager le martyr ») pour rendre compte de la courageuse efficacité de certains. Mais ce qui importe, c'est que si la parole est désormais moins assurée car désacralisée, si elle ne vaut plus par le prestige d'une distance qui permettait d'être entendu sans être pourtant menacé, mais par le témoignage simplement risqué, ce qui l'assure pourtant, il faudra y revenir, c'est l'autorité néanmoins morale de celui qui parle, et que Camus tend à gommer comme s'il convenait de toujours raturer l'exception prestigieuse d'une parole d'écrivain : « En tant qu'artistes, nous n'avons peut-être pas besoin d'intervenir dans les affaires du siècle. Mais en tant qu'hommes, oui » (*E* 802). C'est donc l'homme qui se fait entendre.

Depuis le cirque, ou les gradins ? C'est précisément toute la différence entre celui qui, parmi tous, fait simplement dépendre sa position de valeurs morales (et de ce point de vue Camus fut toujours un sujet éthique, et sans doute le fut-il de manière trop naïve, parfois, pour ne pas faire sourire les moins cyniques)[1], et d'autre part celui qui, parce qu'il semble incarner le juste et du même coup s'en faire la source, d'où qu'il veuille parler finalement paraît s'exhausser pour le faire. Or que cette différence se soit réduite, c'est précisément ce qui a insensiblement constitué Camus en un moraliste. Il est probable, en premier lieu, qu'à compter de 1947, lorsqu'il se libéra presque entièrement de toute allégeance partisane, ce relatif désengagement singularisa sa parole qui ne prit plus autorité que d'elle-même, et de l'auteur qui la garantissait. Et si son ambition était bien d'abord d'introduire la morale *dans* la politique, sa parole surtout résonnait d'une contestation qui renvoyait à leur fragilité morale, précisément, toutes les décisions politiques qui, plutôt que d'apporter aux problèmes des solutions parfaitement justes, n'en proposent jamais que des règlements imparfaits. En opposant de justes principes aux pouvoirs qui manquaient à les respecter, en se refusant souvent à suffisamment prendre en compte les limites de toute action, en manifestant une constante réticence à passer de l'énoncé d'une valeur à la réduction qu'entraîne son application, Camus ne pouvait que sembler s'établir au-dessus du réel. Et si sans doute cette difficulté à descendre des principes à la réalité des faits – qu'il envisagea si souvent au plus près –, était bien d'abord gouvernée par la volonté de faire constamment prévaloir une proposition qui unit sur une parole qui divise, la commodité qu'il y avait cependant à ne guère prendre en compte les conséquences négatives qu'entraîne, pour une part, toute action positive, ne pouvait donc qu'ouvrir à l'apparence de cette *morale séparée* qu'il avait toujours refusée.

Cet effet de distance s'aggrava de l'exploitation qui en fut faite par ceux qui, le disant moraliste, avaient conscience, en l'élevant au-delà du réel, de miner l'efficacité de son discours, et de détourner son authentique présence au cœur des dissensions qu'il cherchait à réduire par

1. Songeons à un article de la Libération : « Nous sommes décidés à supprimer la politique pour la remplacer par la morale. C'est ce que nous appelons une révolution » (*Combat*, 4 septembre 1944).

l'évocation au contraire d'un désengagement dont la nervure morale supposait qu'il dût s'établir au-dessus de l'affrontement. Cette stratégie passablement retorse, l'hommage nécrologique de Sartre, derrière l'éloge, en maintient une trace discrète : « Ce cartésien de l'absurde refusait de quitter le sûr terrain de la moralité et de s'engager dans les chemins incertains de la *pratique.* »[1] Une telle interprétation, cependant, de la parole de Camus n'était possible que dans la mesure même où son énonciation d'elle-même établissait une distance qui prenait insensiblement à rebours le désir exprimé par Camus d'une parole qui ne fût pas détachée.

Pour mieux approcher les modalités de ce glissement, il suffit sans doute d'évoquer à nouveau la thématique centrale de la communauté qui ouvre à cette cohérence profonde de signifier encore le refus de la séparation que nous n'avons pas cessé de rencontrer, et trouve une supplémentaire résonance dans le souci politique et moral d'une communauté qui ne se divise pas. Il n'est pas inutile en effet de rappeler qu'en 1940, avant le choix de l'action dans le mouvement *Combat*, sa première pensée fut celle d'une possible trêve ; qu'après avoir dénoncé les insuffisances de l'épuration, contre Mauriac qui en critiquait pour sa part les excès, il avoua son erreur lorsqu'il découvrit que, loin de vider les abcès de la collaboration, l'épuration risquait bien surtout d'empêcher les plaies de cicatriser, donc de déchirer plus gravement encore la communauté dans la haine d'une part, et de l'autre la mauvaise foi ; que son désir de l'unité européenne le conduisit – dans le dépassement des États-nations qui fut aussi bien l'utopie partagée, après guerre, par des hommes comme Jaspers ou Denis de Rougemont – à penser l'avènement possible d'une communauté mondiale, elle-même dotée d'un parlement élu par tous les peuples ; que l'ambition, enfin, qu'il nourrissait pour l'Algérie, le fit appeler de nouveau à la trêve, dans le souci toujours maintenu d'une terre où s'uniraient Français et Algériens dans une réelle égalité de droits. Et sa voix justement se tut lorsqu'il apparut qu'elle ne pouvait plus désormais porter qu'une parole de division, ou pis encore de polémique puisqu'il avait alors des adversaires, sinon des ennemis véritables, dans l'un et l'autre camps. Peu importe sans doute cette part d'illusion qui était nécessaire à une parole d'indivision, et qu'elle pût affirmer la solidarité au-delà de ce que les faits rendaient d'abord pensable : il demeure que Camus fut constamment fidèle à l'exigence qu'il affirmait de penser la communauté *du dedans*.

1. Albert Camus, in *Situations IV*, Paris, Gallimard, 1964, p. 127.

La figure d'un moraliste put néanmoins se constituer à partir d'une parole qui, bien qu'individuelle, vient s'élever à l'universel, et d'un sujet qui solitairement *prend en charge* cet universel en évoquant les affrontements d'un monde qui les multiplie et dont aucun ne doit être oublié, mais en dépouillant aussi bien l'événement de son caractère localement politique pour l'élever rhétoriquement au plan moral qui n'est pas le sien. De cette dérive assez familière à Camus témoigne exemplairement la conclusion de la préface qu'il rédige juste après la guerre pour un volume de témoignages, *L'Espagne libre* : « Mais nous avons appris que la démocratie n'a pas de frontières. Méprisée en un lieu, elle est menacée tout entière » (*E* 1608). On comprend bien que ce qui s'exprime ici, c'est une solidarité. Mais elle demeure abstraite : que le *fait* démocratique puisse être ici bafoué ne le menace pas ailleurs – sauf à substituer, précisément, l'exigence d'une communauté morale au défaut d'une communauté politique. L'une et l'autre demeurent sans rapport, et ce qui s'opère ici n'est que le glissement d'une action efficace, parce que limitée, à l'affirmation d'une position incertaine, parce que dénouée du réel.

La démocratie entendue comme *valeur* n'est pas remise en cause par une contestation partielle qui ressortit aux accidents de l'Histoire. Le propos de Camus, cependant, porte en lui un *effet* : en choisissant de présupposer une solidarité de fait, il escompte l'accroissement d'une solidarité de droit : celle que lui-même postule. Mais parce qu'elle demeure théorique, donc fictive, aussi longtemps que sa traduction concrète reste à l'évidence utopique, il n'est certainement pas indifférent que Camus, par une autre dérive également familière, fonde son lien sur l'affect : « Chaque fois qu'un homme est chargé de chaînes dans le monde, c'est nous qui en même temps sommes liés » *(ibid.)*. Si l'on se refuse à ne déchiffrer ici qu'un pur effet de pathétique, force est de constater que nous ne sommes *réellement* liés par les chaînes de l'autre que dans la mesure même où nous souffrons sa peine, où nous prenons sur nous toute la somme des souffrances et malheurs d'autrui – et cette charge universelle appelle la qualité du saint, à tout le moins l'aspiration à la sainteté, ou quelque chose encore d'une posture christique[1]. Par là s'affirment ainsi toute l'exemplaire *élévation* de qui choisit de s'y dévouer, sinon de s'y sacrifier, et une dimension implicitement religieuse qui ne pouvait que sacraliser la parole de Camus, et ouvrir au procès d'une énonciation

1. « Ce que vous avez fait au plus petit d'entre les miens, c'est à moi que vous l'avez fait » (Matt. XXV.40).

séparée[1]. En s'exprimant, Camus sans doute entendait réellement accroître une solidarité insuffisante ; mais parce qu'elle était irréelle et que les faits la déniaient, il ne pouvait que sembler fatalement s'exprimer *en son nom* – c'est-à-dire aussi bien l'incarner.

Du même coup ne saurait être éludée la question de l'autorité du discours, et de son origine. Une contestation partisane est reçue, sinon recevable, au nom du combat politique ; une objection morale ne peut trouver son efficacité que par la qualité de qui l'énonce, et court le risque de sembler s'arroger une légitimité supérieure, à moins qu'elle ne lui soit institutionnellement reconnue. Or si la solidarité éthique pour les plus faibles théoriquement se fondait chez Camus sur l'exigence maintenue de cette commune *valeur* que nous avons analysée, pratiquement, néanmoins, elle venait appuyer son crédit tout à la fois sur le prestige de l'écrivain reconnu et sur l'évocation d'une commune expérience passée. Ici encore, l'ironie sartrienne, aisément, faisait mouche : « Vous parlez, dites-vous, "*au nom* de cette misère qui suscite des milliers d'avocats et jamais un seul frère". Pour le coup, nous rendons les armes : s'il est vrai que la misère soit venue vous trouver et qu'elle vous ait dit : "va et parle en mon nom", il ne reste qu'à se taire et qu'à écouter sa voix »[2] [Je souligne]. La rupture, postulée par Camus, entre l'intellect (des milliers d'avocats) et l'affect (jamais un frère) reconduit précieusement ici la séparation que nous avons dite entre les intellectuels et l'artiste embarqué, et elle est aussi bien, à nouveau, l'implicite condamnation des premiers. Elle soulève néanmoins la question de son origine.

L'autorité, sans doute, qui donnait à Camus le droit de s'exprimer était bien, pour une part, l'expérience partagée de la misère, et par elle certainement retentissait aussi l'authenticité de sa parole. Mais l'expérience du Sujet, Camus la retournait aussi en privilège de l'écrivain : en choisissant de nouer une solidarité exprimée à une solidarité vécue, il abaissait et peut-être annulait la parole trop abstraite des avocats qui ne l'avaient pas connue ; mais du même coup il s'arrogeait (on le lui a tant reproché) le droit de parler, et presque seul, fraternellement de la misère[3] ; et parce qu'en lui le clerc était sorti de cette communauté première, la fra-

1. Songeons à une note d'un Carnet : « Il n'y a pas d'autre objection à l'attitude totalitaire que l'objection religieuse ou morale » (*C* II.127).
2. Réponse à Albert Camus, in *Situations IV*, Paris, Gallimard, 1964, p. 93.
3. Cf. *L'Avant-propos à « La Maison du peuple » de Louis Guilloux :* « La pauvreté, par exemple, laisse à ceux qui l'ont vécue une intolérance qui supporte mal qu'on parle d'un certain dénuement autrement qu'en connaissance de cause » (*E* 1111).

ternité alléguée pouvait s'interpréter – il suffisait de quelque malveillance, conforté il est vrai par certaine pompe parfois de l'écriture – comme métaphore seulement de la compassion, et du coup comme *pathos* d'écrivain. Le glissement était mal évitable : celui qui, comme sujet singulier, entendait s'exprimer pour demeurer parmi les siens, parce qu'il était également écrivain, inversait donc l'humilité première en une supériorité imposée à ses pairs pour ainsi devenir, dans la communauté intellectuelle, une figure d'exception, exorbitante du droit commun[1].

L'évocation de la polémique avec Sartre serait indifférente si elle n'ouvrait à une conclusion plus large. Par une parole qui se voulait individuelle, Camus sans doute entendait faire valoir toute l'exigence d'un citoyen parmi les autres ; il ne pouvait guère empêcher néanmoins que sa parole, d'emblée, fût affectée d'une ambiguïté essentielle si le statut de moraliste dont il s'embarrassa naquit d'une manière de contamination entre le discours d'un Je et le retentissement moral qu'il en attend, entre une vocation d'homme et une position d'écrivain que n'a pas cessé de marquer la tentation de l'universel. De l'un à l'autre, la distinction ne pouvait être qu'une fiction car la voix qui s'élève n'est écoutée qu'à proportion du prestige de qui la profère, à hauteur justement d'une qualité d'écriture qui ne s'interdit fatalement aucune des efficaces ressources d'un art de persuader qui, étant une forme d'action sur autrui, est une des modalités voilées de la prescription. A l'instant de son énonciation, une telle parole s'inscrit *déjà* dans le champ de la littérature qui largement la sacralise. Pour qu'un être de morale fût perçu comme un moraliste, il suffisait de ce choc en retour : que le prestige d'un écrivain vienne suffisamment exhausser celui qui parle pour que l'authenticité d'une réflexion personnelle soit entendue comme l'exemplaire affirmation dont l'écrivain est le garant, bien que l'individu en soit la source, et qu'en cette voix singulière la communauté de ceux qui l'accueillent voient le modèle de leur propre exigence.

1. Le débat est ancien puisqu'en 1929, déjà, dans *Mort de la morale bourgeoise*, Emmanuel Berl, s'il reconnaissait à Jean Guéhenno le droit de parler du peuple, lui refusait par contre celui de lui parler et même d'être entendu de lui. Devenu intellectuel, Guéhenno était désormais un Sujet « séparé », disait Berl : « Comme moi. Comme nous tous » (Gallimard, p. 53).

CHAR :

UNE ÉTHIQUE DE LA RUPTURE

La souveraineté du ton, le frappé de l'aphorisme ou la densité du fragment, parce que leur détachement semble fréquemment orienté vers l'universel, peuvent nous donner le sentiment que René Char a voulu y atteindre sans écarter la complaisance, parfois, d'une parole prophétique ou de sentences oraculaires[1]. Mais c'est à tort, sans doute, que l'on chercherait dans son œuvre des affirmations déliées de leur énonciation – d'un Sujet qui les garantit –, et qui pourraient valoir comme la certitude d'un savoir ou la formulation d'un code moral destiné à peser comme tel, car tout contredit en réalité cette séparation qu'un premier regard nous laisserait parfois supposer. Contre les apparences de sa formulation, la recherche de la vérité, ici, est dénouée de toute connaissance abstraite – c'est-à-dire détachée – et c'est précisément ce qui engage René Char, non point comme son interprète, ou l'intermédiaire d'une transcendance, mais comme le lieu de son surgissement – de son commencement. Cette vérité convoitée, peut-être atteinte dans des instants renouvelés de loin en loin et qu'aucune réflexion continue, discursive, ne donne à comprendre au lecteur, il ne s'agit nullement de la reconstituer à l'écart des poèmes qui la disent, comme une expression autonome, mais de la rapporter, dans la mesure même où pareil rapport est *pensable*, à l'expérience qui l'a fait naître et qui la constitue en écriture. Parce que l'existentiel et le formel ne sont pas séparables, un double lien peut alors se laisser définir – qu'il nous reviendra d'affiner : d'une part (et ici les commentaires abondent déjà) entre les poèmes et la poétique qu'ils définissent en même

1. Quelques-unes des pages qu'on va lire ont paru dans une précédente étude, « Sujet éthique, sujet lyrique », essentiellement tournée vers l'œuvre d'Yves Bonnefoy, et publiée dans l'ouvrage collectif qu'a dirigé Dominique Rabaté dans cette même collection : *Figures du sujet lyrique*, PUF, 1996.

temps qu'ils la mettent en œuvre ; d'autre part entre les poèmes et la manière d'être au monde qu'ils expriment – tout particulièrement dans ce recueil des années de guerre, à la fois marginal et central, que constitue *Feuillets d'Hypnos*.

Double lien – mais en réalité le même. Car s'il apparaît très vite que, d'un côté, la relation est gouvernée par la notion de vérité telle que Char, difficilement, souvent obscurément, la définit et qui suppose l'immédiate rencontre du poète et de son poème, une éthique d'autre part s'affirme qui n'est pas séparée de cette poétique, mais au contraire la rend possible par une sorte de loyauté antérieure qui permet au poète de parler souverainement, c'est-à-dire sans laisser trace d'aucune faute – morale, donc poétique – qui serait l'adultération du poème. Car ce poème conjoint et l'expérience vécue et celle qu'il constitue : à une morale *de* l'écriture, qui légitime son accès à la vérité, se superpose ainsi une morale *dans* l'écriture et qui laisse apparaître, sans souci de transmettre aucunement des principes codifiés, l'authenticité d'une manière d'être. Un sujet éthique précède et garantit le sujet lyrique auquel il cède la place tout en le préservant. C'est à une semblable lecture de l'éthique dans le poétique que songe sans doute, pour une part, Heidegger lorsqu'il affirme que « les tragédies de Sophocle, si l'on peut faire ce rapprochement, abritent plus originellement l'*êthos* dans leur dire que les leçons d'Aristote sur l'*Éthique*[1] » – et je n'aurai pas d'autre but, dans les pages qui suivent, que de mettre en lumière l'*êthos* que les poèmes de Char abritent. Mais il s'agira de souligner en même temps que c'est également lui qui leur permet de naître comme poèmes : il est celui qui les travaille et celui qu'ils affirment. Entre les exigences qui président à la création et les principes que cette création énonce aussi comme ses conséquences dans le monde, une forme d'échange – ou de retour – s'affirme : la poésie et l'action alternent, se combattent ou s'entrecroisent, mais ne sont jamais séparées.

« J'ai toujours mis dans mes écrits toute ma vie et toute ma personne. J'ignore ce que peuvent être des problèmes purement intellectuels » (713)[2]. On peut être tenté de considérer que lorsque Char cite ainsi Nietzsche, aux premières lignes d'un hommage à Camus, il nous invite à déchiffrer une ressemblance, en même temps qu'il affirme sa reconnaissance[3]. Mais cette tentation n'est recevable qu'au prix d'une

1. *Lettre sur l'humanisme,* Paris, Aubier, 1983, p. 142 *sq.* (trad. franç. Roger Munier).
2. Toutes les références entre parenthèses renvoient à l'édition des *Œuvres complètes* de la Pléiade, Paris, Gallimard, 1983, avec introduction de Jean Roudaut.
3. La même citation de Nietzsche figure d'ailleurs déjà dans le prière d'insérer de *Feuillets d'Hypnos.*

précision. Il ne choisit nullement de mettre en œuvre une expérience qui renverrait le texte à sa propre personne – il distingue au contraire le poète, en lui, de l'individu ainsi élevé et momentanément outrepassé –, mais laisse ouverte l'interprétation d'une adéquation exemplaire, au moment de l'écriture, entre l'individu et le poète qu'il devient. Pour l'un et l'autre, les exigences et les principes ne s'affirment que pour assurer et toujours conforter une liberté intérieure qui se refuse à l'apaisement face au monde tout en y restant pleinement présente, et se fonde au contraire sur un jeu constamment renouvelé de tensions et brisures dont l'existence et l'œuvre donnent des signes jumeaux qu'il conviendra d'analyser.

Car il s'agit d'abord – essentielle forme de rupture – que l'acte poétique découvre les apparences, déjoue les simulacres, et c'est un des articles fondamentaux de la poétique de Char : « Celui qui invente, au contraire de celui qui découvre, n'ajoute aux choses, n'apporte aux êtres que des masques, des entre-deux, une bouillie de fer » (380). Démasquer, et pour soi refuser le masque : Char prend parti pour la plénitude de l'être vrai qu'il nous reviendra de préciser peu à peu, et c'est dans cette perspective précise qu'une forme d'authenticité se fait jour. Il ne saurait, dès lors, être question de vivre sa vie *poétiquement* – faire de la poésie une manière de vivre qui envelopperait la vie –, mais d'agir de telle sorte que la même liberté ancre le poème et le poète dans la plénitude d'un présent vite interrompu pour déjouer ce qui n'est pas lui. Par là s'affirme une éthique de la rupture, et j'essaierai de donner à comprendre en quoi certaine violence toujours redéployée peut s'avérer morale – en quoi l'interruption, le coup d'arrêt donné à la tentation de poursuivre ressortissent à un *êthos*, dès lors qu'aux yeux de Char la vérité du poème aussi bien que l'action authentique meurent, non de s'interrompre, mais au contraire de se survivre dans un prolongement qui les dégrade quand il faudrait, tout au contraire et sans facilité, tenter de resurgir plus loin.

Il arrive en effet que la même exigence de discontinuité conjoint la temporalité individuellement vécue et le mouvement de l'Histoire – que les modalités de la permanence contresignent à ses yeux un enlisement plutôt qu'un approfondissement, un abaissement plutôt qu'une avancée, de telle manière que la brisure qui travaille constamment ses textes reflète nécessairement cette temporalité rompue, dont les exigences ne sont pas séparables d'un refus parallèle de l'historicité du monde, en même temps que du résultat de ce processus historique. A l'homme aussi bien qu'à l'Histoire, Char refuse l'illusion qu'ils puissent, durablement, être égaux à eux-mêmes – je veux dire capables de construire durablement sur la meilleure erre tracée : « Il n'y a pas de progrès, il y a des naissances successives » (586) – et l'affirmation vaut pour l'écriture, tout ensemble, et la vie[1]. Après ce qui eut lieu, après ce qui fut écrit, aucune continuation n'est jamais pure, mais porteuse au contraire d'inflexions dont la facilité soutient la trahison qu'elle rend possible. Ni continuité linéaire, ni reprise en spirale, selon la métaphore autrefois proposée par Vico, le temps s'espace de ruptures qui interdisent que jamais on en extrapole la courbe.

Ce dont témoigne l'Histoire, dans une indifférence réelle à cette scansion paisible mais perdue que la chronologie ne maintient plus que comme une artificielle régulation, c'est désormais un ordre : tout à la fois un *imperium* – celui que ne cessent d'imposer les plus forts aux plus faibles s'il est vrai que « l'Histoire n'est que le revers de la tenue des maîtres » (382) – et ce revers appelle à un retournement ; mais en même temps certain ordre des choses, pris dans l'alentissement des civilisations – ces « graisses » qui figurent l'oppression où Char ne se reconnaît pas – et qui se trouve dénué de *sens*. L'ordre est ainsi celui d'une durée pesante, alourdie d'accumulation, contre quoi il postule l'énergétique d'un dynamisme volontaire qui puisse nous porter au-dehors : tout ensemble ailleurs et plus loin. Aucune confiance ne s'y marque dans l'avancée tranquille qui justifierait le confort de l'attente – il n'y a rien à attendre du passé qui puisse s'épanouir dans le présent, ni du présent même dans l'avenir. Aucune acceptation ne saurait se faire jour d'un tel état, dont la seule issue est dans une liberté individuellement choisie contre une servitude collective.

Le refus de cet ordre qu'on ne saurait soutenir est sans doute fondateur. Emblématiquement pourraient ici s'inscrire le titre d'un hommage : « Tu as bien fait de partir, Arthur Rimbaud ! » (275) – et auprès de lui, aussitôt, la formule sur quoi se referme le beau texte d'un autre hommage, à Dominique Corti mort en déportation : « Il faut revenir. Tout est à recommencer » (648). Double parole où se conjoignent le poétique et le politique, le formel et l'existentiel. Partir. Revenir. Partir pour ne pas accepter le confort de poursuivre. Revenir pour commencer à nouveaux frais. Partir, donc, pour pouvoir revenir : cette rupture délibérée donne à comprendre que si le mouvement privilégié est bien celui d'un redressement de l'Homme comme d'un soulèvement du poème qui « est ascension furieuse » (189), c'est pour une large part que l'irruption de la verticalité

1. Il n'est donc pas indifférent de noter que la version antérieure d'un carnet gris était plus restrictive : « En poésie, il n'y a pas de progrès, il n'y a que des naissances successives » (1220).

déjoue les pièges d'une continuité historique dont l'autre conséquence, inséparable de l'abaissement, est la séparation d'un Homme désormais dissocié de la communauté humaine. Si de loin en loin ne cesse pas d'apparaître le rappel de cette brisure essentielle – avancée de l'humanité, chute de l'homme – si se maintient la volonté farouche de ne pas confondre ces deux mouvements, c'est qu'à l'apparent progrès accompli par l'humanité (celui de la *technique*, en particulier, dont Char partage avec Heidegger le refus), ne correspond aucune supériorité, aujourd'hui, de l'homme sur ce qu'il fut jadis. « Combien sont épris de l'humanité et non de l'homme ! Pour élever la première, ils abaissent le second » (578)[1]. Et bien que le mot ait pu paraître, à telles oreilles contemporaines, étrangement dissonant, l'évidence s'impose que l'éthique charienne est tout naturellement un *humanisme* : la vérité dont Char fait l'ambition de son poème, c'est aussi celle d'une identité rompue, d'une correspondance réelle entre l'essence de l'homme et son accomplissement.

Naturellement un humanisme mais, également, un humanisme naturel. Car l'harmonie perdue dans le mouvement du successif, un identique *défaut* la reproduit dans l'ordre du simultané : et si c'est bien, dans les deux cas, la séparation malheureuse de l'Homme et de l'humanité, c'est d'autre part la disruption de la communauté des règnes naturels. Présent au monde (nulle poésie n'est plus concrète, plus sensible que celle de Char) et réfractaire à lui : il n'y a pas de contradiction si c'est le monde historisé, socialisé dans l'artifice, que Char refuse, et au contraire sa naturalité qu'il loue, ne cessant d'opposer la déchirure présente à l'unité passée du monde lui-même et des liens préservés avec l'homme. Ainsi l'émerveillement ne cesse pas d'attacher l'écrivain aux ressources de la beauté présente – et c'est le pur contact sensible qui importe d'abord –, mais l'ère présente, dans le même temps, ne cesse pas de manifester à ses yeux, des êtres aux choses, la perte d'un harmonieux équilibre qui l'affecte lui-même, car « la quantité de fragments [le] déchire » (136), et l'atteint comme une blessure personnelle. Cette unité rompue, à quoi l'union du poète au réel constitue à bien des égards la réponse, et la seule possible peut-être – tout se passe comme si elle résultait ainsi d'une séparation ori-

1. Et l'on ne peut manquer de trouver, à cette critique de l'abaissement induit par le progrès, et à la possible relève de l'art, un écho baudelairien : « L'homme civilisé invente la philosophie du progrès pour se consoler de son abdication et de sa déchéance » (*Notes nouvelles sur E. Poe*, in *Œuvres complètes*, éd. Cl. Pichois, Paris, Gallimard, « Pléiade », 1976, p. 325) et : « Un idéal, c'est l'individu *redressé* par l'individu, reconstruit et rendu par le pinceau ou le ciseau à l'éclatante vérité de son harmonie native » [Je souligne], où se dessine aussi une nostalgie assez charienne de l'origine (*Salon de 1846*, chap. VII, éd. citée, p. 456).

ginelle, de la brisure produite au sein même d'un avant-monde où l'harmonie de l'espace se fût accompagnée d'un temps heureux, celui d'un immobile jadis qu'un germe de destruction est venu pénétrer : « Qu'est-ce donc qui agonise, au plus secret de la vie et des choses, malgré l'espoir matériel grandi et l'aiguillon du verbe humain ? » (749).

Cette essentielle dissociation tôt apparue, fêlure à jamais établie entre l'homme et la création, semble superposer deux commencements : celui de l'enfance où l'être baigne dans une nature protectrice où l'espace et le temps se reflètent et que les heures enchantent – « J'avais dix ans. La Sorgue m'enchâssait. Le soleil chantait les heures sur le sage cadran des eaux » (401)[1] – et celui d'un monde lui aussi commençant et perdu. C'est pourquoi c'est moins le regret du passé qui s'affirme le plus souvent, que celui d'une double origine – donc d'un âge antérieur au congé donné tout ensemble à la création harmonieuse et à celui qui l'habitait : « Combien durera ce manque de l'homme mourant au centre de la création parce que la création l'a congédié ? » (263). Et s'il est vrai que la poésie de Char, on l'a souvent noté, tourne résolument et constamment le dos à son passé, l'exception s'y maintient pourtant de ces pages exemplaires où fait retour, sur le mode du regret, l'unité de cet avant-monde. Plus que tout autre texte, sans doute, « Jacquemard et Julia » en témoigne. A la figure paternelle du personnage sculpté qui, aux horloges, sonne de son marteau la régularité des heures – régularité circulaire d'ailleurs, plus que linéaire –, son titre unit le prénom de la sœur aînée[2], et derrière le passé d'une enfance, c'est l'enfance même du monde que fait retentir son *Jadis* – qui délibérément renvoie à un âge trop lointain, immémorial, et dont Char pourtant garderait mémoire : « Jadis l'herbe, à l'heure où les routes de la terre s'accordaient dans leur déclin, élevait tendrement ses tiges et allumait ses clartés » (257).

Éloge d'une nature perdue, mais qu'il ne saurait être question de retrouver, si ce n'est par un meilleur rapport avec le monde présent ; critique d'un prétendu progrès qui en fait détruit l'homme ; certitude que ce qui s'est perdu, c'est la transparence harmonieuse dans la communauté des différents règnes de la nature. Il se pourrait qu'apparaisse là ce que l'on peut nommer, pour faire bref, le rousseauisme de René Char. Une disruption est survenue, sorte de *Chute* sans détermination religieuse, et que le poète, de loin en loin, ne cesse de mentionner tout à la fois comme événe-

1. Mais le poème s'ouvre ensuite à une part de drame.
2. Celle de Char mais également celle de sa propre mère : « Julia c'est la sœur de ma mère [que mon père] avait épousée en premières noces, à 20 ans [...]. Julia décéda après une année de mariage. Mon père qui l'aimait d'un amour d'amant adolescent eut un très grand chagrin » (Char, *Dans l'atelier du poète,* éd. M. C. Char, Gallimard, coll. « Quarto », 1996, p. 510).

ment premier et comme moment qui ne cesse de se reproduire – de faire retour. Ce que l'homme a conquis dans la maîtrise du monde, ce que le temps a lentement introduit, c'est une forme d'altérité qui a modifié l'homme, et une forme d'étrangeté qui a marqué sa relation avec le monde trop habité en étranger. Dans un autre passé, et qui vaut comme un autre *jadis*, un beau poème des *Chants de la Balandrane* le dit encore : « Au temps de l'art roman, les écoliers et les oiseaux avaient le même œil rond. Je me posais à côté de l'oiseau. Tous deux nous observions, ressemblants » (546).

Tout se passe donc comme si s'établissait alors, et dans une antériorité *mythique* car fondée sur la seule parole poétique, une manière d'utopie, mais aussi d'uchronie – espace-temps sans rupture, âge de familiarité heureuse de l'homme à l'animal, à la pierre ou à l'herbe qui ouvre à l'interrogation : « Mais qui rétablira autour de nous cette immensité, cette densité réellement faites pour nous, et qui, de toutes parts, non divinement, nous baignaient ? » (759). Étrange question, sans doute, dans sa double mesure de question sans réponse et d'appel à Quelqu'un qui ne saurait être Dieu – mais où s'affirme le double aveu d'un désir et de son impossible accomplissement. Antériorité mythique également, en ceci qu'il s'agit moins de la retrouver comme une origine perdue, dans la nostalgie de ce commencement qui peut-être n'a pas existé, que de la reconstruire – par la parole. Car cette rêverie d'une présence pleine que rien n'entame, tout porte à croire que ce soit, sur un autre mode, la mission de la poésie de la retrouver, et que la fonction du poème soit justement de substituer momentanément cette plénitude à la faille qui sépare l'homme du monde, à « *ce manque* de l'homme mourant au centre de la création » que je viens d'évoquer.

Commune présence, naturellement, demeure un titre emblématique[1]. Et Char lui-même a suffisamment souligné la nécessaire et difficile mise en rapport qu'assure seul le poète entre une réalité dont il permet la « réception vécue écourtée », selon la formule de *Moulin premier* (61), et « les présences transcendantes » que le poème réunit en un « point diamanté actuel » (164), pour que la fonction de la poésie puisse être, en premier lieu, d'abolir fugitivement la dissociation entre l'homme et le réel du monde, et de combler, en second lieu, l'écart entre l'humanité et l'Homme dont la présence transcendante – ou bien l'Être – se manifeste[2]. Rendre l'homme à l'essence qui le qualifie, n'est-ce pas cette mission de la

1. Anthologie des poèmes de Char (Gallimard, 1964), avec préface de Georges Blin.
2. C'est l'idée que développe Jean Roudaut dans son introduction, *Les Territoires de René Char*, aux *Œuvres complètes* de la Pléiade.

poésie que définit, dans *Le Poème pulvérisé*, l'identité, justement, d'une formule fameuse : « Poésie, la vie future à l'intérieur de l'homme requalifié » (267) ? La Poésie s'y constitue comme un projet, certainement distinct du poème accompli, imparfait, mais destiné à celui qui l'accueille, et tout se passe comme si la nécessité du commencement dont témoigne chaque fois chaque poème rencontrait le désir de retrouver cette source de l'Être, et de faire du texte, sans cesse, une origine qui redécouvre cette Origine. Il se pourrait alors qu'entre la situation historique ici brièvement évoquée, et la situation d'autre part poétique, une manière d'homologie se dessine : homologie qui voudrait dire que le *logos* du poème, parce qu'il vise à atteindre l'Être, convoite la même forme d'unité que celle qui s'est perdue. La poésie – l'écriture du poème – ne serait alors rien d'autre, pour Char, qu'une manière de dépasser la fragilité rompue de ce monde pour retrouver, sur le mode de l'ascendance et par une forme de transcendance, une autre sorte de communauté qui elle-même serait tout à la fois la vérité, et sa seule expression.

Si l'Être, ainsi, est cette présence avec laquelle le poète, et lui seul, entretient la plus grande proximité, et s'il s'agit, par là, de retrouver l'essence de l'Homme si largement perdue, car séparée de l'humanité, l'humanisme charien est aussi une métaphysique, mais qui ne trouve son sens que de loin en loin, dans l'acte même d'écrire. Cette unité, sans doute, est le thème central de la *Lettre sur l'humanisme* de Heidegger[1], mais la perspective de Char n'est pas d'ordre philosophique. Ce qui se définit ainsi, c'est d'abord une éthique poétique : les conditions que doivent respecter, tout ensemble, et réaliser le poème et le poète, dans la rencontre que l'écriture seule leur assure, pour atteindre à l'authenticité du verbe, et à ce qu'Yves Bonnefoy désigne comme la « vérité de parole ». Il est donc essentiel, dans cette perspective, qu'au moment même de l'écriture le poète se sépare de l'individu qu'il a pu être et redeviendra : s'il cesse alors, dans sa fragilité, d'appartenir à l'humanité commune, c'est pour offrir aux autres êtres la possibilité d'approcher à leur tour cette vérité qui n'est pas un savoir positif mais demeure une manière, hauturière et fragile, de saisir l'Être en soi.

1. Éd. citée, p. 50 *sq.*

POÉSIE : VÉRITÉ

C'est à partir de cette situation qu'il convient donc d'analyser – et d'abord dans une perspective poétique – l'équivalence célèbre de *Partage formel* : « Poésie et vérité, comme nous savons, étant synonymes » (159). Or, ce point solaire de la poétique de Char, son obscurité – c'est le premier paradoxe – est d'abord qu'il s'affirme comme une évidence de fait : ce que *nous savons*. La familiarité qui précède désormais pour nous cette formule célèbre, et d'une certaine manière lui sert de preuve, semble porter en elle la simplicité d'une signification rebattue, et par là épuisée. L'affirmation de Char, par le biais fallacieux de ce *nous*, peut aisément devenir celle de son lecteur qui lui aussi saurait, et une équivalence si sûre, qui résonne, à l'égard de la poésie, comme la marque d'une confiance absolue, paraît indiscutable. Si tout cependant porte à croire, j'essaierai de le montrer, qu'il s'agit là d'une certitude fondatrice – moins un principe, pourtant, que l'écho assuré d'un privilège déjà éprouvé, qui renvoie à un *nous* singulier plutôt qu'à la collectivité des lecteurs qui partageraient cette connaissance –, la formule de Char enchaîne à des conséquences innombrables. La première difficulté, cependant, demeure que le sentiment de l'évidence ait pu, pour l'écrivain, prendre le nom de la vérité : lui seul *savait*. Il arrive ainsi que nous n'approchons, lointainement, la vérité comme la poésie qu'à travers le poème et l'affirmation du poète – et c'est notre lecture qui se trouve limitée par cette double impossibilité d'une vérification lucide et d'une confiance aveugle qui, l'une et l'autre, confirmeraient la portée d'une telle assurance.

Le second paradoxe de cette définition (car c'en est une aussi) est alors d'accroître la part d'énigme en une œuvre déjà difficile, car l'identification de la poésie à la vérité ne peut s'entendre, on le perçoit bien, que métaphoriquement, chacune étant le nom de l'autre – mais elle éclaire pourtant ce que l'on nomme communément son hermétisme, car l'expérience de cette métaphore, en sa toute-puissance, reste l'indicible : la capacité du poème à dire ce que nul ne sait dire. Si elle exhausse la poésie, elle met en question du même coup l'aptitude de l'œuvre à rencontrer ce que son écriture s'efforce d'atteindre (la Poésie n'étant pas le poème), et affirme l'écart qui ne peut manquer d'exister entre une parole vraie et la réalité du texte, donc la possibilité de son imposture : et nous verrons que cette imposture peut venir du poète ou de son langage, mais aussi bien de tout ce qui – une imagination trompeuse, par exemple – sépare la poésie de la réalité et ouvre à un poème qui, *inventant*, devient fiction, et non pas à celui qui, *découvrant*, se fait justement vérité.

On mesure mieux alors qu'il ne s'agit plus là d'une approche simplement poétique, mais en même temps critique, et certainement éthique, si l'ambition de vérité suppose l'éloignement – explicite, implicite – de ceux qui viennent à y manquer ou simplement la contrefont, et laisse ouverte, comme une part d'échec ou de supercherie, l'écriture contraire du mensonge. C'est donc à plus d'un titre que René Char, donnant à la littérature sa pleine valeur existentielle, engage l'individu dans la poésie même en écartant d'un geste altier toute socialité légère de la littérature, dès lors qu'« avec Rimbaud la poésie a cessé d'être un genre littéraire » (731). Ainsi viennent à s'entrecroiser des réflexions que la littérature contemporaine nous a rendues largement familières : celle de l'origine (d'où vient cette vérité de parole et qui en est l'auteur, et de quel droit apparemment exorbitant ?), puis de la fin (à qui s'adresse-t-elle et dans quel espoir d'efficacité ou d'échange ?) ; celle aussi des moyens, si s'affirme par là certaine confiance dans le langage poétique, et dans son pouvoir sur celui qui écrit comme sur celui qui lit. Qu'est-ce qu'une parole vraie qui récuse la *mission* du poète pour préférer la *tâche* (744), qui ne reconnaît pas, et moins encore n'assigne à l'écrivain qui la profère le surplomb d'une puissance prophétique, mais entend faire de celui qui écrit un homme aussi fugitivement présent que son poème parmi les autres ?

Si une part de transcendance s'impose, c'est d'abord par la *souveraineté* qui fait souvent retour dans les poèmes de Char. Elle semble s'opposer à l'appartenance du poète au monde, mais elle seule lui permet pourtant de l'outrepasser – elle seule en réalité l'équilibre surtout de manière précieuse et fragile, comme s'il était présent à la réalité dans cet instant même où il s'en libère pour en dire à la fois l'être-là et l'au-delà : c'est le poignet saisi de l'équinoxe dont parle « Calendrier » (133). La vérité maintient alors la part de l'impersonnel souverain dans la subjectivité même de celui qui écrit, et le risque toujours couru est celui d'une domination de l'un par l'autre, plutôt que d'une exacte coïncidence, le péril d'une dictée qui traverserait celui qui écrit, ou à l'inverse celui d'une écriture qui ne se déferait pas suffisamment de son individualité passagère : car « la vérité, il ne faut pas craindre de se répéter, est personnelle, stupéfiante et personnelle » (662). Sa découverte alors – ou son atteinte qui précisément stupéfie, donc immobilise et interdit toute continuation – si elle revêt ainsi une mesure singulière, c'est bien de figurer d'une certaine manière l'enjeu d'une vie, qui justifia le congé rapidement donné à l'expérience, collective justement, du surréalisme.

Mais cette singularité n'est qu'un premier moment qui vaut également comme principe, et elle doit être dépassée dans la mesure où seul un au-delà peut s'ouvrir à l'accueil de la vérité, et dans un mouvement poétique, car c'est le passage de la Poésie à l'accomplissement du poème qui constitue l'unique espace où cet accueil, par l'écriture, autorise plus tard la rencontre avec un lecteur. L'approche de vérité se joue par conséquent dans la concomitante affirmation du caractère personnel – par quoi la poésie reste toujours la relation individuelle entretenue avec le monde, une manière d'interdire la distance comme le jeu séparé des mots – *et* impersonnel de toute parole poétique, là où précisément l'impersonnalité rencontre et définit la souveraineté. Deux formules doivent alors être mises en regard : d'une part, « le dessein de la poésie [est] de nous rendre souverain en nous impersonnalisant » (359) – où le singulier de l'adjectif confirme la valeur tout individuelle du *nous* qui signifie l'union passagère du poème et de celui qui y travaille ; mais d'autre part, « la souveraineté obtenue par l'absence dans chacun de nous d'un drame personnel, voilà le leurre » (752).

On conçoit aussitôt que la contradiction qu'un regard hâtif maintiendrait entre les deux phrases se trouve levée sitôt qu'on y déchiffre l'affrontement consubstantiel à la naissance même du poème – nous le retrouverons tout à l'heure – qui autorise la souveraineté authentique. La parole ne devient impersonnelle qu'au moment où la poésie se fait vérité, dans le dépassement du Sujet qui l'exprime. Mais pour que celui-ci l'énonce et qu'elle devienne poème, pour que l'expérience intérieure puisse trouver son accomplissement extérieur, le poète doit précairement s'installer à sa propre limite dans le difficile maintien du dedans, tout ensemble, et d'un dehors possible : « Il faut s'établir à l'extérieur de soi, au bord des larmes et dans l'orbite des famines, si nous voulons que quelque chose hors du commun se produise, qui n'était que pour nous » (409). La finitude du poème que sa nature renvoie au monde est qu'il échappe à cette Poésie qu'il s'attache cependant à maintenir – et le poète, du même coup, ne peut exister que dans l'entrouvert, entre une plénitude qui, parce qu'il la tairait, serait une absence d'œuvre, et à l'inverse une œuvre qui, n'ayant pas trouvé sa source hors du commun, serait une autre forme de silence : l'imposture d'une parole usurpée[1].

Ce qu'affirme ainsi René Char, c'est la difficile jonction de la subjectivité et de l'absolu, et plus exactement la présence de l'absolu dans le subjectif qui est une satisfaisante définition d'une rencontre mystique où Vérité, Beauté viennent tenir lieu d'une présence divine ; et l'on comprend qu'il ait pu accorder une puissance emblématique aux œuvres de La Tour, et surtout qu'il ait inversé l'interprétation reçue de ce peintre d'obscurité, pour privilégier une lumière qui à ses yeux *troue* les ténèbres. Il n'est donc pas indifférent que la perspicacité de Paul Veyne ait rencontré l'acquiescement – heureux, dit-il – de René Char lorsqu'il formula l'hypothèse, chez cet athée farouche, d'une expérience de l'extase qui certes demeurait extérieure au travail de l'œuvre, mais vient éclairer plus directement maintes affirmations du poète, et cette part de spiritualité qu'elle ne cesse de préserver comme sa propre lumière, mais en même temps comme sa souffrance de voir toutes choses réelles y échapper cependant ici-bas[2]. Et sans doute est-ce cette affirmation simultanée du subjectif et de l'absolu qui, pour une large part, a permis à Maurice Blanchot d'affirmer, par une analyse désormais classique, que « l'une des grandeurs de René Char, celle par laquelle il n'a pas d'égal en ce temps, c'est que sa poésie est révélation de la poésie et, comme le dit à peu près Heidegger de Hölderlin, poème de l'essence du poème »[3]. Que sa poésie, si l'on fait jouer les synonymes, est révélation de la vérité reçue comme Poésie.

Mais la grandeur est aussi bien dans le désir de ne pas accepter que s'accroisse, même s'il demeure inévitable, l'excès de la Poésie par rapport au poème, et dans la volonté maintenue d'approcher l'un au plus près de l'autre. Nous n'en puisons pas seulement l'assurance à la lecture des innombrables aphorismes où le poème, avec éclat, fait de la poésie sa propre réflexion tout en déjouant le péril de l'abstraction, ni des textes qui mettent en scène un possible déchiffrement de l'acte poétique dans son déroulement (« La Fête des arbres et du chasseur ») ou dans sa conséquence (« La Chanson du velours à côtes ») ; nous la découvrons surtout dans les œuvres nombreuses qui, par le récit d'une rencontre, lais-

1. Et l'on comprend ainsi cette « affection consanguine » que Char déclarait éprouver pour ceux qui « ont payé » : Vigny, Baudelaire, Nerval, Nietzsche, Rimbaud, Van Gogh, Rilke, Artaud, Crevel, etc. (cité par Jean Pénard : *Rencontres avec René Char*, Paris, Corti, 1991, p. 250).
2. Paul Veyne, *René Char en ses poèmes*, Paris, Gallimard, 1990, chap. IX.
3. *La Part du feu*, Paris, Gallimard, 1972, p. 105.

sent ouverte la double interprétation d'un amour réel qui relève de l'expérience subjective, et d'une présence sublimée de la Poésie même qui renvoie à l'au-delà de la souveraineté. *Fureur et mystère* propose à cet égard des textes exemplaires. Que l'on relise « Congé au vent », « La Compagne du vannier », « Envoûtement à la Renardière », ou encore « Biens égaux » : l'humaine rencontre de telle femme innommée que proposent ces poèmes, c'est à tort, sans doute, qu'on la commenterait comme l'allégorie, simplement, de l'immédiat face à face avec la Poésie, car les deux événements – dans un ici et un au-delà – ne valent que par l'indécidable que maintient leur coïncidence. L'ambiguïté n'est pas le piège du texte qui rendrait une lecture préférable à une autre : elle est constitutive de sa véritable réalité poétique parce que les fragments théoriques de Char ne cessent pas d'affirmer la double présence du dépassement *et* de ce qui se trouve dépassé, et que l'existentiel s'y noue indéfectiblement à l'absolu de la Poésie. La nature du poème – *imputrescible*, mais non *impérissable* (411) – en maintient la double mesure.

Char n'intitule pas sans raison « J'habite une douleur » un des plus beaux poèmes de ce recueil ; il ne le clôt pas sans raison non plus sur l'assurance d'une limite : « Il n'y a pas de siège pur » (254). S'il arrive ainsi que le drame personnel dont il parle – et dont la conséquence éthique éloigne toute facilité pathétique – se laisse déchiffrer dans l'écriture même du poème, c'est que le procès de son accomplissement ne cesse de maintenir en effet comme drame la fatalité de l'écart, constamment ressenti jusqu'au possible échec de l'œuvre qui s'annonce, de la Beauté à la réalité du monde, de la finitude du poème qui ressortit au subjectif à la souveraineté de la Poésie qui relève de l'absolu, de la vérité au langage dont la tâche est de l'exprimer. Extérieurement, cet écart est alors comparable à celui dont, intérieurement, celui qui s'attache à écrire éprouve douloureusement la déchirure qu'évoque le début de *Partage formel* et qui définit – c'est encore une limite – la finitude du poète : « Ce dont le poète souffre le plus dans ses rapports avec le monde, c'est du manque de justice interne. La vitre-cloaque de Caliban derrière laquelle les yeux tout-puissants et sensibles d'Ariel s'irritent » (155). Et c'est la même dualité qui fait aussi de l'écriture un drame, en même temps qu'elle préserve l'auteur d'un constant privilège qui l'installerait dans la confortable sécurité d'une trop durable demeure.

AFFRONTEMENT ET SOUVERAINETÉ

« Comment me vint l'écriture ? Comme un duvet d'oiseau sur ma vitre, en hiver. Aussitôt s'éleva dans l'âtre une bataille de tisons qui n'a pas, encore à présent, pris fin » (377). L'essentiel n'est sans doute pas que ce fragment de *La Bibliothèque est en feu* définisse le commencement de l'écriture comme la naissance d'un brasier que la flamme ranime et la cendre recouvre, mais que le travail du poème soit le recommencement de cette bataille et le retour de l'affrontement qui est aussi une forme de fidélité à cette origine constamment préservée. Comment me vint l'écriture ? Comme une réception qui ne laisse pas d'évoquer celle qui transforme le monde en poème – « réception vécue écourtée de la réalité », selon la formule déjà citée de *Moulin premier* (61) – mais aussi bien comme une action : la bataille qui suppose un combat intérieur. L'immédiateté de la fulgurance poétique déroute le travail du poème dont la parole, nous venons de le voir, combat un silence antérieur essentiel qu'ailleurs Char définit comme l' « étui de la vérité » (831).

La confrontation distingue la Poésie, qui se tait, des *hermétiques ouvriers* que sont les mots, et qui ont charge de l'affirmer ; et si elle dédouble également le poète, c'est d'abord par mesure d'authenticité : « Au centre de la poésie, un contradicteur t'attend. C'est ton souverain. Lutte loyalement contre lui » (754). Cette loyauté du combat où l'on affronte plus fort que soi, c'est par elle qu'on évite le leurre d'une souveraineté usurpée qu'aucun drame ne garantirait – et l'on comprend qu'ainsi se définit, tacite, la possibilité d'une manière d'imposture poétique, inévitable à défaut d'une certaine pureté. C'est pourquoi, s'il y a sans doute, dans la traversée poétique, l'affirmation d'une souveraineté hauturière – pour reprendre à Char une belle épithète –, pareille souveraineté, que contresigne la solitude, n'est que l'autre nom d'une fragilité, celle de la cendre, inséparable, comme fureur et mystère, de la violence dont témoigne nécessairement la bataille de tisons : « Magicien de l'insécurité, le poète n'a que des satisfactions adoptives. Cendre toujours inachevée » (156). Parce que le poète n'ajoute pas au monde une œuvre qui, toutes réserves faites sur sa qualité, s'accorderait une forme de certitude, mais affirme avec la réalité une conjonction éphémère – elle-même inachevée dans l'achèvement du poème.

Tout se passe souvent, à lire Char, comme si l'accès à la vérité – mais aussi à ces autres modalités de la transcendance qui se nomment Souveraineté ou Beauté, et qu'accompagne la lumière – était moins lié à la qualité de l'écriture qu'à la loyauté de celui qui s'y livre au moment même où il s'y livre, ou plutôt comme si cette loyauté était condition de la qualité, condition certes insuffisante, mais nécessaire, et que l'accueil de toute transcendance ne fût possible que par la rigueur maintenue de l'authenticité envers soi-même, celle qui rétablit la justice interne, l'accord un moment retrouvé entre Caliban et Ariel : exigence qui fonde pour une part la différence morale de l'œuvre qui ne fait jamais acception d'une facilité qui érigerait, et moins encore dicterait ses principes, mais postule, pour celui qui écrit, la pureté et la hauteur inséparables, non seulement de sa condition passagère – car elles ressortissent à un privilège relevé, justement, d'une éthique – mais de l'ambition qu'il s'assigne et qui s'interdit toute approche ludique du langage. L'épreuve du drame personnel vient d'une certaine manière gager la loyauté commune à celui qui écrit et à l'écriture, authentique, qui la traduira : telle est aussi bien la rencontre, théorisée par Char, du poète et de son poème. Aussi la présence d'un Je, explicite, implicite, marque-t-elle la superposition d'un Sujet lyrique qui ne renvoie pas à la personne ordinaire de l'auteur, et d'un Sujet éthique qui, lui aussi, s'exhausse au-delà de l'individuelle faiblesse. Cette présence, du même coup, détermine une position : la double affirmation d'un engagement de soi et d'une posture, d'une présence qui garantit et d'une puissance qui soulève et commence.

C'est dire que la vérité poétique telle que Char l'envisage ne saurait aucunement désigner l'immobilité d'un état, et moins encore la permanence d'un savoir, car sa nature est liée à celle de l'œuvre avec laquelle elle fait alliance – mais seulement une direction vers laquelle se réorienter par des naissances dont l'événement revient : et aucun progrès ne s'affirme qui conduirait à la maturité d'un véritable établissement. « La vraie vie, le colosse irrécusable, ne se forme que dans les flancs de la poésie » (730) : cette formule, parmi les plus célèbres, n'appartient pas inutilement aux pages consacrées à Rimbaud ; elle ne maintient pas sans raison l'opposition entre la puissance du colosse et la précarité d'une naissance qui se forme, et cependant échappe à toute constitution durable. Mais écrite en des temps de pureté perdue – et qui donnent à un texte comme « Jacquemard et Julia » sa mesure regrettante –, elle ne peut tout à fait se comprendre que par la restriction qui la suit aussitôt, et attache l'inconstance de cette demeure à une finitude humaine qui ne relève pas de sa nature, ni d'une quelconque fatalité, mais de la faillite d'une éthique, celle d'un juste rapport entretenu avec le monde, qui interdit à la vraie vie la permanence de son empire : « Cependant l'homme n'a pas la souveraineté (ou n'a plus, ou n'a pas encore) de disposer à discrétion de cette vraie vie, de s'y fertiliser, sauf en de brefs éclairs qui ressemblent à des orgasmes » *(ibid.)*. L'homme – pas moins que le poète rendu à son ordinaire condition. L'alternance d'un pessimisme et d'un optimisme, d'un ne-plus et d'un pas-encore, est celle même d'une conception de l'Histoire dont nous verrons qu'elle laisse sa chance à l'inconnu et à l'inespéré, car ni le pire ni le meilleur ne sauraient jamais être sûrs, l'éthique charienne du présent restant celle de l'ouverture. Et tout se passe comme si le drame fondateur de toute authenticité poétique était le coût qui seul ramène à la vraie vie en dépouillant de tous miasmes passés. A l'instant du poème, celui qui l'écrit devient pur, et recommence à neuf par le congé donné aux errements du passé : « Je parle, homme sans faute originelle sur une terre présente » (743).

Ce qui fonde ainsi l'œuvre de René Char, c'est le rapport de plus grande justesse, tout ensemble, et justice, maintenu au-dedans de soi-même comme avec le dehors des choses. Et si le pouvoir de vérité que la poésie parvient à détenir est étroitement lié à l'autorité de celui qui, pour y accéder, travaille à dépouiller toute supercherie, c'est que l'obscurité de ses poèmes prend à rebours toute dissimulation. C'est un autre affrontement. Qu'il relève de l'éthique n'est certes pas douteux, car ainsi s'écarte d'abord la facilité d'une parole qui surviendrait dans l'abandon d'une passivité première où l'absence d'énergie semble induire, fatalement, une impossible vérité : « Ô mots trop apathiques, ou si lâchement liés ! Osselets qui accourez dans la main du tricheur bienséant, je vous dénonce » (766). *Lâchement* ne superpose pas ici sans raison l'absence de tension, à la fois, et de courage où se dénonce la tricherie. Car cette œuvre se trouve parcourue, et parfois jusqu'à l'invective, d'une constante dénonciation des impostures, non de la Poésie – qui au contraire se fait alors plus rare[1] – mais de tels poèmes liés à l'emploi frauduleux du langage ou à un rapport de trompeuse inadéquation avec un monde dont ils disqualifient l'approche. Les mots peuvent ainsi mentir, c'est-à-dire faire croire à une réalité qu'ils ne produisent que comme une

1. C'est l'épigraphe de *Moulin premier*, dirigée contre les surréalistes, et que Char emprunte à D'Alembert : « Jamais la poésie n'a été si rare à force d'être si *commune*, à prendre ce dernier mot dans tous les sens qu'il peut avoir » (*Dans l'atelier du poète*, éd. citée, p. 237).

apparence et qui n'entame rien, renonçant à vouloir le poème « offensant » dans le double refus, à nouveau, de la lâcheté et du relâchement. Songeons au rêve surréaliste et à l'excessif souci de merveilleux dénoncés dans *Partage formel* par la vigueur de l'injonction lancée à ces « hommes bien doués mais incapables de toiser l'universalité du drame » : « Compagnons pathétiques qui murmurez à peine, allez la lampe éteinte et rendez les bijoux » (160).

Si la poésie en effet touche à la vérité, c'est d'abord qu'à la différence du langage ordinaire, ce qu'elle affirme ne peut ni s'exprimer par d'autres mots, ni être contredit, mais seulement complété, c'est-à-dire conforté dans la reprise d'un autre texte. De même que *Moulin premier* voyait déjà dans l'indicible réalité du poème l'ultérieure possibilité qu'il gardait de se confirmer, et donc de maintenir à l'identique l'authenticité de sa présence, un court fragment d'*A une sérénité crispée* semble définir assez bien cette distance entre le discours qui peut aisément infirmer ce que l'autre affirme, et celui de la poésie qui, parce qu'il ne doit pas mentir, ne peut se démentir : « Toute association de mots encourage son démenti, court le soupçon d'imposture. La tâche de la poésie, à travers son œil et sur la langue de son palais, est de faire disparaître cette aliénation en la prouvant dérisoire » (753). L'éthique du poème, qui assure l'exception de sa parole par la présence en elle de la Poésie qui l'éclaire, est ainsi seule à fonder ce pouvoir de dénoncer partout ailleurs l'usurpateur – et les interdits que *Partage formel* multiplie sont à cet égard éloquents. Que dans *Feuillets d'Hypnos* s'inscrive alors le refus charien du « poème d'acquiescement », cela excède les circonstances historiques du recueil, et rappelle plus largement que la puissance de révolte de l'œuvre est avant tout dans la dénonciation, que seul permet son soulèvement, de toutes les impostures.

Mais l'aliénation n'est pas simplement celle du langage qui propose autre chose que ce qu'il devrait dire ; elle nous donne à comprendre aussi ce que doit être l'identité du poète qui se veut loyal à soi-même. Ce qui le menace, en effet, c'est le risque couru d'une parole étrangère qui le traverserait comme la voix d'un autre et imposerait sa domination antérieure, extérieure – celle qu'évoque assez clairement « Calendrier » dans le rappel d'un passé dont l'éloignement trahit un regain de liberté : « L'oracle ne me vassalise plus » (133). En même temps qu'elle marque la distance prise à l'égard de ce moment surréaliste où certains se livraient à l'expérience d'une parole soufflée des profondeurs, la formule refuse une présence déjà passée lorsqu'on en prend conscience, cette poésie pesante et vaine qui se trouve rendue désormais à « la plage qui chaque hiver s'encombrait de régressives légendes, de sybilles aux bras lourds d'orties » : et pesanteur et régression disent assez clairement l'entrave au privilège désormais reconnu à l'identité du poète et de sa parole, et à la légèreté souveraine de l'en-avant.

S'il arrive cependant que le terme d'*oracle* fasse retour dans l'œuvre de Char, ce n'est plus la domination antérieure qu'il affirme, mais, dans l'ordre cette fois du simultané, une manière d'immédiate ascendance. Un texte d'après-guerre, *Madeleine qui veillait*, en propose un modèle d'autant plus séduisant qu'il semble encore maintenir du surréalisme un écho atténué puisqu'il s'agit du récit scrupuleux, une nuit de janvier où René Char venait d'achever « Madeleine à la veilleuse », de la rencontre dans le métro d'une femme prénommée Madeleine. Se convainquant sans peine qu'il s'agit là d'une *vérification* du poème qui lui a coûté, et que ce coût sans doute allait au vrai, Char écrit : « L'accès d'une couche profonde d'émotion et de vision est propice au surgissement du grand réel. On ne l'atteint pas sans quelque remerciement de l'oracle » (665). Ce que dénie le terme de *grand réel*, c'est toute forme de rupture entre l'au-delà de la Poésie et l'être-là du texte qui refuserait le maintien du réel dans ce qui l'outrepasse – et qu'*a posteriori* vient vérifier la rencontre la plus ordinaire, et pourtant la moins attendue ; l'oracle est ce qu'on reçoit d'en haut, dans un éclair qui disqualifie tout passé, tout avenir, et qui assure la justesse du poème que « Calendrier » déjà nous donnait à entendre : « J'entre : j'éprouve ou non la grâce. » C'est que l'authentique poésie est liée à cette part de divin, dont on ne sait s'il habite le poète ou le poème, puisqu'il s'affirme en l'un et l'autre dans l'instant même où il permet la rencontre de l'un et de l'autre. Et c'est la grâce qui permet d'effacer l'effrayante distance entre l'absolu de la Poésie et la finitude du poème – d'abolir l'effroi de cette distance.

Oracle, *grâce* : païen, chrétien, et déjouant dans sa bivalence l'attache à un moment de l'Histoire, ce vocabulaire apparaît essentiel. Dans l'assurance que l'oracle ne *vassalise plus*, parce que le privilège du poète est reconnu dans le pouvoir de s'exhausser, il n'y a pas d'étonnement à découvrir chez René Char un lexique du religieux qui élève, mais un refus de ces religions qui abaissent parce qu'elles nous soumettent[1]. La poésie d'une part, et de l'autre ses oppresseurs. *La Bibliothèque est en feu* l'affirme

1. Distinction comparable à celle, que nous avons déjà citée, de *Fenêtres dormantes et porte sur le toit* : « Combien sont épris de l'humanité et non de l'homme ! Pour élever la première, ils abaissent le second » (578).

par un fragment qui trouve son efficacité, pour une large part, dans l'indécision où demeure le sujet de l'action : « Leur crime : un enragé vouloir de nous apprendre à mépriser les dieux que nous avons en nous » (382). La poésie annule l'humiliation – la renverse en une ascension. Les dieux n'habitent ainsi le langage ni le poète à demeure ; ils le visitent aux heures d'accomplissement, et leur éloignement est ce qui les met à l'abri de la mort, parce qu'il maintient la possibilité de leur retour ; leur fin est la fin du poème, et la sauvegarde d'une vérité qu'il lui reviendra plus tard de convoiter encore : « Supprimer l'éloignement tue. Les dieux ne meurent que d'être parmi nous » (767).

Ils sont ce qui diffère le moment de l'écriture : ce qui préserve de répéter, et permet au poète de toujours commencer ; s'ils désignent les mots[1] – et ne cessent par là de marquer la confiance dans un langage susceptible de vérité –, leur transcendance n'est rien sans l'usage que des hommes en font lorsqu'ils les incarnent ; ils désignent le relais qui délie momentanément le poète de sa condition ordinaire pour lui donner accès à une souveraineté qui pourtant n'est pas séparée, car les dieux demeurent *parmi nous*. Celui qui écrit ne leur appartient pas ; ils n'appartiennent pas à celui qui écrit, et lorsqu'ils viennent, la certitude de leur départ accompagne leur venue. Leur existence ainsi disqualifie toute religion, parce que, tout pouvoir durable écarté, les dieux sont des passeurs de vérité – et sans doute est-ce pourquoi « les mots qui vont surgir savent de nous ce que nous ignorons d'eux » (534), capables de projeter le poète dans l'avancée de ce que sera leur maîtrise, jusqu'à l'exacte coïncidence. Mais parce qu'ils ne sont pas extérieurs, et font seulement retour dans l'intermittente présence du poème, écrire ne dispose pas à adopter à leur égard une attitude de servitude, de vénération ni de crainte, une quelconque dépendance – et c'est encore le refus de l'oracle qui vassalise : ils sont une part du poète, celle qui précisément le définit dans la fragilité de ses *certitudes adoptives*, et la rencontre du divin ne lui préserve pas, mais seulement lui assure son identité de poète. Un instant confondu au poème, il transporte son humanité au-delà du langage ordinaire : « Les dieux sont dans la métaphore. Happée par le brusque écart, la poésie s'augmente d'un au-delà sans tutelle » (783). Et tout est ici métaphore s'il

1. René Char à Paul Veyne : « Les dieux sont des paroles, rien que des paroles, et cela n'occupe qu'une petite partie de la vie ; des paroles qui ont un sens. [...] Cela n'a rien à voir avec la mystique et les Grecs ; les dieux, ce sont des mots, j'ai écrit des dieux-dits », in *René Char en ses poèmes*, éd. citée, p. 451 *sq.*

est vrai que le mot désigne le tout de la poésie, et que la métaphore est aussi ce transport que, par son *brusque écart*, elle est seule à autoriser.

Le langage n'est pas divin, et seules le sont ses composantes multiples. La pluralité des dieux nous donne à comprendre que l'on n'atteigne jamais par l'entremise du poème à une Vérité ni à une Beauté totales, mais à leur présence finie, et toujours ouverte, dans une rencontre parcellaire qui fonde la nature du fragment : celle d'un *poème pulvérisé* ou d'une poésie entendue comme « grenade dissidente » (131)[1]. Mais dans le mouvement même de rupture fragmentaire, la vérité dont parle Char, par un mouvement de constriction, élève la poésie à la plénitude de l'Être. De même que l'individu se sent momentanément dépassé par l'accession à une forme de souveraineté, un fragment de réel épars se trouve happé vers la totalité, non point du monde, mais de ce que lui-même ne pouvait être que dans une limite maintenant abolie. Une formule de *La Parole en archipel*, que nous avons déjà citée et qu'il faut ici compléter, n'unit pas sans raison au poème le poète momentanément délivré de toutes médiocrités individuelles : « Le dessein de la poésie étant de nous rendre souverain en nous impersonnalisant, nous touchons, grâce au poème, à la plénitude de ce qui n'était qu'esquissé ou déformé par les vantardises de l'individu » (359). Et ce qui assure cette plénitude dans la qualité du fragment, c'est que l'absolu auquel le poème permet d'accéder n'est pas donné sur le mode de la connaissance abstraite, mais d'une perception sensible que caractérise l'intensité par quoi tout se trouve un instant ramassé en un fragment comblé.

RETOUR ET MÉMOIRE

Cette exigence de discontinuité entraîne avec elle diverses modalités d'un retour qui est d'abord un commencement, car la poésie est toujours commencement – celui qu'allégorise par exemple, dans sa référence à Lascaux, *La Paroi et la prairie* de *La Parole en archipel* par la présence d'un primitif poète-chasseur –, et se refuse à la facilité de poursuivre sur sa propre trace. Parce que la réalité a pu être reçue, son état antérieur s'est

1. Le dernier fragment de *Feuillets d'Hypnos* : « Dans nos ténèbres, il n'y a pas une place pour la Beauté. Toute la place est pour la Beauté » n'ouvre pas ici de contradiction dès lors qu'il ne s'agit pas de la finitude du poème qui est de n'accéder au Beau que pulvérisé, mais de l'ouverture finale, *dans nos ténèbres*, à l'inespéré, par la volonté d'entièrement subvertir une situation historique.

trouvé aboli – interdisant toute durée qui ne soit prise dans cette ascension intensive. Dans ce passage de l'imparfait au parfait, donc de l'inaccompli à l'accompli resserré dans une forme interrompue, la fonction de l'imagination n'est donc pas d'inventer ce qui se jouerait par l'agencement léger des mots coupés du monde ; la fonction du poème n'est pas d'ajouter à une création première sa seconde création. Mais parce que la mission de l'œuvre est de découvrir et, dans le prolongement d'une manière de platonisme interprété par Heidegger, de toucher à la vérité dans le mouvement d'un dévoilement, ou d'une révélation, c'est justement la tâche de l'imagination que de faire accéder le réel à pareille plénitude de l'Être. L'ouverture de *Partage formel* affirme cette féconde volonté d'expulsion de « plusieurs personnes incomplètes » qui assure « leur retour sous la forme d'une présence entièrement satisfaisante. C'est alors l'inextinguible réel incréé » (155). Dans cette différence ontologique, c'est toujours le réel qui assure la continuité du passage, reste le même et cependant fait accéder la création à ce qui demeurait jusqu'alors incréé : ce qui dans le monde est voué à s'éteindre, l'incréé le métamorphose en une lumière inextinguible. L'imagination préserve ce qu'elle supprime, et qui fera retour dans son accession à l'au-delà, mais le préserve sur un autre mode, qui maintient l'émotion sensible.

Sans doute est-ce là ce qui permet que l'œuvre dure, dans la double mesure de l'*inextinguible* et de l'*incréé*, sans se maintenir au titre d'un témoignage qui la renverrait au passé d'un sujet, ni au bénéfice d'une vérité générale qui pourrait aussi bien congédier la forme du texte. Le poème, du même coup, n'est pas l'image du monde, son *eidôlon* ni son double, mais il en est la plus pure part manifestée dans l'instant du fragment. Or cette brisure relève chez René Char de la nécessité même du mouvement – et l'exigence d'un ressourcement dans la sensation et l'épreuve qu'affirme *Feuillets d'Hypnos* dénoue sans doute son écriture de l'expérience trop particulière de la guerre : « Le poète ne peut pas demeurer longtemps dans la stratosphère du Verbe. Il doit se lover dans de nouvelles larmes et pousser plus avant dans son ordre » (180). La part de transcendance dévoilée, pour celui qui écrit, est un appel à un ultérieur dépassement de soi-même qui ne peut s'accomplir que dans l'interruption, parce que la fragilité du poème, destitué de toute durée par son accomplissement, procède aussi de la proximité périlleuse de sa propre fin, comme elle était issue de ce drame personnel qu'ici les larmes nous rappellent. C'est pourquoi le lien à la mort, non seulement affirme, mais fonde essentiellement la discontinuité de l'expérience poétique marquée par la rupture et travaillée par la fragilité

– et de la vérité que rien ne saurait prolonger au-delà de ce qu'en accorde l'écriture. Né d'un conflit qui renvoie le poète à lui-même, l'installe délibérément hors de soi quoiqu'en soi, à l'écart de toute demeure constante, « l'au-delà nuptial » qu'a su atteindre le poème réalisé est tout ensemble dedans et dehors, vie et mort soudainement rapprochées dans la fulgurance de leurs limites : « dans cette vie, très rattaché à elle, et cependant à proximité des urnes de la mort » (409). Parce que l'au-delà de l'Être est le voisinage de la mort, l'écriture est proche d'une disparition qui affirme sa précarité en même temps qu'elle assure sa hauteur. Et la commune disparition du poète et de son poème après l'accomplissement est une manière encore d'éprouver le pouvoir de leur éphémère conjonction.

Dans son privilège simultané, cette union convoitée, mais fugitivement obtenue, de l'auteur et de l'œuvre contresigne la loyauté du texte. Ce dont nous assure la formule fameuse de *Moulin premier* : « Audace d'être un instant soi-même la forme accomplie du poème. Bien-être d'avoir entrevu scintiller la matière-émotion instantanément reine » (62) – ce n'est pas simplement la hauteur de cette ambition ni la précarité de ce qui ne saura être jamais qu'*entrevu* et vers quoi il faudra faire retour pour le voir à nouveau ; c'est aussi le refus d'une parole poétique qui, dans l'instant éprouvé de l'émotion, n'appartiendrait pas à celui qui l'écrit. L'approche de Char discrédite ainsi toute analyse qui ferait du poète le médium simplement parcouru des mots dont il se trouverait possédé – dans cet état d'aliénation dont il faisait tout à l'heure reproche à certain usage du langage – plutôt qu'il ne les posséderait ; elle discrédite aussi toute tentation de prophétie, et s'il est arrivé que la forme volontiers aphoristique de son œuvre incite au commentaire d'une parole oraculaire (et l'on sait ce que doit à pareille interprétation le rapprochement convenu avec Héraclite), ce ne put être que par malentendu. Il n'est donc pas indifférent qu'au terme d'aphorisme, Char ait préféré celui de *proposition*[1] qui maintient l'engagement de celui qui écrit, et mieux encore une responsabilité à l'égard de celui qui lit. Sa loyauté est aussi celle-là : « Je n'ai jamais rien proposé qui, une fois l'euphorie passée, risquât de faire tomber de haut » (744). C'est d'avoir été éprouvée que toute parole vraie éloigne la tentation d'un leurre – celui d'une parole vaine dont l'efficacité sur le lecteur aurait à se payer bientôt de la désillusion du démenti.

Parce que la vérité, ainsi, ne constitue pas ce que le poème voudrait dire, mais ce qu'il entend être, le poète devient celui que, tout à la fois, il

1. Jean-Claude Mathieu, *La Poésie de René Char*, t. 2, Paris, Corti, 1985, p. 175 *sq.*

n'est pas encore, et aussitôt après ne sera plus ; c'est l'exigence de l'œuvre qui le réconcilie au vrai (et le préfixe surtout importe) dans l'instant même où, pour le préserver, il est voué à s'en détacher. Car ce retour porte en lui la séparation : « En poésie, devenir, c'est réconcilier. Le poète ne dit pas la vérité, il la vit ; et la vivant, il devient mensonger. Paradoxe des Muses : justesse du poème » (760). Et le poème n'atteint à la justesse qu'en cet instant où, confondu à lui, le poète accède à la justice interne dont nous évoquions tout à l'heure la fragilité. Ariel n'éloigne pas plus longtemps Caliban. Installer la durée dans l'éclair, c'est encore nouer la finitude présente à un éclat qui l'outrepasse mais la maintient comme son origine ; et si, selon la pénétrante remarque de Georges Blin, la temporalité charienne congédie un Chronos qui reproduit à l'infini sa scansion régulière au profit d'un Aiôn qui accroît – mais dans un mouvement d'ascension qui fait *durer* l'instant fragile –, elle renvoie aussi bien à une conception de la beauté partielle comme de l'œuvre brève qui dans l'instant contient la révélation tout ensemble comblée et fugitive des choses, et n'est sans doute pas étrangère à l'expansion qu'entraîne l'expérience de l'extase[1]. C'est le même mouvement qui porte l'éclair à concentrer l'éternité et le fragment à exprimer un instant le tout – mais un tout dont les bords marquent la déchirure de l'arrachement, la discontinuité de la rupture qui est l'énergie contenue du poème, et la justification de sa fin.

On comprend du même coup qu'aucune référence ne soit faite par René Char, dont la pensée, résolument, se montre an-historique, à une problématique pourtant moderne du nouveau – ce qui confirme qu'à maints égards sa poétique s'instaure dans un avant-Baudelaire –, ou mieux encore qu'une telle problématique soit condamnée : « Ah ! s'efforcer ici de n'être pas *nouveau* – fameux – mais de retoucher au même fer pour s'assurer de son regain guérisseur » (751). Un poème qui commence peut n'être pas nouveau : mais il lui suffit d'être actuel, c'est-à-dire d'assurer sa propre origine. L'originel déloge l'original et le détruit comme tel, car rien ne se maintient comme référence à dépasser, et le progrès, en art comme en toutes choses, demeure disqualifié. Non qu'il s'agisse de renier ce qui l'a précédé, ni d'écarter la totalité du passé, mais parce que, s'il arrive que la poésie y revienne, c'est à partir de son présent ou d'un passé actualisé par rapport auquel elle n'a pas à se définir dès lors qu'elle en retrouve le surgissement. Si les poèmes de Char – et lui-même l'a noté – expriment alors, par leur *retour amont*, la puissance de l'origine,

1. Georges Blin, L'Instant multiple, in *L'Arc*, n° 22, *René Char*, été 1963, p. 16.

c'est par le départ qu'ils s'imposent à partir d'une source toujours plus haute, non par la remontée qu'ils assureraient jusqu'à elle. Après quoi l'en-avant n'est pas une manière d'être en avance, ni moderne ni nouveau, mais simplement d'offrir à l'écriture la possibilité de confirmer sa propre trajectoire, et de se vérifier sans cesse.

Le chemin parcouru de la vérité prend en charge le soin d'un renouveau, non pas de ce qui fut, mais bien de ce qui est toujours, et à ce titre n'est pas le nouveau. Celui-ci supposerait qu'une répétition soit possible, par quoi chaque fois reviendrait le passé, et où se ruinerait du même coup toute instauration poétique. Or si le nouveau, en effet, ne s'inscrit dans l'Histoire que par l'antériorité qu'il suppose pour se définir, l'écriture lui échappe car « l'acte est vierge, même répété » (186). Acte qui affirme, tout ensemble, et rend possible le *point diamanté actuel* de *Partage formel* (164) que la vérité noue à l'inactuel comme la singularité, on s'en souvient, à l'absolu. Et qu'il s'agisse des dieux, de la poésie ou du vrai, c'est un thème constant de la pensée charienne que la permanence tue ce qui demeure en elle. Il est donc essentiel que deux courts poèmes du dernier Char – dans *Aromates chasseurs* et *Chants de la Balandrane* – « Pontonniers » et « Ma feuille vineuse » – fassent de l'aller et du retour (maritime, ou fluvial) le mouvement même des mots qu'un *amiral* conduit, puis que le large *reprend*, mouvement d'une vérité dont il n'est au pouvoir de personne de différer, moins encore d'entraver le départ : car « il faut deux rivages à la vérité : l'un pour notre aller, l'autre pour son retour » (523). Ici encore, il faut partir pour pouvoir revenir, il faut oublier pour ensuite faire retour. Telle que l'entend Char, la littérature est sans tradition.

C'est ainsi la mémoire qui se trouve refusée comme l'écho atténué, dégradé, d'un passé dont l'originel surgissement s'est perdu. L'œuvre sans cesse abolit le souvenir de ce qui l'a précédée – avant d'effacer le sien propre. « Le poème n'a pas de mémoire, dit Char à Heidegger. Ce qu'on me demande, c'est d'aller de l'avant. »[1] L'oubli de ce qui fut est la condition de cette direction, de cette tension vers une reviviscence possible, et la continuité est interdite, qui se retournerait sur ce qui a été. Pas plus que les figures de l'au-delà poétique ne renvoient, dans les textes de Char, à une création qui s'ajouterait au monde, elles n'affirment ce vers quoi l'on pourrait se porter comme pour se conforter à l'évidence d'une certitude – et l'on sait qu'il enjoint au poète de laisser, plutôt que des preuves, seulement des traces (382) : que les preuves doivent faire défaut est ce qui

1. Propos rapporté par Jean Beaufret : « L'entretien sous le marronnier », *op. cit.,* p. 6.

provoque à la poésie. D'où l'impossibilité d'une désillusion qui maintiendrait le texte comme illusoire ancrage. Le poème ne garde pas mémoire : il n'est pas ce qui remémore, moins encore ce qui commémore – *Feuillets d'Hypnos*, historiquement, en apporte l'assurance. Et c'est une tradition culturelle mondaine, au sens classique du mot comme en sa signification banale, qui se trouve ici écartée.

Toute œuvre, du même coup, s'interdit la permanence solennelle du monument, l'hommage posthume que serait la visite du mémorial. C'est pourquoi, en réponse aux questions que lui posait Raymond Jean, Char pouvait affirmer sans excessive obscurité, par le retour de ce même verbe qui rendait tout à l'heure évidente l'équivalence de poésie et vérité, que Baudelaire *sait*, comme La Tour *sait* – et non savait : artistes que l'on retrouve en même temps que leurs œuvres, poètes et poèmes simultanément assurés dans le vrai qui rend possible, en lui, notre ressourcement. Ici encore, toute mémoire se trouve écartée – et le présent de celui qui *sait* subvertit toute temporalité ordinaire, car la vérité s'en est retournée sur son propre rivage. C'est qu'en effet « pour être celui non qui édifie mais qui inspire, il faut se placer dans une vérité que le temps ne cesse de fortifier et de confirmer » (1256). Les deux verbes réaffirment la nécessité d'une reprise qui s'assure, comme en spirale, à la même origine mais non point au même lieu et, par le refus de l'édifice qu'entraîne le mouvement, confirment la disqualification du poème qui, plutôt que de découvrir, invente, pour qu'à la création s'ajoute son monument nouveau. Ils confirment, le mot est de Jean-Pierre Richard, une *éthique de la mobilité*.

Mais le refus de mémoire que maintient René Char ne vaut pas seulement par rapport à un héritage extérieur ; il dessine aussi bien la rupture intérieure à son œuvre en faisant du poète celui que dépossède le texte même qu'il vient d'assujettir à lui : « Le poète ne retient pas ce qu'il découvre ; l'ayant transcrit, le perd bientôt. En cela réside sa nouveauté, son infini et son péril » (378). Le verbe *retenir* ne superpose pas sans force le refus de toute possession et l'interdit jeté sur l'éventualité du souvenir qui – c'est la tentation du pastiche intérieur – ouvrirait au confort de la continuité. Mais, confrontée au *regain guérisseur* dont l'image s'offrait tout à l'heure à nous, la définition maintenant proposée de la nouveauté permet l'approche d'une manière d'Éternel retour, lié à la vertu salvatrice du poème contre un mal qui ne s'absente pas, où ce qui nous revient est à la fois le même et l'autre : un même fer toujours retouché, mais pour une autre guérison. La mémoire serait la sécurité, mais inefficace ; son refus reste le péril, mais fécond. Celui qui écrit, sa parole même ne lui confère nulle certitude où se complaire : devenue texte, elle relève d'un passé qui désormais est autre chose que lui. De même que la part de divin dont le poète est habité au moment de l'écriture s'efface pour pouvoir revenir – et la littérature est un droit à la mort –, l'auteur conserve sur les autres hommes l'onéreux privilège d'être, non point plus immortel, mais à l'inverse plus mortel qu'eux, et vient prendre à revers la sécurité qui, dans le passé de l'œuvre, assurerait l'avenir de sa propre mémoire : « Ne te plains pas de vivre plus près de la mort que les mortels » (333). Par là s'affirme aussi toute la mesure sacrificielle de l'écriture.

On comprend mieux ainsi, peut-être, que l'achèvement du poème une fois défini comme l'immédiate séparation d'avec l'auteur, son adresse au lecteur se mesure comme une oblation. Ce qui, du côté de l'auteur, se nomme vérité, et s'accompagne d'une liberté limitée, au moment du poème, à son écriture même, ne restitue, du côté du lecteur, qu'une liberté sans accès à l'entière vérité, car l'œuvre n'accomplit pas toute la poésie et la laisse ouverte au futur, comme le donne à entendre le titre même d'un poème des *Matinaux* : « La vérité vous rendra libres » (308). Et l'oblation est bien ici que la vérité de l'un puisse devenir la liberté des autres : « Le donneur de liberté, écrit Char dans les pages qu'il consacre à Rimbaud, n'est libre que dans les autres. Le poète ne jouit que de la liberté des autres » car, quant à lui, « la prison se referme aussitôt sur l'évadé »[1]. Le paradoxe cependant reste entier d'une œuvre écrite pour autrui, mais que sa forme – son hermétisme, puisque tel est le mot convenu – referme en même temps qu'elle l'ouvre à autrui. Nous atteignons sans doute ici à l'aporie d'un poète qui mesure l'écriture, on l'a vu, comme une épreuve trop personnelle pour ne pas être essentiellement privée jusque dans la publication, et en même temps d'un écrivain qui, parce qu'il rend l'œuvre publique, se trouve contraint d'en offrir une trace lisible. Tout porte à croire alors que, d'une part, René Char laisse ouverte la signification du poème : il souscrit sans détours à la fameuse formule de Rimbaud sur les lectures possibles d'*Une Saison en enfer* – « littéralement et dans tous les sens » –, et que, d'autre part, il désire voir privilégié le sens que lui-même lui reconnaît et, d'une certaine manière, qu'il attende

1. « Nos phrases sont des cachots » affirme Char par ailleurs (587). Et s'il a consacré au *Prisonnier* de La Tour — que les catalogues désormais désignent sous le titre de *Job et sa femme* — une page célèbre de *Feuillets d'Hypnos*, la séduction pour ce tableau, durant la guerre épinglé à son mur, peut sans doute s'en trouver autrement expliquée que par l'évidence d'une situation historique. Car, au rebours d'une interprétation convenue, loin de morigéner Job, ici « le Verbe de la femme donne naissance à l'inespéré mieux que n'importe quelle aurore » (218).

du lecteur l'expérience inversée de cette ascendance qu'a été pour lui l'écriture si, le poème clairement défini comme « un sommet de moi », « il ne faut pas que ce soit apprécié, admiré, savouré : il faut, quand vous le lisez, que ça descende en vous »[1], et que la puissance même de l'émotion soit la confirmation de son authenticité demeurée stupéfiante.

Ce qui se donne ainsi à lire, ce n'est ni simplement une écriture lucide qui proposerait la vérité sur notre temps (car justement elle lui échappe), ni la révélation à tous d'un arrière-monde accessible au seul écrivain (car la Poésie excède la finitude du poème), ni le dépouillement pur des apparences (car son apparition n'est pas durable) – mais simplement l'affirmation d'une expérience singulière. Rabattre cependant cette expérience sur la rencontre de la vérité, c'est supposer que puisse être assurée l'instance dont Char s'autorise pour affirmer la possibilité de cette rencontre. On devine qu'il y va de l'autorité de celui qui écrit et dont le drame garantit seul la parole qu'il ordonne. Même si les dieux existent, cette instance n'est pas religieuse, mais, parce qu'ils sont en nous, elle est à coup sûr spirituelle ; pas davantage elle n'est intellectuelle, si la connaissance dont il s'agit, en dépit du verbe *savoir*, échappe à la Raison, donc au plain-pied de l'échange entre auteur et lecteur ; elle n'est morale, enfin, que si l'on accepte d'envisager le terme en une acception assez stricte pour ne pas réduire Char à une figure trop simplement évangélique dont la mission serait, non d'éprouver – ressentir l'émotion, tout ensemble, et la mettre à l'épreuve de sa vérité –, mais d'imposer par le prestige des mots. L'éthique est dans le poétique dont la limite rend nécessaire une interrogation – celle, fameuse, de *Feuillets d'Hypnos* – qui constitue son *répondant* : « Sommes-nous voués à n'être que des débuts de vérité ? » (220).

Ici encore le *nous* n'affirme le partage d'aucune communauté humaine, mais renvoie à l'activité poétique commune au texte et à celui qui y travaille, et si l'on peut immédiatement déchiffrer cette interrogation comme marque d'une incertitude, c'est parce qu'elle contresigne la précarité de l'expérience poétique, et s'opposerait à l'évidence des synonymes que nous rappelions tout à l'heure s'il ne fallait, toujours, distinguer de la Poésie les poèmes, et le poète même de l'individu. On perçoit du même coup qu'il s'agit d'une double question, qui porte tout ensemble sur le commencement – et donc l'inaccompli – et sur la destinée de celui qui, d'un mot qui noue la spiritualité à la fatalité, est *voué* à la vérité, et

1. *Le Figaro littéraire* du 30 octobre 1948.

cependant à n'affirmer que son début. L'une et l'autre interrogations se confortent pour définir l'appel d'une tâche essentielle, et la limite même de cette tâche. La question est donc sans réponse – qui serait suspendue à l'accomplissement total d'une vérité dont le plein séjour est ailleurs. L'exigence du commencement, et la virginité conséquente du retour, parce que son coût est la disparition de ce qu'il fut, se noue, chez le poète, à la précarité de son autorité – et subvertit pour une part l'idée traditionnelle d'auteur. Le poète lui-même est exclu de son propre renom, car l'expérience qui l'exhausse le sépare d'une communauté qui lui reflète abusivement sa gloire, dès lors qu'elle le situe hors de ce qu'il a lui-même accompli, et où son identité s'est trouvée, tout ensemble, et perdue. « Sommes-nous voués à n'être que des débuts de vérité ? » Le silence qui suit fatalement la question est celui même de ce qui s'est interrompu.

PERMANENCE DE LA RUPTURE

Ainsi, la poésie est toujours commencement, dans l'affirmation d'un présent qui ne se poursuit pas, mais se renouvelle. Cette proximité de l'Être et de l'Homme qu'elle accomplit, il arrive que l'existence réelle la renie ou la contredise, et c'est pourquoi l'*êthos* charien entend la préserver, mais sur un autre mode, car le nappé trop béatement envisagé d'une poésie qui couvrirait ou continuerait le monde est une imposture. D'une certaine manière, Char rejoint ici Reverdy : « L'éthique, c'est l'esthétique du dedans. »[1] Même si la formule trahit certain repli de l'image qu'on entend s'offrir à soi-même, elle affirme l'exigence intérieure qui ouvre à la liberté d'un accomplissement qui écarte tout histrionisme, et ne fait acception du jugement des autres que par rapport à soi. Dans cette perspective, l'impératif de *Feuillets d'Hypnos* : « Tiens vis-à-vis des autres ce que tu t'es promis à toi seul » (214), nous dit bien cette intériorisation de l'éthique qui est d'abord contrat passé de soi à soi. Faire de son existence une œuvre d'art ? Seul Char eût pu lui-même (mais ce n'était guère sa manière) apporter le témoignage d'une telle ambition, précisément parce que sa réserve est dans l'invisible. Mais surtout faire en sorte que l'existence ne démente jamais l'œuvre d'art.

1. *Le Livre de mon bord*, Paris, Mercure de France, 1989, p. 154.

Lui-même, d'ailleurs, ne sépare nullement poésie et action, puisqu'elles sont « vases communicants » (734), et nous aurons à voir qu'à l'égard de l'une et de l'autre le même privilège reste bien accordé au présent, que le même refus d'une continuation apaisée et le même face à face avec le réel les unissent. De la poésie à l'action, néanmoins, les rapports que définit Char relèvent de l'alternance et du passage : si les vases communiquent, ils demeurent bien distincts et leur séparation laisse à la poésie sa fonction de projet ; elle ne change pas la vie – l'interruption de toute publication pendant la guerre le confirmerait, si ce n'était l'évidence –, car sa tâche ne coïncide pas avec l'engagement ; elle l'éclaire cependant car « l'action est aveugle » et « c'est la poésie qui voit » (735) ; elle la nourrit, puis s'efface avant de revenir encore. Ainsi, dans la discontinuité de l'Histoire et l'ouverture qui s'y préserve au pire comme au meilleur, l'un et l'autre toujours possibles, elle agit néanmoins : « Il semble que la poésie, par les voies qu'elle a suivies, par les épreuves qui l'ont rendue concrète, constitue le relais qui permet à l'être blessé de recouvrer des forces neuves et de fraîches raisons » (742). Mais relais que n'accomplit pas n'importe quelle poésie – et celle que les épreuves ont rendue concrète renvoie naturellement ici au drame que j'évoquais, à la souffrance qui la gouverne et à la lustration des larmes.

Face à une œuvre construite dans la volontaire discontinuité de ses archipels, et dont l'auteur affirme qu'il n'est pas poète à demeure, il n'est pas alors impossible de dessiner une forme d'alternance complémentaire entre celui qui est au monde et celui qui est à l'œuvre, comme si l'un devait se ressourcer toujours dans l'autre, dès lors qu'il n'y a pas d'*état* durable. Le relais de l'être blessé dont nous parle ici Char invite à le penser, mais à souligner aussitôt que, si l'expérience de la Beauté cicatrise la blessure, elle congédie bientôt celui qu'elle a soutenu. Il se pourrait alors qu'à la réalité s'attache d'abord certain désespoir de la savoir telle, et à la Poésie d'abord l'expérience extatique de la Beauté, c'est-à-dire une forme de plénitude qui n'est certes pas l'écriture, mais, parce qu'elle en dessine l'impossible accomplissement, en mesure aussi la mission d'ascendance. La volonté, qui ne cesse de s'affirmer, d'un véritable redressement de l'homme, le soulèvement du poème ne l'entraîne pas comme sa conséquence immédiate, mais assurément la conforte de loin en loin parce que, dans son ordre, il en offre une manière de paradigme : celui de la liberté prise par rapport au monde, dans la préservation pourtant du monde.

Si d'un côté la poésie apaise le passé et permet à celui qui se tourne vers elle de le dépasser, elle oriente d'autre part l'avenir, et il y va d'une certaine violence, qui est celle d'un détachement, d'une rupture avec ce qui fut : « Toute action qui se justifierait doit être [...] une action proposable de refus et de résistance, inspirée par une poésie en avant et souvent en dispute avec elle » (736). Mais parce que, justement, la poésie ne prophétise jamais, elle n'engage qu'à une rupture que l'action, dans l'alentissement ou l'enlisement des « graisses » de l'Histoire, n'accomplirait pas sans pareille secousse. Jusque dans les rapports de l'une à l'autre, même si elles demeurent « vases communicants », c'est le refus de l'apaisement qui se trouve préservé, et tout se passe comme si le soulèvement poétique était pure énergie, ou mieux encore énergie pure – appel à une forme d'ouverture où se préserverait la liberté d'un autre commencement. Ainsi se ferme, du même coup, toute possibilité de prédiction, toute annonce, par la poésie, de ce qui serait, grâce à elle, connu. Interrogé par Heidegger sur l'*en-avant* postulé par Rimbaud, et dont il reprend l'exigence, de la poésie par rapport à l'action, ce sont des « réponses interrogatives » que propose René Char en septembre 1966 (734 *sq.*). Or c'était par une question, déjà, vingt ans plus tôt, que l' « Argument » de *Poème pulvérisé*, dès l'*incipit*, définissait sur un autre plan cette situation. Lorsque Char interroge en effet : *« Comment vivre sans inconnu devant soi ? »* (247), la question superpose plusieurs approches. Elle laisse à entendre que l'inconnu, s'il provoque à la vérité que la poésie fait connaître, est toujours de retour après elle, et qu'une fois encore nous ne sommes que des débuts de vérité ; mais sur un autre plan, elle suppose que vivre serait impossible si l'avenir – le meilleur ou le pire – était d'avance connu et que l'homme alors s'inscrivît dans sa dépendance. C'est de la même permanence de rupture qu'il s'agit donc sans cesse. Bien que de manière différente, l'inconnu est ce qui rend tout à la fois la poésie et l'existence possibles, et qui pour une part les attache l'une à l'autre. Tel est bien ce qui définit aussi, dans le même « Argument », la plénitude de *vivre* maintenant. D'où l'attention portée par Char à ce présent à l'intérieur duquel il faut agir, écrire sans souci d'avant ni d'après. La différence est inscrite dans l'Histoire comme une ouverture (car tout peut advenir), mais également comme une limite (parce que rien ne saurait identiquement durer).

Si les années de Résistance paraissent naturellement emblématiques, ce n'est pas simplement qu'elles aient donné, à des principes, l'accomplissement qui apporte la preuve qu'ils n'étaient pas abstraits et ne traçaient pas, de la poésie à l'action, d'hermétique fermeture ; ce n'est pas seulement qu'elles aient ouvert à l'écriture de ces *Feuillets d'Hypnos* qui tracent, au cœur de l'œuvre et pourtant à sa marge, l'exemplaire relation de l'existentiel au formel. Pas plus ici qu'ailleurs, il n'y va d'une pensée qui s'exposerait pour elle-même, dans une visée universelle, ni à l'inverse d'un témoignage trop personnel pour se composer en portrait ou se figer en un souvenir mémorable. Mais, comme il advient justement dans toute la poésie de Char, l'universel ne se gagne ici que par le singulier qu'il dépasse et préserve à la fois, comme en témoigne la présence des impératifs adressés à soi-même, mais finalement à quiconque – et le mouvement de composition du livre, passé du *Carnet* aux *Feuillets*, du *Journal* au *Recueil*, de l'expérience au texte, affirme de manière essentielle un glissement de l'écriture privée à l'écriture publique. Mais le public est demeuré privé en ceci que les principes qui s'affirment dans les *Feuillets*, loin de témoigner d'un projet d'engagement, disent au contraire, et *a posteriori*, une parole gagée sur ce qui a eu lieu. Ce qui nous apparaît alors comme le plus précieux, et doit donc être souligné comme tel, c'est que, si la poétique de Char ne retentit que dans le poème, l'éthique que celui-ci traduit se fait également entendre dans l'expérience d'une action qui ne lui est pas étrangère[1].

Éthique du présent, elle s'éclaire d'abord d'une confidence extérieure. En juillet 1944, en effet, dans une lettre à Gilbert Lély, Char présente ce qui n'est encore que *Carnet d'Hypnos* comme un journal qu'il s'apprête à bientôt publier, et il ajoute : « Une sorte de Marc-Aurèle ! »[2] Si l'on peut d'abord lire dans cette exclamation la volonté première de congédier, d'un geste, ce que le rapprochement peut avoir d'écrasant, et la trace légère, à l'adresse d'un ami, de certaine autodérision, le surgissement du Stoïcien n'est pas indifférent parce qu'au-delà de l'emblème d'une érudition trop classique, il vient faire résonner l'écho d'une morale que certains des *Feuillets* donnent clairement à lire. Non que l'héritage de Marc-Aurèle ait nécessairement fécondé la pensée de René Char, ni que l'apparition de son nom autorise qu'on interprète une parenté, mais parce que s'affirme, chez l'un et l'autre, l'alliance féconde de certain fatalisme et de la volonté. Le fatalisme, ici, est assurément singulier : il ne consiste pas (ce serait la pure tradition stoïcienne) à distinguer, selon la formulation d'Épictète, ce qui dépend de soi et ce qui ne dépend pas de soi – et qu'il faut accepter ;

1. C'est aussi bien le jugement plus général que rapporte Jean Pénard : « Toute œuvre délibérément “engagée” est condamnée d'avance. Celles qui s'inscrivent dans une rébellion et dans un espoir personnellement vécus sont du fait même des arbres vivants » (*Rencontres avec René Char*, éd. citée, p. 26).
2. Lettre citée par Jean-Claude Mathieu in *La Poésie de René Char*, éd. citée, t. 2, p. 211.

cette acceptation, justement, serait pour Char la complaisance qui ouvre finalement à l'immobilité où celui qui supporte la souffrance s'admire de la souffrir : alors, « être stoïque, c'est se figer, avec les beaux yeux de Narcisse » (175). Une telle immobilité, précisément Char la récuse, au profit du mouvement premier qui a eu lieu : « Le cœur serré, nous sommes allés et avons fait face » *(ibid.)*. Un certain fatalisme cependant se dessine dans la conception charienne d'une Histoire que la légèreté du mouvement a désertée, et qui semble ne pas pouvoir être durablement conduite dans une perspective assez heureuse pour que l'utopie de changer la vie puisse l'aimanter vraiment ; « l'Histoire échoue » (466), et c'est là un échec autant qu'un échouage dans la lenteur d'une modération coupable. Le fatalisme alors est dans le constat que notre Histoire échappe à une élévation durable, et que d'âge en âge l'homme ne peut que tour à tour s'élever et s'abaisser sans espoir d'un définitif redressement. A l'évidence, la Seconde Guerre mondiale en apportait la preuve, après quoi Char notera, comme s'il fût achevé déjà : « XXe siècle : l'homme fut au plus bas » (381).

Une *relève*, pourtant, lui était apparue possible, à laquelle il fallait délibérément travailler. A l'échec constaté, et sans doute accepté, il rétorqua donc cette action volontaire qu'exprime mieux qu'aucune autre une belle formule du *Poème pulvérisé* : « Juxtapose à la fatalité la résistance à la fatalité. Tu connaîtras d'étranges hauteurs » (258). C'est prendre acte d'abord que si l'Histoire exerce une puissance aveugle sur chacun, une autre puissance, et lucide celle-là, peut lui être aussi bien associée – car il s'agit moins d'une opposition, frontale, tout à la fois, et inégale, que d'une association. Acceptation de ce qui est précisément réputé ne pas pouvoir être changé – la fatalité même – et refus de la passivité, du consentement à l'inévitable qu'elle emporte avec elle. L'ordre à soi-même donné – *juxtapose* – contresigne la nature tout individuelle d'une morale que Char, comme sa vérité, sait mais veut également singulière, dans le drame personnellement vécu. Mais cette volonté, d'autre part, est d'abord revendication d'authenticité, et à ce titre n'est pas sans lien avec ce qui, dans le poème, est volonté de vérité : le même soulèvement, la même ascension s'y affirment dans le dépassement de ce qui est. Dans l'un et l'autre cas, « la réalité ne peut être franchie que soulevée » (413). Il ne saurait être question de naïvement opposer à la fatalité la pure présence d'un courage individuel dans l'illusion prométhéenne d'un improbable renversement des forces ; mais il s'agit d'abord d'une fidélité à soi-même et de l'assurance sauvegardée, pour soi-même à nouveau, de certaine façon d'être au monde.

Le soulèvement n'est pas alors cette simple révolte qui ferait du changement l'objet de son action, mais le désir d'une hauteur où s'établir : sans illusion sur ce qui adviendra *après.* C'est dire que, dans l'action, d'abord s'affirme une manière de vivre – selon l'exigence du refus, celui qu'en 1947 Char évoque dans la *Lettre hors commerce* à l'adresse de Breton : « notre refus de signer le dernier feuillet, celui de l'apaisement. Celui-ci s'arrache, ou nous est enlevé » (661). L'apaisement viendra dans cette interruption subie – la première et l'ultime –, non dans une volonté qui précisément se maintient contre toute forme de découragement. Mais qu'il s'agisse de juxtaposer plutôt que d'opposer sa résistance à la fatalité, cela veut dire aussi, de manière essentielle, combien l'action présente conduit son chemin parallèle, en toute fidélité à soi-même, sans excessif souci de ce qui pourra advenir, et dépend largement d'autrui : pour une part, c'est donc la distinction entre l'homme et l'humanité qui se trouve ici reconduite.

Certaine indifférence aux résultats s'ensuit – dont témoignent les *Feuillets d'Hypnos* – et qui peut certainement s'entendre de plusieurs manières. Il s'agit bien d'abord (les circonstances ici commandent) d'une sorte de pragmatisme, et d'une essentielle attention à la tâche présente dont il convient de s'acquitter sans que la dispersion la gagne par souci de l'avenir. C'est la double mesure, à l'*incipit* même des *Feuillets*, d'un principe et d'une limite à faire partager : « Autant que se peut, enseigne à devenir efficace pour le but à atteindre mais pas au-delà. Au-delà est fumée » (175), et l'on peut éprouver la tentation de percevoir ici l'écho de ce qui, chez Marc-Aurèle précisément, s'énonce comme « perfection de la morale » : vivre chaque jour comme s'il s'agissait du dernier[1]. Le réel n'est jamais que dans ce qui advient, parce que l'au-delà, pas plus que le passé, ne dépend de nous : il conviendra seulement de le construire, à son tour, mais dans la même précarité que le présent, et lorsqu'il sera, justement, devenu présent. Cette résistance à l'anticipation est refus d'une confiance qui s'accorderait la facilité d'extrapoler trop simplement du présent à l'avenir, de construire celui-ci sur les promesses (trompeuses) de celui-là : c'est par conséquent le refus d'une autre forme d'apparence, et qui pourrait couvrir, déjà, ce qui est maintenant.

Car si l'au-delà du but à atteindre est fumée, c'est précisément, poursuit Char, que là « où il y a fumée il y a changement ». Il suffira que le vent vire pour qu'il soit nécessaire d'interrompre, et partir ailleurs : on ne saurait

1. *Pensées*, VII, 69.

donc s'établir à demeure. Or si la volonté qui s'affirme dans l'action doit se dénouer de toute espérance lointaine, elle se sépare aussi de la conséquence immédiate – et c'est ici le second fragment de *Feuillets d'Hypnos* : « Ne t'attarde pas à l'ornière des résultats » (175). La formule est rude, mais elle est également ambiguë : le résultat est ornière en ce qu'il invite au repos ; il est piège, aussi bien, en ceci qu'on pourrait attendre des résultats pour continuer d'agir ; le résultat est l'à-côté d'un chemin toujours à reprendre. L'en-avant doit déjouer l'accomplissement comme son leurre, car rien n'est jamais accompli, et rendre l'action à la pure volonté d'agir. Du même coup, l'acte est sans espérance parce qu'il se refuse à ouvrir l'avenir comme à le fermer, parce que l'espérance est tendue tout entière vers un avenir sur quoi l'on n'a pas prise, quand le but à atteindre est dans le futur assez rapproché pour dépendre immédiatement de soi.

Les années de la Résistance furent à coup sûr un âge séparé dans l'existence de Char, encadré par une double rupture dont témoigne un double silence : la suspension de toute publication dès le début de la guerre, et après elle, la distance immédiate devant l'épuration. Même si les deux actes ne sont pas du même ordre, ils témoignent pourtant d'un identique refus de simplement continuer, et pour ce qui touche à l'épuration de poursuivre dans l'acceptation d'une dégradation de ce qui s'était élevé au plus haut. Parce qu'il ne s'est jamais agi pour lui de confondre le poète et cet homme qui, par intermittence, devient poète, il convenait ici encore de ne pas mêler les deux rôles, de ne pas charger le poète d'un combat qui revenait, et combien plus risqué, à l'homme lui-même – et dans la Résistance presque aucun de ses compagnons ne le savait écrivain. C'est qu'aucune œuvre n'est propre à porter l'efficacité de sa parole à la hauteur de l'événement, et se satisfaire de cette arme-là aurait été « dérisoirement insuffisant » (632). Mais c'est aussi que telle n'est pas la mission de la Poésie, et cette attitude nous éclaire à nouveau sur les limites de ce qu'elle peut, aux yeux de Char, à elle seule réaliser. Changer la vie ? La naïveté serait de croire que le pouvoir des mots puisse être tel, et que l'on puisse, auteur, lecteur, durablement se maintenir dans la continuité du texte au monde alors que l'un ne fait jamais, dans le meilleur des cas, qu'éclairer l'autre – fugitivement. Eût-il publié des poèmes de combat sans combattre, Char n'eût fait, comme tant d'autres, que témoigner, ou agir malgré tout : c'était déjà beaucoup. Son action, cependant, prend une portée d'un tout autre ordre : elle vient gager pour nous la force d'une morale dont elle se fait, pour tout lecteur, la pierre de touche ; elle vient marquer d'authenticité une parole – celle des *Feuillets d'Hypnos* – qu'elle aurait pu, à jamais, interrompre, et qui fut publiée après qu'elle avait été mise à l'épreuve. L'autorité de chacun des *Feuillets* – et, au-delà, de l'œuvre entière –, c'est ainsi d'avoir été consigné comme cette écriture qui accompagne le combat, à certains égards le dirige puis s'en fait l'écho, tout à la fois porteuse de témoignages qui gardent mémoire de ce qui a lieu, et de principes qui gouvernent aussi ce qui aura lieu.

Sur cette exigence de rupture éthique, les « Billets à Francis Curel » nous éclairent. Ceux qui consentirent à écrire, dit Char, furent trop souvent ceux dont on pouvait attendre une *solidité* dont ils ne surent pas faire la preuve, et il y allait d'un exhibitionnisme à quoi il ne souhaitait pas prêter la main. Afficher son combat par l'écrit, c'était trop aisément le moyen de ne pas s'y livrer pleinement. C'est pourquoi le « Chant du refus », s'il doit se déchiffrer bien sûr comme détestation d'un réel atroce, peut aussi bien s'interpréter comme refus de publier : « Le poète est retourné pour de longues années dans le néant du père » (146), comme si le père avait engendré l'homme et le poète par une double naissance, et que le second eût à disparaître – pour renaître plus tard. Mais cette évidence de l'action à réaliser, en même temps qu'elle reconduisait à un en deçà silencieux, suscitait, en dépit de la difficulté et de la souffrance – ou peut-être grâce à son drame –, une telle clarté du devoir que la séparation, de l'homme au monde, s'était subitement réduite, comme peut se réduire une fracture, et que le réel se trouvait décapé des apparences et simulacres qui jusqu'alors le recouvraient. *Feuillets d'Hypnos* l'affirme sans détour : « Entre le monde de la réalité et moi, il n'y a plus aujourd'hui d'épaisseur triste » (220). Et l'étonnant est précisément que le même rapport d'identité s'établisse ici que celui, on l'a vu, qu'entretiennent le poète et le monde dans l'accomplissement du poème ; que la distance malheureuse entre l'homme et le monde s'abolisse, et qu'il fût désormais possible de le défendre comme celui qui, intimement, vous abrite. Le présent renoue étrangement avec le commencement – et par le même retour, sans doute, que celui qui s'est accompli vers le néant du père.

Car le livre aussitôt publié, à la Libération, la tonalité du *Prière d'insérer* offre une étonnante mesure regrettante : « La sensation et son corollaire la morale passent pour avoir accompli leur révolution. Cependant l'antinomie fondamentale subsiste, et l'homme continue d'agir, parmi les apparences de sa victoire, en écorché beaucoup plus qu'en guerrier. »[1]

1. *Dans l'atelier du poète,* éd. citée, p. 446.

Que la morale nous soit ici donnée comme inséparable de la sensation est bien sûr essentiel, mais leur lien est aussi chose passée. De si dures années n'ont offert que l'apparence de la victoire, et il convient de vivre à nouveau dans la séparation. Non en guerrier, mais écorché : ce que la différence de l'un à l'autre donne à croire, c'est que la Résistance avait su reconstruire, dans la fragilité et le péril, un univers des origines, celui du *Jadis* charien que la fraternité des hommes, la défense de leur lieu et de leurs valeurs composaient comme un monde dont la menace extérieure avait recelé la plus haute harmonie. La force, ou la lucidité, fut de savoir, pourtant, dès cette hauteur même, que là où l'élevait la Résistance à la fatalité – de là aussi s'amorcerait fatalement un jour la retombée : « Si j'en réchappe, je sais que je devrai rompre avec l'arôme de ces années essentielles » (222)[1]. Passé la joie de la Libération, la déconvenue était inscrite dans ce présent, et l'attitude de Char face à l'épuration est cohérente avec un tel pressentiment.

Qu'il n'ait pas désiré prêter la main à cette seconde conclusion du combat, qui en était aussi la conséquence et la dégradation, une raison immédiate s'en découvre dans la certitude, pour lui, que la violence, présente dans les moindres actes les plus quotidiens aussi bien que dans l'écriture d'un poème, est porteuse d'une valeur positive, celle de la vie même, qu'il convient de lui conserver, car la pureté sait s'y maintenir lorsqu'elle est vraie – comme en témoigne *A une sérénité crispée* : « La vraie violence (qui est révolte) n'a pas de venin. Quelquefois mortelle mais par pur accident. Échapper aux orthodoxies. Leur conduite est atroce » (755). Or la part de violence que supposait l'épuration ne pouvait être indemne de venin – et d'abord, collectif, le venin pour certains du ressentiment ; mais plus gravement encore, c'était une violence réglée, orthodoxe si l'on veut, une violence surtout de l'après coup : elle échappait à cette révolte qui, ayant été éprouvée contre les collaborateurs dans le présent du combat, était désormais chose passée. La victoire acquise, le soulèvement des Résistants contre l'autorité s'éteignait dans la substitution, précisément, d'un gouvernement légitime à celui qui, légal mais illégitime, l'avait indûment précédé. La révolte s'effaçait devant l'adversaire vaincu : on ne se révolte pas contre qui est à terre. Char s'en est expliqué sans détours, dans une formule, en particulier, où la violence encore marque son exi-

1. Et plus loin : « Je redoute l'échauffement tout autant que la chlorose des années qui suivront la guerre. Je pressens que l'unanimité confortable, la boulimie de justice n'auront qu'une durée éphémère, aussitôt retiré le lien qui nouait notre combat » (228).

gence : « Qui a connu et échangé la mort violente hait l'agonie du prisonnier. Mieux vaut une certaine épaisseur de terre échue durant la fureur » (635).

Refuser une justice qui pour lui survenait trop tard, c'était bien sûr écarter l'alliance qui paraissait s'ouvrir avec ceux qui parfois se montraient d'autant plus actifs qu'ils avaient moins agi. C'était surtout choisir une nouvelle rupture éthique. Qu'une politique bien entendue pût exiger pareille épuration, et que les Résistants fussent les mieux à même de la conduire, cela pouvait compter, mais cependant n'importait plus. Le choix n'était pas seulement de refuser l'exercicc de la justice parce qu'elle risquait d'être injuste – ce que devait montrer Paulhan, en 1951, dans la *Lettre aux directeurs de la Résistance* – mais de s'éloigner surtout du confort d'achever, pour prendre ainsi la décision « d'opposer la lucidité au bien-être » (635). Réaction exemplaire où se manifestait le souci, toujours éprouvé, de ne pas s'établir à demeure dans un rôle révolu, aboli par l'accomplissement de ce qui l'avait commandé. Nulle surprise à ce que les images de la brisure abondent ainsi, qui disent le coup d'arrêt, seul propre à éviter l'adultération qu'entraîne toute continuation. « Être du bond. N'être pas du festin, son épilogue » (222), disent clairement les *Feuillets d'Hypnos*. Formule qui ne rappelle pas sans raison l'attitude, on l'a vu tout à l'heure, du poète qui ne saurait rester lui-même dans l'artificielle continuation du poème qui doit s'interrompre une fois la rencontre accomplie du réel à la vérité. Tout se passe comme si l'exception des années de guerre, paradoxale harmonie pure de Char avec un monde dont rien ne le séparait plus, équivalait à une création qui serait, à l'identique, justiciable des phrases célèbres de l'étude consacrée à Rimbaud : « En poésie, on n'habite que le lieu que l'on quitte, on ne crée que l'œuvre dont on se détache, on n'obtient la durée qu'en détruisant le temps » (733).

Le langage du droit, d'autre part, n'est pas indifférent : ne pas *poursuivre* justement – à tous les sens du terme – c'était préserver sa liberté intérieure au moment où la liberté extérieure était retrouvée ; mais plus profondément aussi, c'était refuser qu'une loi – le besoin d'une justice collective – pût venir s'imposer à lui du dehors, alors qu'à l'inverse, contre l'injustice nazie, l'exigence était survenue du dedans de lui-même. La *Lettre* que Jean Paulhan, après l'épuration, adresse aux Résistants est ici éclairante : ne voient-ils pas « qu'ils se sont crus résistants une fois pour toutes : purs, sauvés. Qu'ils sont tombés plus bas que ceux-là mêmes qu'ils condamnaient ? Non, si fiers de s'être un jour trouvés du bon côté qu'ils en sont tous devenus moralistes »[1]. La même question, posée en d'autres termes, Char déjà se l'était adressée, y avait aussitôt répondu, et il s'agissait bien de ne pas devenir ce moraliste-là. Il ne s'était d'ailleurs nullement trouvé du bon côté, mais avait choisi de s'y porter. Résister, c'était choisir son droit ; épurer, exercer pour une part le droit simplement du vainqueur, donc des *orthodoxies*.

La leçon est plus générale. Ce qui plus clairement s'affirme en effet, et dans la victoire même, c'est la certitude que la pérennité est une faiblesse, que le même mouvement qui a élevé fatalement abaissera parce qu'il n'y a pas de progrès, et que cet abaissement, il faut le refuser avant qu'il ne survienne – moins encore risquer d'y prêter la main. Une des formes les plus pernicieuses de l'espoir est de croire que l'Histoire puisse courir sur son erre, tendue vers un sens où s'accomplirait son geste définitif : la Libération advenue, et perçue comme acmé, l'épuration ne pouvait être, historiquement et moralement, que la dégradation de ce qui avait été, mais n'était plus, et ne pouvait pas être continué. Il n'y a pas d'épilogue s'il s'agit d'accepter en lui la conservation, quand il ne peut être question, au contraire, que d'une recréation chaque fois différente. L'épilogue, c'est l'acceptation de la réalité, mais aussi le refus d'avoir prise sur elle, donc l'acceptation, en retour, d'être repris passivement par elle : l'aveu d'une lassitude, et déjà d'un mensonge à soi-même. Une sorte de correspondance, ainsi, s'affirme entre le refus de publier pendant la Résistance et le recul devant l'épuration : il s'agit bien, dans les deux cas, de rompre avec celui qu'on a été et qu'on ne peut plus être, mais il s'agit aussi de ne jamais brouiller sa voix afin de préserver toute liberté intérieure.

ÊTRE AU PRÉSENT

Au-delà des années de guerre – je veux dire après elles et au-delà de leur exception –, une tension de l'être paraît s'établir entre des pôles adverses dont le couple fait retour de diverses manières, et renouvelle ce qu'un lieu commun de la critique a défini depuis longtemps comme l'association des contraires. En 1952, dès l'oxymoron de son titre et dans son propos, *A une sérénité crispée* nous en donne une preuve exemplaire,

1. *Œuvres complètes,* Paris, Cercle du livre précieux, 1970, t. 5, p. 442.

qui est celle de son exergue : « Nous sommes, ce jour, plus près du sinistre que le tocsin lui-même, c'est pourquoi il est temps de nous composer une *santé du malheur* » (748) [Je souligne]. La formule – fût-ce négativement – ne cherche pas à approcher la définition d'un bonheur qui n'appartient guère au lexique, donc à l'œuvre de Char, mais une forme de résistance, encore, à la fatalité – et où la métaphore affirme l'essentiel pouvoir de la volonté. *Forger* en effet, contre le malheur présent, une santé qu'à l'ordinaire on ne peut que naturellement espérer, ce serait la sagesse d'un équilibre, s'il ne s'agissait bien plutôt – et plus difficilement – d'une tension précaire où les forces se trouvent bandées : position offensive tout à la fois et défensive, qui ne postule ni le repli à l'écart du monde, ni l'acceptation de son état présent. Une *santé du malheur* : la formule n'accueille pas la contradiction, mais tout au contraire dessine la seule possibilité, non certes d'être heureux dans le malheur – ce serait là l'impassibilité stoïcienne du sage, d'une immobilité si étrangère à Char – mais d'y vivre pleinement, sans se laisser par conséquent contaminer ni affaiblir par le malheur : ne pas se laisser gagner par son mal pour tenter de gagner contre lui. Ici, comme en tant d'autres cas, l'énergie charienne ne trouve son point d'appui que dans l'acceptation simultanée des termes adverses : le rebond s'y compose.

Il apparaît ainsi qu'aucune santé ne saurait prendre appui sur la constance – espoir maintenu, ou désespoir durable –, mais dans l'identique refus des excès de l'un et de l'autre. Ou plutôt, la santé du malheur est dans cette forme particulière de désespoir qui consiste non pas à désespérer, mais à se priver simplement de la faiblesse qu'il y aurait à espérer, donc à s'en remettre à l'avenir et d'une certaine manière à s'y soumettre. En refusant le bonheur par provision, le désespoir met à l'abri de la désillusion. La santé du malheur est une manière d'être au présent, parce que l'espoir qui établit son horizon vers le meilleur n'est que l'illusion entretenue d'un futur complaisant, à quoi la lucidité interdit de déjà s'arrêter : il ne nous porte vers l'avenir que dans l'accompagnement d'un possible mirage que la naïveté serait d'accepter. « La perspective d'un paradis hilare détruit l'homme. Toute l'aventure humaine contredit cela, mais pour nous stimuler et non nous accabler » (743). Tout se passe donc comme si une double destruction menaçait l'homme – un optimisme inconvenant et un pessimisme complaisant – et que, dans l'entre-deux, seules la volonté et la lucidité, difficiles, pussent tenir l'équilibre. Que le terme de paradis s'entende ici, déjà, ou dans l'au-delà, qu'il s'agisse de vivre un paradis hilare ou bien d'être hilare à l'idée d'y vivre, il détruit, donc connote une forme de mort, et ce qui symétriquement lui répond, comme un autre pôle négatif, c'est d'une certaine manière l'*absurde* tel qu'en 1973 René Char l'envisage à l'adresse de Jean Pénard : « Je ne me découragerai jamais, tant que mon corps et ma pensée le permettront. Je suis né réfractaire. Je déteste l'absurde. Certes, l'absurde existe, mais s'y complaire revient à chercher, voire à chérir la mort. »[1]

L'absurde, sans doute, n'appartient pas au vocabulaire ordinaire de Char, mais ce que nous percevons ici, c'est qu'il ne s'agit guère que de prononcer l'autre nom de la fatalité, c'est-à-dire avant tout notre être pour la mort. C'est pourquoi nous pouvons tenter d'éclairer le processus par lequel s'établit l'équilibre satisfaisant entre la plénitude du présent et la pensée de l'avenir. En un premier moment, la position de Char congédie d'un commun refus et le paradis hilare et l'absurde. Mais en même temps – c'est le second moment – sur le mode de la volonté ou de l'énergie, et contre l'optimisme qui abaisse à la naïveté de penser que c'est le bien qui adviendra, le privilège demeure à certain pessimisme : « Ce sont les pessimistes que l'avenir *élève*. Ils voient de leur vivant l'objet de leur appréhension se réaliser » (382) [Je souligne]. Mais rien, pourtant, n'est à jamais fermé, et c'est pourquoi le vouloir, chez René Char, celui même qui écarte l'absurde, *relève*, en un troisième moment, ce pessimisme fondamental, et le surdétermine par un espoir qu'il se refuse à désigner comme un optimisme contradictoire, et préfère, dans la tension de la volonté, nommer « sur-ressort de ce pessimisme » : « L'espoir sans rupture, espoir que quelque chose d'imprévisible, où nous distinguerons une faveur, ou, à l'opposé, un hermétique maléfice, surgira, et que l'oppression sera momentanément renversée » (742). Cet espoir est comme supérieur au réel immédiat : et s'il peut être sans rupture, c'est dans la mesure précisément où il est de l'ordre de la volonté présente, tendu comme une corde au-dessus même du prévisible. Sa différence n'est pas d'établir, sur l'horizon tracé à partir du présent, la perspective d'un progrès, mais de laisser toujours ouverte la possibilité d'un renversement. Ainsi, cet espoir sans rupture est précisément l'espoir d'une rupture : celle de l'imprévisible, et il y va d'un refus de l'assujettissement à ce monde tel qu'il est, comme à la pure idée de ce qu'il devrait être – le même refus de toute désillusion qui gouverne en Char le poète qui, on s'en souvient, n'a « jamais rien proposé qui, l'euphorie passée, risquât de faire tomber de haut » (744).

1. *Rencontres avec René Char*, éd. citée, p. 74.

L'avenir, ainsi, est ouvert, que le présent, alternativement, décourage ou bien encourage : « Le réel quelquefois désaltère l'espérance. C'est pourquoi, contre toute attente, l'espérance survit » (382). La formule s'exonère des catégories simples : optimisme, pessimisme, ou bien plutôt elle présuppose entre elles un face à face qui écarte à la fois le figement de l'énergie et son déploiement euphorique ; il convient de ne rien espérer – rien attendre – parce qu'il est possible que rien n'advienne ; mais il arrive quelquefois que survienne au contraire ce qu'on n'espérait pas, ou mieux encore ce qu'on voulait ne pas espérer pour éviter toute désillusion. L'expérience, ainsi, autorise à ne pas congédier l'espérance, mais la raison commande de n'y pas croire – et c'est une manière bien sûr de vivre librement le présent, indépendamment de ce qui sera ou ne sera pas : une forme encore de santé[1]. Le mal peut survenir, et il faut le combattre, mais également le bien, et il faut l'accueillir comme cette grâce que l'on n'attendait pas. D'où cette belle définition, en conclusion d'un court hommage à Nicolas de Staël, de « l'inespéré, qui ne doit rien à l'espoir » (702). L'inespéré, ainsi, est l'acceptation pleine de gratitude d'un présent qui survient, et s'il ne doit rien à l'espoir, c'est que celui-ci est un acte de foi, une manière de croire à quelque bien futur, de le désirer, et fatalement s'en faire l'esclave[2].

Ce bien, Char ne l'écarte pas, mais sa liberté est de ne pas l'attendre : simplement de le savoir possible, autant que le mal est possible. Advenu sans avoir été attendu, l'imprévu nous comble dans le présent d'un surgissement d'autant plus heureux que rien ne le préparait : espoir réalisé au-delà de toute espérance, il en est la part encore inconnue, sans qu'ait été couru le risque de ce qui n'est pas lui. Ici encore se trouve dépassé l'ordinaire face à face de l'optimisme et du pessimisme, qui relèvent l'un et l'autre, dans leur plus banale acception, d'une nature, alors que l'attitude de Char ressortit surtout à une volonté. Ainsi se trouve levée toute apparente contradiction entre le refus de l'espoir et la possibilité maintenue de l'inespéré, entre une *santé du malheur* et la préservation d'une espérance. C'est que le changement, nous le constatons à nouveau, est toujours à l'œuvre. Que le réel, en effet, *désaltère* l'espérance – la méta-

1. Étrange parenté, ici, de Char et d'Épicure : « Il ne faut pas gâcher les choses présentes par le désir des absentes, mais considérer que celles-là mêmes (avant d'être présentes) étaient appelées de nos vœux » (*Sentence vaticane,* 35).

2. « Nous sommes disposés de nature, remarque Spinoza, à croire facilement ce que nous espérons, difficilement ce dont nous avons peur, et à en faire respectivement trop ou trop peu de cas. De là sont nées les superstitions par lesquelles les hommes sont partout dominés » (*Éthique*, III, scholie de la proposition L).

phore dit, à la fois, l'assèchement puis la reviviscence, mais du même coup l'altération : ce devenir-autre qui ne laisse jamais ouverte la perspective d'une durée continue, ou trop sombre ou trop claire. L'ouverture de Char à l'avenir interdit le découragement par cette essentielle différence entre l'espérance active qui élève parce qu'elle porte à l'action, et l'espoir au contraire passif, qui nous abandonne à la pensée naïve d'un avenir meilleur. L'espérance survit, mais en même temps que le désespoir qui l'accompagne – refus de l'aveuglement.

Espérer « contre toute attente », c'est radicalement séparer ce qui est de ce qui pourra advenir. Que l'éthique de Char soit une éthique du présent, ainsi tout concourt à le confirmer. Ne rien attendre – ni les résultats de l'action présente, ni les fruits de l'espérance ; laisser l'avenir ouvert à un bien possible autant qu'à un mal qu'il faudra endurer – on ne peut se retenir de penser que cet art de vivre renouvelle une constante stoïcienne. Qu'il suffise d'évoquer Sénèque : « Le plus grand obstacle à la vie est l'attente, qui dépend du lendemain et perd aujourd'hui [...]. Tout ce qui viendra est du domaine de l'incertain : vis tout de suite. »[1] Vivre au présent implique que l'instant ne soit pas un simple *punctum temporis*, mais une durée pleinement vécue pour elle-même, sans anticipation, mais non plus sans lenteur – librement puisque détachée du désir d'autre chose, et de la faiblesse d'assombrir l'avenir de son pessimisme ou de l'éclairer d'une illusoire béatitude : c'est opposer sa volonté à la fatalité ou du bien ou du mal.

Cette volonté a un corollaire : c'est la lucidité dont les *Feuillets d'Hypnos* nous disent qu'elle est « la blessure la plus rapprochée du soleil » (216) : souffrance, bien sûr, mais qui élève le présent assez haut pour y conforter, justement, la volonté de résister – et cette lucidité que l'étymologie renvoie à la lumière n'est pas séparable de « la poésie qui voit » quand « l'action est aveugle » (735). Or ce rapport de la lucidité à la souffrance, qui n'évoque pas sans raison le lien de la vérité à un drame personnel, est assez fort pour faire retour, une vingtaine d'années plus tard, et définir plus précisément sa mesure éthique, dès le « Préliminaire » d'*A une sérénité crispée* : « La détresse est moins originale que l'effroi, mais elle libère la lucidité en ôtant à l'imagination sa fièvre ; elle rend aussi les grands mensonges translucides » (749). C'est qu'on subit l'effroi, quand on peut dominer la détresse par la lucidité, et il n'y a pas de hasard, sans doute, à ce que le mot survienne ici pour faire écho à l'élégie *Pain et vin* de

1. *De brevitate vitae*, IX, 1.

Hölderlin, et à la célèbre question – « Pourquoi des poètes en temps de détresse ? » –, qu'en ces années commentait Heidegger. C'est que précisément cette formule du « Préliminaire » unit dans son affirmation une approche de la poésie qui témoigne, en Char, de certaine méfiance à l'endroit d'une imagination « toute ronde », c'est-à-dire complaisante à elle-même parce qu'elle conduit à une fiction qui invente, non à un poème qui découvre, et une approche du réel qui elle aussi se garde d'imaginer, et donc d'anticiper ce qui sera – et dont on ne sait rien. Cette double approche, ainsi, ouvre à la vérité sur ce qui est. Entre la béatitude qui sépare du réel dans une illusoire euphorie, et l'effroi qui entretient, tout au contraire, la crainte assurée du pire, la détresse est ce lieu de tension que nous évoquions tout à l'heure : elle donne à voir, non à croire.

Or cette lucidité, pour une part, consiste à faire autrement acception des catégories convenues, en particulier celles du Bien et du Mal. Si se trouvent accueillis ainsi, au creux d'un même espoir, la « faveur », on l'a vu, aussi bien que l' « hermétique maléfice », c'est que la morale de Char est aussi un immoralisme ou, si l'on préfère, une subversion des valeurs ordinairement reçues comme Bien ou Mal qui apparaissent souvent comme ces noms donnés, par convention sociale, à ce qui paraît bien ou mal à une communauté humaine dont les repères se sont troublés et pervertis. C'est encore une fois le témoignage de *Feuillets d'Hypnos* – et marqué certainement par le moment de son écriture : « La perte de la vérité, l'oppression de cette ignominie dirigée qui s'intitule *bien* (le mal, non dépravé, inspiré, fantasque est utile) a ouvert une plaie au flanc de l'homme que seul l'espoir du grand lointain informulé (le vivant inespéré) atténue » (217). Le réfléchi est essentiel : ce qui, justement, *s'intitule*, fait du nom même une désignation usurpée de ce qu'en réalité elle ne dénote pas – et la violence pure est alors l'instrument du véritable Bien qui, finalement, en procédera. La perte de la vérité est ce renversement momentané que d'autres peuvent accompagner : « Je vois l'homme perdu de perversions politiques, confondant action et expiation, nommant conquête son anéantissement », dit un autre fragment des *Feuillets* (192). Ce retournement constant du bien en un mal possible, ce passage toujours brisé de l'un à l'autre justifient la coexistence du désespoir et de l'inespéré ; ils donnent à comprendre aussi l'impossibilité pour Char de substituer à une éthique qui ne vaut que pour soi une parole destinée à être partagée et qui ferait de lui un moraliste prêchant le bien contre le mal. Car la distinction est ici encore celle qui sépare l'Homme qui se redresse (et parfois grâce à ce qui peut sembler un mal) et l'humanité qui s'abaisse (et parfois vers ce qu'elle croit un bien). Il ne s'agit pas simplement d'opposer une histoire – ou une fatalité – collective à un destin individuel, mais de clairement séparer le mouvement d'une collectivité qui continue, et d'une individualité qui s'y refuse.

Ni l'Homme ni l'Histoire ne sont les continus passeurs du Bien, et l'essentiel est que toujours demeure possible un départ neuf. Il n'y a pas de surprise, par conséquent, à ce que la temporalité se définisse chez René Char par l'élargissement du sensible dans la durée présente : l'instant ne vaut que par le sentiment de sa précarité qui entraîne le souci de sa plénitude. Aux innombrables affirmations de mobilité spatiale, souvent citées – « Épouse et n'épouse pas ta maison » (183), « Une clé sera ma demeure » (423) – répondent donc les invitations à une authentique mobilité temporelle, au refus radical de toute extension du passé dans le présent, du présent dans l'avenir : « Si nous habitons un éclair, il est le cœur de l'éternel » (266). Cette mobilité, il arrive, bien sûr, qu'elle affirme l'insatisfaction ressentie à l'égard du présent, et rien alors que de banal : chacun veut au plus tôt rompre avec le malheur, même si chacun n'a pas la force de partir ; mais la dimension proprement éthique se mesure au désir de ne pas s'établir non plus dans le bonheur, pour ne pas risquer de le prolonger par faiblesse, et de se donner l'illusion que ce qui le suit, quand il a cessé, peut bien être encore lui.

La vraie vie – comme la poésie – n'apparaît que dans le surgissement, et ne se maintient pas ; il n'y a pas de hauteur continue et toute durée assoupit : l'entre-deux n'est qu'ensommeillement ou attente du rebond. C'est qu'à l'Histoire telle que l'envisage Char, construite sur la dialectique d'une réalité qui peut accueillir tour à tour le meilleur et le pire, répond, bien ou mal à son tour, l'homme capable des plus hautes ou plus basses ripostes. L'un et l'autre, l'Homme et l'Histoire qu'il se construit peuvent se montrer contraires à eux-mêmes, et renverser le cours des choses : « N'étant jamais définitivement modelé, l'homme est receleur de son contraire. Ses cycles dessinent des orbes différents selon qu'il est en butte à telle sollicitation ou non » (188). René Char – ce serait de la faiblesse – n'espère pas la vertu ; mais – ce serait une autre faiblesse – il n'en désespère pas non plus, et l'éthique qu'il se définit est une éthique de la responsabilité, individuelle et immédiate : celle qu'appelle une situation. Ainsi, l'être charien, une fois encore, est moins une nature reçue qu'un caractère forgé, une puissance virtuelle puis réelle de réaction : « On ne nous juge pas sur ce que nous sommes mais sur ce que nous sommes *capables* d'avoir été et sur ce que nous sommes susceptibles de contrecarrer en devenant » (754). Supprimer de la chaîne du temps le présent – ce que nous sommes – c'est paradoxalement le privilégier en se refusant à y voir l'immobilité pour affirmer le mouvement d'une réaction qu'il faut toujours reprendre à nouveaux frais.

La ligne d'une vie n'est pas tracée dans la continuité d'une prédétermination naturelle, mais s'établit, et parfois se conforte, dans une suite discontinue d'actions dont le passé ne cautionne pas l'avenir. L'*êthos* est tout entier dans le choix même qui le révèle à l'instant seulement de le mettre en œuvre, et c'est en quoi il définit aussi l'existence qu'en même temps il gouverne : il est tout entier remis en cause à chaque occasion, et ce que nous sommes maintenant est toujours susceptible d'une différence avec ce que nous fûmes capables d'être – et dont l'avenir pourra nous trouver à l'inverse incapables. C'est pourquoi il s'agit non de demeurer ce que l'on est, mais de constamment devenir ce que l'on pourra être. Le choix présent engage le tout de l'existence, et pourtant pas une fois pour toutes, mais dans la volonté de toujours s'affirmer à nouveau le moment venu. Tout se passe alors comme si la même loi gouvernait l'homme individuel et l'homme historique, et qu'il fallût par conséquent, contre soi-même, lutter pour être soi. Ce qu'écarte cette tension, c'est ce qui interdit une plénitude, momentanée sans doute, mais réellement vécue dans ce combat présent, celui de la liberté intérieure, qui permet d'être authentiquement soi. Aucune différence, ainsi, entre l'affrontement qui mène à la hauteur où le poème pleinement s'accomplit avant de s'interrompre, et le mouvement de l'existence qui répond à la même exigence recommencée. L'œuvre et l'action trouvent à la fois leur lieu et leur moteur entre le désespoir et la possibilité de l'inespéré, entre la volonté d'accéder à la vérité et la certitude, cependant, qu'elle s'éloignera. La hauteur en procède, qui n'est que cette ascendance immédiate, obtenue sans blanc-seing sur l'avenir, et toujours à reprendre.

CIORAN :
LA PASSION DE L'INDÉLIVRANCE

Parler de morale dans l'écriture, il se pourrait que cela revienne, pour qui cherche à comprendre Cioran, à prendre à rebours la question. A rebours de la morale, d'abord, dès lors que l'œuvre entière s'écarte des valeurs collectives jusqu'en une sorte d'amoralisme, non pour les subvertir dans le système d'une pensée cohérente, mais pour se dégager de l'ordre commun qu'elles supposent – et le refus que l'écrivain leur oppose est aussi bien celui de la communauté, parce qu'elle entrave la liberté de s'affirmer comme Sujet séparé, et dissout dans le confort du partage une solitude essentielle et métaphysique. Toute socialité congédiée, il s'agit alors de penser cette œuvre à rebours, également, de certaine histoire de la littérature qui veut faire de Cioran le continuateur des moralistes, quand l'essentiel ici se resserre dans le travail de la négation qui lui aussi sépare et du monde et des autres : dans ces livres si accomplis, le prestige de la forme ne dit pas la lucidité de l'esprit, mais tout au contraire son vertige dominé, que l'écriture affirme dans le temps où elle s'en délivre. Non qu'il s'agisse d'une manière de révolte qui viserait à changer la vie, mais parce que la fonction de l'écriture est bien d'abord d'œuvrer contre soi-même et de se créer différent dans une délivrance momentanée. La morale dans l'écriture, ce n'est alors rien d'autre qu'une fidélité de la forme à la force de l'existence, et par conséquent une manière d'authenticité qui s'affirme dans l'excès : la jubilation de la rébellion, le décollement de ce qui est, et si l'on veut le goût du pas au-delà – une éthique, par conséquent, puisqu'il s'agit profondément d'affirmer la recherche d'un accommodement jamais trouvé avec la vie dont nous verrons qu'on ne saurait le confondre, en raison même de ce que j'appelle ici la passion de l'indélivrance, avec l'apaisement d'une sagesse définitivement conquise.

La pensée de Cioran semble ne s'être construite en effet – ou peut-être n'avoir simplement existé – que dans une opposition constamment reconduite : à l'homme et à l'Histoire, à la connaissance même et au progrès, au réel et à Dieu. Négation presque universelle qui trouve son équivalent stylistique dans l'art parfois du contre-pied, mais également dans cette manière de soulèvement qui – en deçà de l'accomplissement d'une forme souvent hiératique et parfaite – dit le refus de l'adhésion. Négation conflictuelle aussi parce que Cioran ne trouve jamais le véritable lieu de son être, et ne cesse par conséquent d'habiter un espace paradoxal qui le détache du réel sans lui permettre néanmoins de s'ouvrir à aucune transcendance. Et si l'écriture brève renoue en apparence avec des formes historiquement datées, c'est en fait pour les subvertir dans l'entière rupture du fragment qui est la disruption même du Sujet – et la singularité de son œuvre se loge dans cette distance et cette proximité, cette différence et cette apparente parenté.

Maintenant que se trouvent publiés les *Cahiers* que Cioran a tenus de 1957 à 1972, nous sommes en effet mieux capables de nous rendre attentifs à ce qui se joue au plus profond de cette œuvre, à faire la différence entre ce que fut pour lui-même l'expérience de l'écrivain et ce qu'elle pouvait être en apparence pour nous. Car ce qu'il nous faudra montrer pour l'essentiel, c'est comment la pratique de l'écriture est d'abord tournée vers celui qui écrit – ce que montre en lui-même le travail des *Cahiers* – et répond donc immédiatement à l'épreuve de l'existence, loin du simple désir d'affirmer une pensée qui sans doute n'importe qu'après, loin aussi d'une pure tentation littéraire qui cependant a existé. Et si plusieurs livres publiés de son vivant ne sont partiellement que la version publique de ces *Cahiers* privés, sans doute peut-on dire que ce sont encore ces *Cahiers*, simplement offerts au lecteur dans l'après coup d'un geste qui échappe au jeu littéraire.

On peut s'interroger cependant sur la légitimité qu'il y avait à les publier. Cioran désirait les détruire, pour une part sans doute parce que nombre de leurs fragments, et les plus importants certainement à ses yeux, n'étaient plus que les avant-textes de leur version ultérieure, pour une autre surtout parce qu'une sorte d'autoportrait ravageur s'y dessine – et qui n'appartenait qu'à lui. Il les a cependant conservés, et son œuvre s'en trouve certainement infléchie, simplifiée pour une part, clarifiée pour une autre par la lecture qu'à maints égards ils en imposent

– mais aussi enrichie. En premier lieu, sans doute, parce que l'on y découvre une sorte de moi inférieur, complaisamment noirci, et qui nous conduit à mieux prendre en compte une essentielle autodétestation qu'on pouvait jusqu'alors être tenté de minorer. En second lieu, parce que l'évidence s'impose qu'en effet, désormais, nous le comprendrons mieux car les aveux que ces *Cahiers* nous livrent – sur lui-même mais surtout sur ce qu'il a voulu faire et n'a pas fait, ce qu'il a voulu être et qu'il n'a pas été – multiplient les signes de cette division d'avec soi qui est une forme essentielle de son indélivrance. Mais surtout nous comprendrons mieux que ce qui nous est livré est une œuvre largement conquise sur ce qui n'est pas elle : sur ce qu'il appelle son *marasme intérieur*, mais aussi sur son propre refus de la figure d'écrivain que cependant il construisait. Le même mouvement qui le fait tout ensemble être et ne pas être au monde le conduit à écrire et ne pas écrire, et le prix de ces *Cahiers* est à coup sûr de nous livrer cette œuvre comme une réussite et un échec – ou mieux encore de retourner en réussite ce qui pour lui-même était parfois une forme d'échec.

Reste la difficulté essentielle de ces livres où le travail de la forme congédie la rigueur du concept, et se soucie moins d'une pensée claire que de l'écriture qui, par son travail, s'en éloigne dans une distance dont il faudra montrer la signification : certains excès de formulation, le retour de mêmes mots sous des acceptions légèrement différentes disent que Cioran ne recourt pas aux idées comme à des pivots de l'argumentation, mais les infléchit constamment dans une variation qui certes maintient ses constantes, mais propose également des tensions qui ne se dialectisent pas, sans se laisser pour autant réduire à de banales contradictions. Non qu'elles n'existent pas, car elles sont au contraire un défi constamment dressé pour tout commentaire. Mais elles sont également le signe d'une pensée toujours mobile, ouvertement liée à l'instant, sans souci d'une reprise qui ordonnerait continûment le divers et le soumettrait à une cohérence qui serait souci du lecteur : c'est évidemment le problème du fragment. Elles sont enfin le signe d'une pensée qui s'oppose à elle-même : les affirmations qui en procèdent restituent donc le va-et-vient de ce conflit que l'on doit chercher à comprendre pour lui-même, dans l'affrontement – porteur de sens – de ses propositions adverses. Essayer, sur quelques questions essentielles, d'étudier la manière dont ces affirmations peuvent jouer pour construire malgré tout une cohérence toujours difficile sera donc l'une des ambitions de ces pages. Pour le reste, il ne s'agira pas ici de tenter d'exposer pour elle-même la pensée de Cioran – la séparer de lui serait la trahir –, mais d'éclairer d'abord en elle l'expression jamais apaisée d'un écrivain existentiel[1].

LA PLAIE ET LE COUTEAU

La puissance de ce refus que je viens d'évoquer induirait aisément l'image commode d'un nihiliste, ou bien encore d'un être-pour-la-mort qui n'accepterait l'existence que dans une détestation constamment surmontée d'un sursaut. Ce travail de la négation certainement existe, et il nous faudra le commenter tout à l'heure pour lui-même. Mais ce qui se découvre d'abord, c'est une tension sans repos qui divise le Sujet entre des exigences inconciliables qui sont pour une part la définition même du tragique : une difficulté maintenue à s'établir dans l'acceptation ou le refus de soi-même et du monde, et l'incessante variation, du même coup, de postulations inverses qui sont l'indélivrance elle-même. Or ce que la lecture des *Cahiers* désormais nous impose, c'est la conscience chez Cioran que cette incomplétude trouve son origine dans une manière de faille précoce qui évoque la fêlure baudelairienne : « Je ne sais pas quand, à quel âge, quelque chose s'est brisé en moi qui détermina le cours de mes pensées et le style d'une vie inaccomplie » (*C* 99)[2]. Si pareille déchirure, liée à on ne sait quel événement innommé et à jamais enfoui, importe au premier chef, c'est qu'en établissant sa vie, de son propre aveu rétrospectif, sous le signe d'une fatalité si souvent présente en son œuvre, elle affirme d'abord une sorte de dépossession qui installe le Sujet dans la dépendance de sa propre nature et le défait d'une entière maîtrise. C'est aussi qu'avec elle s'établit une distance qui le divise et pour une part entraîne à ce qu'il nous faudra reprendre sous les espèces plus rudes de la *haine de soi*.

1. Je me limiterai ici à l'œuvre française de Cioran. Non seulement parce que lui-même a parlé de « seconde naissance » – bien que ses premiers ouvrages écrits en roumain affirment déjà des positions qui plus tard se retrouveront affinées et comme décantées et qui à ce titre appartiennent à l'histoire de sa pensée – mais surtout parce que, j'essaierai de le montrer, les livres écrits en français nouent la pensée à l'écriture d'une manière trop différente pour ne pas constituer un corpus légitimement séparé.
2. Les citations renvoient aux trois volumes parus chez Gallimard : les *Œuvres* réunies en 1995 dans la collection « Quarto », les *Entretiens* parus la même année dans la collection « Arcades » et les *Cahiers* publiés en 1997 dans la Collection blanche.

Mais dans le même temps, ou à peu près, se fit jour également le sentiment d'une inadhérence à ce qui est, et de l'impossibilité du même coup d'épouser le devenir du monde et sa réalité : « De bonne heure, je me suis éveillé au sentiment de l'universelle précarité. [...] Je savais que rien n'était appelé à durer, j'en souffrais et m'en délectais en même temps » (*C* 870). Nul doute que cette souffrance délectable n'ait ouvert chez Cioran à une forme de complaisance et que la *passion* de l'indélivrance ait été tout ensemble le goût de s'y voir condamné et la douleur pourtant de la supporter. Mais plus profondément aussi, il lui fallait tenter de conjurer, également né de ce sentiment de précarité, un essentiel décollement qui lui interdisait à la fois d'accepter le monde comme réel et de le penser comme irréel. Dès lors en effet que « souffrir » est la « seule modalité d'*acquérir* la sensation d'exister » (*Œ* 831) [Je souligne], celui qui incline à s'éloigner du monde ou se sentir étranger à lui se condamne à cette souffrance qui n'est rien d'autre qu'un travail de soi contre soi, une souffrance conquise, si l'on veut, jusqu'au suspens qui en libère. Mais à l'inverse, « quand on a compris que rien n'est, que les choses ne méritent même pas le statut d'apparences, on n'a plus besoin d'être sauvé, on est sauvé, *et malheureux à jamais* » (*Œ* 1210). L'alternative, sans doute, est sans issue, mais aucun de ses termes ne peut être durablement accepté, et il n'est pas indifférent que, de la même manière, la tentation de se tuer soit restée tentation, hésitation maintenue de la vie à la mort et préservation finalement de cet entre-deux douloureux que son œuvre ne cesse pas de dire et que donnent à comprendre les flottements, justement, d'une belle formule des *Cahiers* de 1967 : « Mes pensées ont toujours évolué dans les parages du suicide. Elles n'ont jamais pu *s'asseoir* dans la vie » (*C* 520).

Dans ce qu'une note de 1967 nous dit être un « amour *morbide* de la vie » (*C* 521), l'épithète, soulignée par l'auteur lui-même, peut surprendre : elle affirme pourtant ce déséquilibre, précisément, ou ce vertige, et que sa relation à la vie ne fut pas cet acquiescement paisible dont le corps trouve l'équivalent dans le silence de la santé, mais un désir d'amour, maladif à la fois par le manque qui s'y affirme et l'impossibilité de le combler, le tourment d'une vie vécue dans la distance d'un impossible accord : « Personne n'a aimé la vie plus passionnément que moi et pourtant j'ai vécu comme si elle n'était pas mon élément » (*C* 556) – comme si la vie présente ne pouvait être *naturellement* vécue. Il n'est donc pas indifférent que, comme il advient également chez Camus ou bien Char, le sentiment de nostalgie pour un Éden perdu se soit fait jour, tout à la fois lié à l'enfance roumaine dont les *Cahiers* nous disent combien elle fut heureuse[1], et à une pensée de l'Histoire qui privilégie, nous le verrons, ce qui n'est pas tout à fait elle : son commencement ou sa fin – non l'accomplissement de son présent. C'est bien pourquoi la lassitude de vivre qui est la maladie de Cioran, son *taedium vitæ*, loin d'être une forme de détachement ou une tension vers la mort, porte la marque d'une vitalité retournée contre soi dans la souffrance d'être. Il ne la perçoit pas comme une force purement négative ou comme l'appel à une néantisation, mais aussi comme cette force positive qui l'attache au malheur de vivre : « Tant de vigueur dans un mal si défaillant ! Je dois à ce paradoxe l'incapacité où je suis de choisir enfin ma dernière heure » (*Œ* 1331).

Or ce que les *Cahiers* nous révèlent de plus neuf en même temps que de plus intime, c'est que Cioran fut également cet être de nature que l'on ne soupçonnait pas, cet homme que le pur spectacle du monde peut remplir d'une plénitude dont le répondant, sans doute, est l'extase mystique que j'évoquerai tout à l'heure. Car c'est bien d'une sortie du temps et de l'Histoire qu'il s'agit, d'une dissolution où le Sujet, reconduit à une sorte d'Éden, un moment se confond au monde. Ainsi, après une promenade de plusieurs heures dans la région de Dourdan : « Tout le temps sensation d'être comblé, de ne désirer rien d'autre, de n'attendre plus rien des choses ni de personne puisque tout m'était donné » (*C* 417). Ce que par contrecoup donnent à comprendre cette harmonie de l'être au monde qui évoque les *Rêveries*, et ce rousseauisme, si l'on veut, chez le pourfendeur de Rousseau, c'est donc la puissance négative de la conscience qui tout à l'inverse sépare. Aussi bien que chez Camus, la lucidité pour Cioran est ce qui écarte du monde, mais trop peu cependant pour que l'irrésolution se résolve entre le réel et son apparence – et jamais ne se fait jour la sérénité de croire que rien n'existe. C'est pourquoi « la lucidité n'extirpe pas le désir de vivre, tant s'en faut, elle rend simplement impropre à la vie » (*Œ* 1377).

Cette hésitation maintenue à décider du degré de réalité que les choses portent en elles trouve alors son équivalent, non point seulement dans le sentiment d'une vie que Cioran disait inaccomplie, mais dans la division d'une réflexivité amère qui n'oublie pas Baudelaire[2]. Car ce dont

1. Et c'est aussi pourquoi l'éloignement de la Roumanie fut douloureusement pensé : « Poursuivis par nos origines, nous le sommes tous ; le sentiment que m'inspirent les miennes se traduit nécessairement en des termes négatifs, dans le langage de l'autopunition, de l'humiliation assumée et proclamée, du consentement au désastre » (*Œ* 980).

2. « Et devant le miroir j'ai perfectionné / L'art cruel qu'un démon en naissant m'a donné, / – De la Douleur pour faire une volupté vraie – / D'ensanglanter son mal et de gratter sa plaie » (*Poésies de jeunesse,* in *Œuvres complètes*, éd. Cl. Pichois, « Bibliothèque de la Pléiade », t. 1, p. 209).

témoignent au plus près les *Cahiers* dans cette manière d'autoportrait que je viens d'évoquer, c'est préjudiciellement une non-coïncidence, l'impossibilité d'être durablement le même, c'est-à-dire de se reconnaître dans l'apaisement d'une véritable acceptation de soi : d'où le ressentiment et la haine. Après quoi tout se passe, dans les *Œuvres*, comme si Cioran avait voulu projeter, de lui-même sur l'homme, cette détestation qui fait de l'un et l'autre avant tout des vaincus. C'est qu'à l'origine, je veux dire à l'époque roumaine, tout porte à croire que Cioran ait cru en lui-même de façon assez haute pour se forger des rêves de gloire qui, de ne s'être point réalisés, ne se sont pas effacés, et ce que l'écrivain perçoit comme sa stérilité, les *Cahiers* en proposent de loin en loin la double image de l'impuissance coupable et du détachement hauturier, de l'humiliation d'être inférieur aux autres, et cependant de l'orgueil d'être au-dessus d'eux : « Et cependant je méprise ceux qui réalisent (ou *se* réalisent), je n'ai rien à apprendre d'eux, car je sais que ma stérilité est due au fait que je suis allé plus loin qu'eux » (*C* 101). Désillusion assez haute pour le tourmenter et ouvrir à l'inapaisement d'un être qui, par ce même mouvement de bascule qui marque son rapport au monde, tantôt se méprise de n'avoir jamais *réussi* et d'une certaine manière de n'être pas assez, et tantôt, par une sorte de choc en retour, méprise la réussite elle-même, dépassée dans ce qu'il croit être une indifférence supérieure où son être au contraire se serait parfaitement accompli – détaché.

A l'égard de soi-même, il n'a pas cessé d'être travaillé, jusqu'au déchirement, par l'oscillation de la distance affichée à la dérision acérée, de l'approbation à la détestation – et cette impossibilité d'adhérer à sa propre image, tantôt élevée au plus haut, tantôt ravalée au plus bas, il est arrivé qu'il la porte à l'autodestruction – point limite où le rêve du plus haut s'effondre dans le néant du plus bas : « Par peur d'être quelconque, j'ai fini par n'être rien » (*C* 113). D'où les figures de l'homme vaincu, et pourtant condamné par orgueil à l'absence de quiétude et une sorte d'autopunition. Le mécontentement de soi dont les *Cahiers* apportent de loin en loin la plus dure expression – stérilité, paresse, aboulie, etc. – est bien alors lié à la figure d'un être qui ne coïncide jamais avec aucun projet, qui remet à plus tard et *diffère* précisément parce que le sentiment d'une temporalité continue lui échappe, que la sensation qu'il a de la durée n'est pas celle d'un avenir possible mais d'un temps qui ne cesse de mourir dans l'effacement de l'instant présent : ne rien faire, c'est alors jouir de cette disparition (et de la précarité des choses évoquée tout à l'heure), mais souffrir également de ne pas adhérer aux instants qui s'écoulent. S'il s'oppose alors à lui-même le dénigrement, la détestation et la honte, ils portent en eux-mêmes un sursaut : « Le remords est ma vitalité, et ma grande ressource » (*C* 88). L'action s'enlève sur un fond d'inaction, et nous verrons que l'écriture s'arrache au silence dans une violence d'autant plus grande qu'elle est discontinue.

La douleur même de cette lucidité prise entre orgueil et abaissement, il n'est certainement pas indifférent que, la généralisant pour une part à partir de son expérience propre, il en rattache explicitement l'épreuve, en Occident, à la prééminence d'une philosophie du sujet qui a établi l'homme au centre du réel, quand le repos est lié pour sa part à l'indistinction de l'être et du monde que postulent à l'inverse les religions et philosophies orientales, dans un accord qui est aussi celui de l'Éden perdu. Or c'est d'avoir échoué à occuper cette place que l'homme également souffre, et la conscience de soi repose donc sur « cette forme de révolte et de haine » qu'il appelle dans *La Tentation d'exister* « le supplice de l'orgueil renversé », la « sensation d'être une *terrible* quantité négligeable » (*Œ* 829) – ce qu'il dit justement à propos de lui-même. Mais c'est à tort, une fois encore, que l'on définirait cette haine comme une manière de se détruire quand elle est *également* une façon d'exister, une manière de pactiser avec ses forces vivantes, contre tout apaisement à l'inverse létal. Car s'il se trouve ainsi condamné à la souffrance de la séparation qui le conduit à se vilipender, se haïr et se mépriser, dans le même temps cette conscience du malheur est ce qui aide à vivre dans le sentiment de cette exception qui élève : « N'eût été l'impertinence de me croire l'être le plus malheureux de la terre, il y a longtemps que je me serais effondré » (*Œ* 778), disent les *Syllogismes de l'amertume* – et c'est là l'une des formes essentielles de cette passion de l'indélivrance qui lui fait souhaiter la souffrance comme sensation d'être et signe d'élection – il est élu comme il existe un peuple élu –, et difficilement l'endurer malgré tout. Et si, de la bassesse à la hauteur, de la sensation de n'être rien à l'orgueil tiré de l'intranquillité de la souffrance, l'alternance jamais apaisée résonne alors comme un écho de Pascal[1], c'est aussi une définition de l'homme tragique.

L'expérience de la pensée ne peut donc être que pensée de ces affrontements. Il est arrivé cependant que Cioran de diverses manières en médite la sortie, et l'on comprend alors que, parallèle à la fugitive adhé-

1. « S'il se vante, je l'abaisse ; s'il s'abaisse, je le vante, et je le contredis toujours, jusqu'à ce qu'il comprenne qu'il est un monstre incompréhensible » (*Pensées*, Br. 420).

sion au monde le plus sensible que j'évoquais tout à l'heure, le sens de l'extase ait pu tellement compter pour lui : il en a connu l'expérience, ainsi qu'il le révèle à plusieurs reprises (*E* 90, 219 *sq.*, *C* 137), mais une expérience elle-même décevante, non en raison de la fugacité, fatale, d'un tel état, mais bien plutôt de son inaccomplissement qui doit nous retenir ici comme nouveau signe d'indélivrance. Car si l'extase exprime naturellement chez lui le désir constamment éprouvé d'échapper à la souffrance de se sentir divisé et tendu entre le réel et l'irréel, si elle signifie donc le vœu de s'ouvrir à la plénitude de l'Être, elle se distingue pourtant du véritable mysticisme par l'impossibilité d'y accéder tout à fait : « Le *Tout est rien* du mystique n'est qu'une préparation à l'absorption dans ce *tout* qui devient miraculeusement existant, c'est-à-dire vraiment *tout*. Cette conversion ne s'est pas opérée en moi. La partie *positive* de la mystique m'est interdite » (*C* 890). Et l'expérience de l'extase fut pour lui justement, non la révélation de l'Être, mais celle, tout à l'inverse et par une sorte de choc en retour – c'est alors la partie négative de la mystique –, de l'inanité profonde des choses, l'expérience du vide d'ici-bas, non de la plénitude de l'au-delà.

Fascination de l'Être à beaucoup d'égards essentielle. En premier lieu, parce qu'en dépit de l'inaccomplissement de l'extase, elle nous donne à comprendre combien chez lui la transcendance métaphysique est de l'ordre, non de la foi, mais de la tension et du *désir*. Désir d'échapper à l'apparence du monde et de se réconcilier avec Dieu – et, dans le même temps, impossibilité de voir ce désir s'accomplir dans une véritable pensée religieuse qui lui ferait accepter le réel tel qu'il est, dans ses insuffisances, non dans son inanité radicale. En second lieu, parce qu'elle laisse se découvrir au plus près ce qu'on peut nommer, faute de mieux, la religiosité de Cioran : quelque chose en effet se dessine qui relève assez bien, selon l'expression de Jean Wahl, d'une *trans-ascendance*, et ne va pas, on vient de le voir, sans retombées négatives. Et c'est là ce qui caractérise au plus près la pensée de Cioran qui, à la différence du vrai penseur tragique qui ne désire rien, ne cesse d'être douloureusement marqué par la question d'un sens – on le verra encore quant à l'Histoire – et d'une plénitude possibles. Point de surprise alors s'il assimile le pessimiste à une « victime du "sens" de la vie » (*Œ* 750) : lui-même reste en quête d'un tel sens.

Tout se passe alors souvent comme si Dieu n'était que la figure qui se constitue spontanément *à la limite du vide*, en ces instants où il devient insupportable et appelle la plénitude qui le comblera : « Quand on risque de perdre la raison rien qu'en pensant au fait d'exister, – c'est qu'on est alors tout près de faire un saut en Dieu » (*C* 234) qui n'est plus alors, assez banalement, que l'hypostase d'un sens qui fait défaut. Pour le reste, Il demeure largement cette figure irréelle et cet Être fantasmatique qui ne dit rien d'autre que le *désir* qu'on peut avoir de Lui – c'est précisément sa fiction – et qui, n'étant pas satisfait, reconduit au monde. Cioran ainsi constitue Dieu puis le destitue par la négation pure qui n'est que la déception de son propre échec. Point de surprise, par conséquent, si son œuvre paraît constamment osciller entre la prière et le blasphème (et les *Cahiers*, peut-être, font plus de place à la prière), car la contradiction qui semble alors s'ouvrir n'est en réalité que l'aspiration à ce qui se dérobe, puis le refus violent, par contrecoup, de ce qui échappe faute de la foi qui le révélerait. Dieu ainsi est la place de Dieu dont il importe peu qu'elle soit, ou ne soit pas, habitée par Lui : « Dieu *est*, même s'il n'est pas » (*C* 986) – et les sarcasmes de Cioran sont aussi le signe d'une incertitude constamment maintenue[1].

D'où l'importance aussi – et peut-être de plus en plus – de la musique, et préférentiellement de Bach, qui fut pour lui révélation de l'Être, c'est-à-dire une manière de conciliation entre la plénitude qu'accompagne parfois la sensation physique d'être heureusement présent au monde, et d'autre part l'ascendance comblée de l'extase. Et lui-même a perçu et pensé cette secrète parenté qui finalement assimile le regret de l'Éden à une aspiration vers Dieu et fait de ces deux désirs de plénitude les deux faces, seulement, d'une identique tentation : « Tout ce qui n'accepte pas l'existence comme telle, remarque-t-il dans le *Précis*, confine à la théologie. La nostalgie n'est qu'une théologie sentimentale, où l'Absolu est construit avec les éléments du désir, où Dieu est l'Indéterminé élaboré par la langueur » (*Œ* 609). Or la musique est à la fois théologie et nostalgie : comme chez Schopenhauer, tout porte à croire ici que son privilège soit pour lui de renvoyer à une origine ineffable qui signifie précisément le retour d'un Dieu moins nié que refoulé – et c'est l'admirable formule du *Précis de décomposition* : « Bach : [...] échelle de larmes sur laquelle gravissent nos désirs de Dieu » (*Œ* 713). Mais formule, cependant, qui ne s'éclaire vraiment que dans la relation à ce que Cioran dit par ailleurs de la musique qui semble être pour lui l'unique moyen de s'ouvrir à une béatitude par quoi seul, arraché à la souffrance d'être et au Temps, il se trouve accéder à l'Être – et il semble

1. Pascal encore : « Incompréhensible que Dieu soit, et incompréhensible qu'il ne soit pas » (*Pensées*, Br. 230).

que l'on n'ait pas encore pris suffisamment la mesure d'une telle expérience qui fondamentalement annule l'inadhésion au monde – qui alors n'est plus apparence car Dieu existe et nous assure de sa réalité –, et d'autre part, dans une sorte d'extase, établit le Sujet « au-dessus de la mort » (*C* 519 et 719), passage que la métaphore de l'échelle très précisément signifie comme conciliation de la vie et de la mort : la musique justifie le monde et réduit ce que j'ai appelé l'entre-deux. La musique n'est donc pas simplement, comme le voulait Nietzsche, le « pouvoir de dire oui au monde » : elle est aussi bien chez Cioran renversement du Mauvais Démiurge en Dieu bon, et révélation de la Création dans l'affirmation d'un lien de l'ici à l'au-delà, béatitude métaphysique et pourtant immanente.

Il n'est donc pas indifférent que cet éloignement du réel dont témoignent Dieu et la musique se soit aussi fait jour dans une pensée, et peut-être encore une béatitude, du vide où s'affirme l'assurance, non que rien n'existe, mais que rien n'importe – ultime congé à la relation inapaisée par quoi on ne se sépare jamais assez des êtres et des choses puisqu'on ne fait qu'éprouver leur perte, et non pas leur absence. Cette recherche du vide est essentielle en elle-même, mais également parce qu'elle semble inverser du négatif au positif l'expérience chez lui fondatrice de cet autre vide qu'est l'ennui, défini dans le *Précis de décomposition* comme une « souffrance sans *matière* » et un « deuil temporel » (*Œ* 592) : parce qu'il n'est de deuil que de ce qui est, cette souffrance, ainsi, désigne moins l'absence des choses que la dissipation de toute relation avec elles. Elle place le Sujet hors du temps, mais par l'expérience d'une inadhérence douloureuse qui – en le repliant sur soi-même à la différence de l'extase qui l'en fait sortir – maintient une forme de présence dans la vie absente. Cette vacuité liée à la conscience de la perte, il a donc cherché à la transformer en une autre, d'où s'éloigne au contraire le sentiment d'un manque, et ce fut sans doute ce bonheur, sur quoi insistent les *Cahiers* des années soixante, non de sortir de la conscience, mais simplement de la pensée en gardant conscience de cette sortie même – car « *savoir* qu'on ne pense pas est un bonheur encore plus grand » (*C* 298). Or le bonheur de cet état, le titre d'un de ses livres, *De l'inconvénient d'être né,* le suggère par son contraire puisque exister c'est avoir à choisir entre le goût de la vie et le désir de la mort – dilemme impossible à trancher par la lucidité de la pensée. Savoir qu'on ne pense pas, c'est à l'inverse quitter la vie, et comme s'acquitter d'elle, et cependant y demeurer sans avoir à choisir. Mais ce titre ne peut véritablement se comprendre que si l'on songe à ce que Cioran appelle, très précisément au rebours de cet inconvénient, la *volupté de ne pas naître*. La formule est sans doute admirable de concilier le néant de toute avant-vie et la conscience pourtant de ce néant qui ressemble, une fois encore, à une nature perdue par la chute dans l'Histoire et dans le temps, mais surtout elle désigne au plus près le vide qu'il convoite dans le bonheur de ne plus penser, tout en le sachant – ce qui, à en croire une note de 1970, devint quelque chose comme une règle de vie, ou une forme peut-être de détachement subi : « Plus je vis, plus je m'adonne à la volupté de ne pas naître » (*C* 820).

Cette formule nous dit au plus près ce qui pourrait se définir comme une manière d'être vivant sans appartenir à la vie, sans éprouver non plus la perte de cette vie – et sans doute s'agit-il encore du fantasme d'un être végétatif. Cette limite, ou cet horizon, de diverses manières Cioran n'aura pas cessé de les chercher comme l'éthique d'un impossible apaisement. On aurait tort pourtant d'y voir la recherche d'une quelconque sagesse – qui serait une forme assez paisible d'acceptation de ce qui est tel qu'il est –, mais bien plutôt la quête constamment reconduite d'une forme d'écart, ou plutôt de surplomb, dont la pensée du vide que je viens évoquer reste sans doute emblématique mais qui demeure toujours inaccomplie. Car l'échec est en germe dans la violence même de la quête : « Nul autant que moi n'a mis aussi haut l'Indifférence, affirme une note de 1961. Mais j'y ai aspiré passionnément, frénétiquement, de sorte que plus je voulais y atteindre, plus je m'en éloignais » (*C* 70). Et c'est encore la même tension que j'évoquais tout à l'heure, le même vertige qui interdit l'équilibre de l'apaisement aussi bien que celui de l'adhésion au monde. C'est bien pourquoi l'on ne saurait confondre cette indifférence convoitée et jamais atteinte, et le scepticisme dont témoigne bien plutôt Cioran, qui n'est identifiable ni au doute de la raison (sa pensée est si peu rationnelle) ni à une forme de détachement, mais relève lui aussi de la souffrance de l'entre-deux. Il signifie ainsi l'absence d'indifférence, mieux encore son contraire car si, dans une note de 1968, le sceptique se trouve défini comme un « mystique raté » (*C* 601), c'est bien la figure de l'échec qui de nouveau importe ici : retombée d'une trop haute ferveur convoitée qui ne peut être, par une sorte de choc en retour, que la mise en doute malheureuse de ce qui peut-être existe, mais à quoi l'on ne sait adhérer.

Ainsi se trouve reconduit le protocole d'une extase elle aussi ratée : « le scepticisme est une autopunition » *(ibid.)* – la punition de celui qui a cherché la plénitude ailleurs que dans le monde et s'est lui-même condamné à n'en plus éprouver que le vide et l'irréalité. Tout ce qui pouvait ouvrir un ajour lumineux, le scepticisme l'a renversé en négatif – et c'est en quoi il devient chez Cioran une des modalités du pessimisme. Simplement celui-ci n'est-il pas à son tour la pure vision du réel en plus sombre que laisse entendre le langage commun, mais la douleur qu'accompagne toujours le regret de son contraire et ne cesse de percevoir derrière ce qui se dérobe – que ce soit la gloire littéraire, l'Être ou le monde – sa présence en creux : sa place vide. Le négatif lui-même, qui aurait pu être une forme de détachement apaisé, se retourne en une douleur qui nous donne à comprendre que, dans une note de 1970, Cioran se définisse comme « un crucifié sans foi. Un calvaire païen » (*C* 841). Mais lui-même s'est cloué sur la croix, dans un mouvement où s'entrecroisent le religieux et le non-religieux, la souffrance et le goût de la souffrance, l'orgueil aussi d'une douleur qui élève au-dessus des autres et justifie le modèle christique. Mais lui-même ne s'est pas sauvé et au contraire a refusé de l'être. La délivrance annule, dit le *Précis* : « Le salut finit tout ; et il nous finit. Qui, une fois *sauvé*, ose se dire encore vivant ? On ne vit réellement que par le refus de se délivrer de la souffrance et comme par une tentation religieuse d'irreligiosité » (*Œ* 604). La certitude toujours se maintient que la sensation d'exister n'est pas séparable de la souffrance et que toute croyance en autre chose que le monde est une privation d'être. C'est notre « condition d'indélivrés » (*Œ* 1034), qui répète à nouveau la douleur de l'indélivrance et le refus de la délivrance : nos blessures sans doute nous font mal, mais les irriter ne va pas sans plaisir.

LE TRAVAIL DE LA NÉGATION

Si accueillir la pensée de Cioran et tenter de lui rendre justice, c'est donc mettre en rapport toute affirmation avec ce qui se découvre comme une affirmation contraire, on mesure du même coup que les modalités de la tension que je viens d'essayer de mettre au jour retiennent d'établir cette pensée sous le signe du nihilisme – quelle que soit la définition qu'on en donne. Ne croire à rien ou ne pas croire à ce qui est : l'écrivain ne fait jamais droit à d'aussi rudes propositions. Si l'on songe d'autre part que, selon Nietzsche, « le *nihilisme radical*, c'est la conviction que l'existence est absolument intenable, si on la compare aux valeurs les plus hautes que nous connaissions »[1], une telle conviction ne peut naturellement se faire jour qu'en relation avec la fin de la métaphysique, liée elle-même à la mort de Dieu – et le nihilisme en ce sens est un événement historique : l'avènement d'un autre âge qui serait pleinement celui de l'homme. Or cet avènement ne saurait avoir lieu chez Cioran : le refus du salut qu'affirme la mort de Dieu, sans doute le maintient-il, mais cette mort n'est jamais pensée comme un fait – bien plutôt comme cette exigence toujours renouvelée dont témoigne encore son tout dernier livre, *Aveux et anathèmes* : « Tant qu'il y aura encore un seul dieu debout, la tâche de l'homme ne sera pas finie » (*Œ* 1724). Formule qui ne se laisse pas lire comme un pur anathème, mais dans l'assurance que cette tâche ne sera jamais finie parce que l'homme lui-même, pour rester debout, a besoin que toujours subsiste un dieu contre qui se dresser – mais vers qui, également, élever son désir. Que l'existence soit *intenable*, cela demeure ainsi chez lui de l'ordre de l'épreuve – celle d'une souffrance, on vient de le voir, trouée de quelques ajours lumineux – et la négation qui se développe en conséquence ne se trouve nullement pensée selon un système de valeurs dont il faudrait envisager la disparition ou la subversion pour qu'un autre sens puisse advenir : la dimension métaphysique, ici encore, est de l'ordre du singulier, et ne s'ouvre pas à l'universel.

Car si la négation s'affirme sur le mode d'un renouvellement permanent, d'une reprise constante, c'est qu'ils sont rendus nécessaires par son absence d'accomplissement. L'indifférence serait une entière liberté conquise, et quelque chose comme une forme d'atonie, la négation tout à l'inverse est une liberté tonique, étape possible vers l'indifférence, mais qui n'atteint jamais à l'apaisement qui serait sa fin : « Avec un peu plus de chaleur dans le nihilisme, il me serait possible – en niant *tout* – de secouer mes doutes et d'en triompher. Mais je n'ai que le goût de la négation, je n'en ai pas la grâce » (*Œ* 759). Que l'accomplissement du nihilisme ne se définisse en aucune manière comme le dépassement qui pourrait ouvrir à un autre système de valeurs ou bien à l'acceptation de ce monde tel qu'il est, mais comme le détachement supérieur d'une forme de *grâce*, cela nous contraint certainement à laisser à ce mot sa tonalité religieuse pour souligner clairement la parenté que ce travail de la négation définit avec l'analyse de l'extase où l'écrivain avouait, on s'en souvient, avoir échoué à faire en sorte que le rien pût devenir vraiment tout. Le mouvement est ici parfaitement symétrique : c'est le tout qui ne peut pas se nier jusqu'au

1. *La Volonté de puissance*, trad. franç. G. Bianquis, Paris, Gallimard, 1948, t. 2, p. 43 *sq.*

rien du vrai nihilisme. Dans l'un et l'autre cas, la grâce serait celle du même détachement, l'indifférence enfin trouvée dans le même apaisement définitif. Mais la négation n'est jamais que violence d'un refus inachevé, violence inachevée d'un refus, condamnée du même coup à se répéter.

Cette référence à l'extase est aussi bien ce qui permet de comprendre pourquoi le scepticisme de Cioran s'établit encore du côté de la négation, et maintient comme exigence propre la même mobilité qu'elle. Si le sceptique, on s'en souvient, est un *mystique raté*, la négation chez lui est bien cet échec retourné en travail positif : le sceptique ne vaut ainsi que par la « vertu active » qu'il porte en lui et qui ne se préserve, comme toute forme de refus, que si elle ne s'abandonne pas à sa fin, car celui qui se livre au confort du scepticisme, « ne sachant plus quel usage faire de ses inquiétudes et de sa liberté, il pense avec nostalgie au bourreau, il l'appelle même » (*Œ* 838). C'est pourquoi le sceptique accompli est une des figures du civilisé qui ne sait plus agir et attend dans le barbare le recours de qui l'achèvera, et le remplacera. Nous aurons à reprendre cette question tout à l'heure pour elle-même, et dans sa relation avec l'Histoire où Cioran assigne à la barbarie une fonction majeure : la valeur positive qu'il lui reconnaît cependant se comprendra mieux de s'éclairer ici d'une puissance vitale qui ne saurait exister qu'en deçà de tout apaisement : elle est vigueur et non fatigue, violence et non sagesse, car la fatigue et la sagesse contresignent le dépérissement de l'être aussi bien que de la civilisation.

Il se peut sans doute que Cioran nous paraisse penser la négation comme une manière de vivre dans le détachement d'une insoumission finalement dominée – et c'est ce qu'affirme très tôt le *Précis de décomposition* dans une formule où le sourire semble signifier cette sérénité conquise : « Il n'est de noblesse que dans la négation de l'existence, dans un sourire qui surplombe des paysages anéantis » (*Œ* 585). Tout cependant porte à croire que si une sorte d'éthique s'affirme ainsi, c'est dans une double distance : celle, d'abord, d'une négation esthétisée qui dessine l'inaccessible horizon d'un style de vie supérieur ; celle, ensuite, d'une différence d'avec soi qui supposerait que fût surmontée la violence de la négation. Mais cette noblesse n'est que la figure projetée d'un Moi toujours à venir et qui lui-même surplomberait sa nature, car l'évidence s'impose, à lire les *Cahiers* comme les *Œuvres*, que les diverses modalités du refus relèvent justement du mouvement naturel de celui qui ne cesse pas de *faire corps* avec ses idées. Les conséquences sont innombrables, mais ici encore ne se laissent pas établir dans une direction unique ni une signification univoque. Il y va certainement d'abord d'une forme d'authenticité qui attache étroitement la pensée au Sujet qui l'exprime, congédie toute constitution des idées en système et plus généralement encore toute forme d'abstraction. Nous aurons à reprendre plus tard pour elle-même la question de l'écriture qui donne à cette pensée l'éclat d'une forme accomplie – et par conséquent distanciée dans une manière d'artifice –, mais ce qu'il importe de souligner dès maintenant, c'est l'importance, dans cette perspective, de ce soulèvement du Sujet qui ne fait pas simplement de Cioran « un *Privat Denker* – un penseur privé » (*E* 103), mais plus vivement encore ce « philosophe-hurleur » dont les idées « aboient [et] n'expliquent rien » (*C* 14). Formule excessive peut-être, et qui appartient à l'espace privé des *Cahiers*, mais dont l'excès même nous dit la conscience que l'écrivain put avoir de toujours écrire au plus près du cri – c'est à certains égards le voisinage d'Artaud –, d'*exprimer* le langage du corps, de l'en faire sortir pour s'en libérer, sans souci d'une affirmation qui se puisse partager.

D'où la condamnation d'une philosophie qui, parce qu'elle développe une pensée conceptuelle, dénoue le lien avec l'existence de celui qui s'y livre – et c'est le reproche fait à Kant, par exemple, de ne pas éprouver de faiblesse humaine (*Œ* 622), ou peut-être simplement de ne pas y faire droit alors qu'elle seule permet, par la souffrance même qu'elle suppose, qu'un vrai Sujet existentiel conjure le péril d'une pensée séparée. Or la philosophie est bien cette pensée qu'aucun *Je* ne vient gager, pensée sans risque donc sans prix car cette absence de coût en fait, précisément, une pensée gratuite et inutile – pensée finalement quelconque car de quiconque : « Nous ne devrions parler que de sensations et de visions : jamais d'idées – car elles n'émanent pas de nos entrailles et ne sont jamais véritablement *nôtres* » (*Œ* 1668). Ainsi se trouve sans doute disqualifiée l'autonomie d'une réflexion attachée au respect de la raison et du même coup de la non-contradiction, soucieuse finalement d'un ordre, celui du monde abstraitement restitué – un ordre en tout cas séparé. Mais en s'attachant à *rendre raison* justement de ce qui est, la philosophie confère seulement à l'existence un sens qui en réalité ne lui appartient pas, et en évacuant le tragique d'être au monde, substitue simplement sa pensée à ce monde qu'elle prétend penser – et finalement le congédie. Or, « on ne peut éluder l'existence par des explications, on ne peut que la subir, l'aimer ou la haïr, l'adorer ou la craindre, dans cette alternance de félicité ou d'horreur qui exprime le rythme même de l'être » (*Œ* 622).

Ce qu'à l'inverse permet la négation éloignée de tout nihilisme trop théorique – ou précisément trop philosophique – c'est bien de préserver ce rythme, qui est celui du corps lui-même. Et si sa force, nous le verrons, entretient un rapport nécessaire avec la forme brève, c'est qu'aussi bien que chez René Char, quoique selon des modalités différentes, elle relève d'une éthique de la rupture – car « la négation n'est féconde que le temps où nous nous évertuons à la conquérir et à nous l'approprier ; une fois acquise, elle nous emprisonne : une chaîne comme une autre » (*Œ* 958). L'essence même de la négation est dans l'énergie de ses commencements : d'où l'exigence de ce retour qu'est le mouvement contraire – d'où la contradiction elle-même, puisqu'il s'agit toujours de choisir entre l'esclavage de l'être où nous conduit le consentement et celui du néant où le confort de la négation nous entraîne. Il reste que si, tout à l'inverse de ces philosophes qu'il dénonce, Cioran a visiblement recherché comme une exigence de vérité la présence, derrière toute idée et en elle, de cet ancrage qui fait de lui d'abord un écrivain existentiel, il n'a pas manqué de percevoir que ce refus de toute distance entre ce qu'il est et ce qu'il pense le maintenait en même temps dans un état de dépendance à l'égard de ce que, faute de mieux, on acceptera d'appeler sa nature. Lui-même l'a reconnu dès le *Précis de décomposition* : « J'existe, je sens et je pense au gré de l'instant – et *malgré moi.* [...] Esclave de mes pensées, je joue avec elles, comme un bouffon de la fatalité » (*Œ* 667) [Je souligne]. Le rythme de la pensée est ainsi organique – c'est toujours le langage du corps – et le dédoublement de soi à soi qu'affirme le *malgré moi* introduit une distance fatale qui renverse la libération obtenue face au monde en une dépendance à l'égard de celui qu'il n'est pas tout à fait, ou qu'il n'est plus une fois le premier soulèvement passé[1]. Et ce que Cioran désigne ici comme la fatalité n'est pas seulement une absence de maîtrise de sa propre pensée et la dimension chez lui proprement instinctive de la négation – mais également le résultat de ce que nous avons évoqué tout à l'heure comme une brisure originelle et innommée.

Il demeure que cette fatalité se laisse pleinement penser comme une exigence du refus si cette brisure, précisément, est le signe d'une impossible adhésion à ce qui est, et la négation vise sans doute bien moins à détruire qu'à fortifier d'abord celui qui la profère. Si une pensée du pire s'affirme ainsi souvent, elle ne relève ni d'un pessimisme commode ni d'une catastrophe abstraitement théorisée, mais d'une négation qui ne va

1. Il n'est donc pas indifférent que Cioran désigne comme folie la limite de cette dépendance : « Dans la folie, l'idée se confond avec l'impulsion » (*C* 310) ni qu'il avoue corrolairement aimer « [se] contredire jusqu'à la démence » (*C* 209).

pas sans plaisir parce que, si elle est affirmation de la souffrance, en elle aussi se resserre la joie même de la dénoncer. La lucidité certainement consiste à reconnaître que l'homme n'est rien, elle lui permet cependant de s'accepter en étant quelque chose, sinon quelqu'un, dans un mouvement devenu également positif. La négation est ainsi cette modalité de la présence qui, sans contradiction, permet de se réapproprier ce qu'on écarte, et par le même geste qui le fait congédier : « Détruire, c'est agir, c'est créer à rebours, c'est, d'une manière toute spéciale, manifester sa solidarité avec ce qui est » (*Œ* 1107) – mais la manifester de manière libre par une réaction qui s'affirme comme action et comme création. La négation est alors aussi bien réappropriation de ce qu'elle conteste, manière de vivre avec ce qu'on refuse, signe enfin d'une vigueur qui est la vie même.

C'est donc à tort qu'on l'interpréterait simplement comme le signe du malheur, la postulation du refus ou l'affirmation de l'insoumission car une part essentielle de son bénéfice, au contraire, s'affirme dans le bonheur de nier qui seul permet de supporter le réel tel qu'il est : d'où la tonicité si souvent remarquée qui rend parfois étrangement gaie la lecture de Cioran et procède directement de la jubilation sensible, et justement de la *dérision*, qui accompagnent les modalités de la négation que son écriture multiplie : contre-pied, sarcasme, blasphème ou anathème. L'exception de sa pensée et de son œuvre est donc ainsi de proposer une double négation : celle qui conteste – le monde, Dieu, le progrès de l'Histoire, etc. – par le refus de leur reconnaître une réalité pleine, et dans le même temps celle qui triomphe d'elle-même par cette seconde détente que constitue la joie même d'en dénoncer l'absence ou la précarité : tourner le monde en dérision, c'est le mettre à distance et retourner la douleur d'un attachement impossible en congé délibérément donné dans le libre plaisir du refus. Lui-même l'a parfaitement perçu : « Rire est une manifestation nihiliste, de même que la joie peut être un état funèbre » (*E* 141), si cette joie procède d'un salut qui nous mène au tombeau.

C'est ce qu'illustre exemplairement la pensée du suicide qui a traversé son existence sans que jamais il se résolve à en faire autre chose, justement, qu'une pensée, car la liberté suprême qui s'y affirme n'a cessé – selon le mouvement que je viens de dire – d'inverser en réappropriation positive la négation de la vie. Envisager le suicide avec suffisamment d'humour pour susciter parfois le rire de son lecteur n'est alors pas indifférent, car si une telle pensée est une forme privilégiée de la dérision qui libère, c'est précisément qu'elle n'est pas la mort, mais simplement l'idée de sa possibilité. Si donc Cioran affirme dans un entretien : « Je suis uniquement pour l'utilité de cette idée. Il faut même dans les écoles qu'on dise aux élèves : "Écoutez, ne soyez pas désespérés, vous pouvez vous tuer quand vous voudrez" *(rires)* » (*E* 95), c'est que dans le même temps où cette idée, loin de toute plaisanterie, *évoque* la mort, elle écarte le suicide comme acte, et refuse la pure destruction. La pensée du suicide est donc double et établit le sujet dans une sorte d'entre-deux finalement positif – ce que Cioran appelait justement tout à l'heure les *parages* du suicide : il s'écarte de la vie douloureuse en songeant à la mort, et maintient vis-à-vis de la vie cette modalité de la présence qu'est la dérision de la mort, et du coup revient à la vie.

C'est la formule paradoxale des *Syllogismes de l'amertume* : « Le désir de mourir fut mon seul et unique souci ; je lui est tout sacrifié, même la mort » (*Œ* 777). Symétrique du désir de Dieu qui ouvrirait au Tout, le désir de la mort conduirait au Rien. Mais sur l'objet de ce désir prévaut toujours le bonheur de seulement y aspirer dans un mouvement de pur dégagement qui écarte du monde, puis y reconduit. L'idée de suicide *retient* en ce qu'elle est d'abord dilatoire : la pensée de pouvoir mourir suffit à ne pas se tuer, car en elle se resserre la jubilation de savoir la vie dérisoire. Rien de plus profond par conséquent que l'affirmation selon laquelle « se débarrasser de la vie, c'est se passer du bonheur de s'en moquer » (*Œ* 1670). Rire de la vie en songeant à la mort maintient en vie, et d'une certaine manière la pensée du suicide est le contraire de l'acte qui l'accomplirait dès lors qu'il suffit de le penser joyeusement comme possible pour que le besoin de le commettre s'annule, en tout cas se diffère : je pourrai toujours le commettre plus tard, et d'ailleurs le suicide vient toujours trop tard s'il est vrai que l'inconvénient majeur est celui d'être né – pris dans une temporalité que l'on subit sans éprouver le sentiment de lui appartenir. Point de surprise, par conséquent, si la négation déploie ses ressources les plus vives contre une Histoire qui n'est finalement que le protocole longuement déroulé de ce temps dont il faut penser la sortie, faute de s'y sentir *naturellement* présent.

SORTIES DE L'HISTOIRE

Ici encore, il se pourrait bien en effet que, sur toute pensée systématique ou trop abstraite, ait d'abord prévalu cette inadhérence singulière au *temps* même de l'Histoire qui pour une part rend compte de la distance que Cioran manifeste à l'égard du monde, et sans doute n'est pas séparable de l'expérience fondatrice de l'*ennui* ; mais ce qui a dû d'autre part compter, c'est un constat de faillite qui procède lui aussi, pour une part également, de son intime désillusion devant l'aventure humaine, et du même coup appelle la nostalgie, que nous avons déjà évoquée, de cette antériorité mal déterminée qu'il n'identifie pas à l'Éden de la Bible, mais désigne comme un âge de bonheur *naturel*: « Nous ne fûmes heureux qu'aux époques où, avides d'effacement, nous acceptions notre néant avec enthousiasme » (*Œ* 1177). Ce qui entraîne une double conséquence : d'abord de souligner qu'il y a une historicité et une temporalité humaines qui sont le malheur de l'homme, le bonheur renvoyant au contraire, selon un thème constamment filé par Cioran, à une nature végétative dénuée de conscience, comme si la vocation de l'homme – et la vérité de son être – avait été de ne point s'inscrire dans le mouvement du temps, mais de demeurer dans un immobile présent ; il y va ici d'une affirmation fondatrice, et probablement liée à ce trait du mélancolique qui est de ne pas percevoir la relation entre son propre temps et celui du monde, entre son dedans et le dehors : « Tout homme qui adhère au temps est un domestique » (*Œ* 628), dit violemment le *Précis de décomposition* en faisant une liberté de ce qui est d'abord une distance éprouvée – et l'inadhérence à l'Histoire est le refus d'un temps *porté* vers l'avenir alors que les instants mêmes du présent, leur cours n'est pas le sien. Parce que l'essence de l'homme est de n'être rien et de s'en satisfaire, en voulant devenir quelque chose dans l'Histoire il a cessé de coïncider avec soi, et forgé son propre malheur. La seconde conséquence est alors que l'homme est entré dans l'Histoire par une sorte de faute, sinon de vrai péché, et que cette parenthèse ouverte par une humanité orgueilleuse, exaltée et soucieuse d'être, elle pourrait aussi bien la refermer un jour. S'il y a donc quelque légitimité à parler d'une sortie de l'Histoire, c'est que Cioran l'envisage selon un double protocole : la pensée d'une possible fin de l'Histoire et de l'homme comme conséquence ultime d'un commencement mauvais ; une théorie cyclique fondamentalement vitaliste qui interdit toute avancée et tout progrès, comme si toute forme d'accomplissement se trouvait fatalement rompue par l'exigence renouvelée d'un mouvement contraire. Loin de suivre un parcours linéaire, l'Histoire sort régulièrement de son cours.

Parler d'une *pensée de l'Histoire*, chez Cioran, serait pourtant trop dire. En premier lieu, parce que d'innombrables indices portent à croire, on l'a vu, que son approche ne se délivre pas d'une mesure singulière et tout existentielle, comme si sa vision de l'humanité n'était pour une large part que la projection universalisée de son drame personnel et de son propre mal-être. Au commencement, en effet, penser le monde historiquement est une manière de le supporter en s'assurant qu'on ne lui appartient pas : « Sans l'idée d'un univers raté, le spectacle de l'injustice sous tous les régimes conduirait même un aboulique à la camisole de force » (*Œ* 1347). Idée que Cioran ne cesse de filer jusqu'à penser l'Histoire comme une catastrophe continuée à partir d'une première faillite. Une fatalité s'affirme ainsi encore – parallèle à celle de sa propre nature – puisque précisément *tout est écrit* dès l'instant d'une perversion première : pensée du pire, sans doute, mais en même temps jubilatoire et comme libératrice puisqu'une forme de délectation s'y inscrit encore et que tout se passe comme s'il fallait, pour supporter sa propre souffrance d'être au monde, que Cioran condamnât chacun d'entre nous à un malheur universellement partagé.

Mais parler de pensée est en second lieu trop dire parce que, bien loin d'être une Histoire, ce qui s'écrit dans quelques-uns de ses livres est une fable du monde, un roman noir des origines où s'entrecroisent l'idée d'une nature humaine devenue mauvaise d'avoir cessé d'être nature pour s'historiciser, et d'un créateur également mauvais. Ce souci de l'origine est anachronique, ou si l'on veut profondément daté en ce qu'il nous paraît d'abord renvoyer, dans sa fiction même, au XVIIIe siècle et surtout à Rousseau[1]. Mais ce qui gouverne la réflexion de Cioran, c'est d'abord la recherche d'une cause, d'un commencement qui symétriquement justifie la pensée d'une fin, et fait de l'Histoire cet immense entre-deux où l'homme s'est séparé de lui-même[2]. L'origine se trouve en effet constamment pensée sous le signe du Mal : il s'agit d'abord d'une *Chute dans le temps*, selon le titre même du volume de 1964 qui paraît redoubler, sur le mode de l'universel, ce que peut être pour le Sujet lui-même cet *inconvénient d'être né* qui intitule un autre livre et nous dit la même incapacité à *être dans le temps* ; il s'agit ensuite d'un pur constat de l'irrémédiable puisque le monde a été créé – autre titre essentiel – par *Le Mauvais Démiurge*. Tout se passe alors comme si se déployait de livre en livre une reconstruction

1. Que l'on songe au second *Discours* : « Commençons donc par écarter tous les faits », *Œuvres complètes*, Pléiade, éd. B. Gagnebin et M. Raymond, 1964, t. 3, p. 132.
2. Une remarque d'un *Cahier* de 1963 est à cet égard capitale : « Je suis hanté par Adam. Je m'y reporte dans tout ce que j'écris, depuis quelques années. Le dernier homme occupe mes pensées aussi, moins toutefois que l'autre. Tout cela vient du fait que je ne suis pas à l'aise dans l'histoire, que je ne me trouve *bien* qu'en dehors d'elle, à ses extrémités » (*C* 166).

presque *mythique* – fondée sur la parole – à partir de l'assurance première que si le monde, telle une mécanique défectueuse, est insusceptible d'amélioration, c'est qu'il a d'abord été mal créé.

Ainsi se définit de manière étonnante une pensée assez systématique, bien que travaillée par quelques tensions difficiles qu'il faudra mettre au jour – et c'est en quoi les petits traités que sont *Histoire et utopie*, *La Chute dans le temps* ou *Le Mauvais Démiurge* me semblent constituer dans son œuvre un massif intérieur séparé : non seulement du point de vue formel, parce que s'ils relèvent assurément de la forme brève, ils excèdent la mesure aussi bien que l'ambition du fragment à quoi l'on a parfois réduit abusivement l'écriture de Cioran, mais surtout parce que s'y découvre le *développement* d'un parcours que le reste de son œuvre ne manifeste pas, d'un commencement à une fin. Parcours dont une lecture hâtive pourrait nous amener à conclure que l'ordre du monde qui s'y découvre échappe à l'insensé, puisqu'il est gouverné, justement, par un sens mauvais. Mais ce sens n'est jamais fondé en raison, construit seulement – et presque imaginé – à partir d'une intuition pure. Lorsque Cioran écrit ainsi dans une note de 1964 : « Rien ne pourra m'arracher de l'esprit que ce monde est le fruit d'un désir ténébreux, d'un démiurge maudit » (*C* 213) – il s'agit de tout autre chose que d'une croyance (proche de la gnose pour laquelle en effet le Démiurge est mauvais) ou d'une certitude. De l'exigence, bien plutôt, d'une sorte de postulat fondateur où s'affirme de nouveau le travail de la négation : pour que je sois fondé à refuser ce monde, il faut qu'il soit mauvais. Penser l'Histoire ainsi, c'est d'abord la mettre à distance d'imaginaire pour d'une certaine manière s'en défaire et une fois encore en sortir. Mais c'est aussi, face à l'insatisfaction du réel, *construire* un sens pour éviter que ne se fasse jour la vacuité d'une totale insignifiance – et le pessimiste, une fois encore, est victime du sens de la vie.

J'ai parlé de pensée mythique, mais Cioran ne crée pas : il reprend simplement la pensée chrétienne de l'Histoire dont le commencement est lié à la Chute – mais pour en faire une chute dans le temps. La rupture semble reconduire la sortie biblique de l'Éden, mais elle marque en réalité le passage d'un bonheur sans savoir ni conscience, à un malheur lié à l'inverse à la culture[1]. Rupture que, dans un entretien de 1983, Cioran évoque de

1. Il y a du rousseauisme chez Cioran, mais en même temps une violence à l'égard de Rousseau qui est trop forte pour ne pas faire sens : « N'est-ce pas significatif que le premier parmi les modernes à avoir, par idolâtrie de la nature, dénoncé avec vigueur les méfaits du civilisé, ait été le contraire d'un sage ? Nous devons le diagnostic de notre mal à un insensé, plus marqué, plus atteint que nous tous, à un maniaque avéré, *précurseur et modèle de nos délires* » [Je souligne] (*Œ* 1088).

manière capitale : « Je ne peux cependant pas admettre qu'avant existait un paradis ; je crois plutôt que quelque chose a craqué quand l'homme a commencé à se manifester, que quelque chose s'est brisé en lui, peut-être quand il est devenu l'homme proprement dit » (*E* 125 sq.). Il se peut bien alors qu'il admette l'existence du péché originel « en tant qu'idée » : tout porte à croire qu'il ne le pense pas vraiment comme tel, mais comme cette brisure ontologique, précisément, qu'on ne peut manquer de rapprocher de cet événement originel qu'il évoquait, on s'en souvient, dans sa propre *histoire* : quelque chose s'était brisé en lui. Cette déchirure a séparé l'homme définitivement de lui-même, l'a poussé à devenir ce qu'en réalité il n'est pas, à passer du rien naturel à un être usurpé par une sorte de saut fatal, mais elle se laisse penser comme malheur sans cause véritablement assignable, sortie d'un vide qui était aussi plénitude, et du même coup entrée dans une conscience de soi orgueilleuse.

On songe alors, mais historicisée, à l'idée, essentielle chez La Rochefoucauld, que l'homme est condamné au vice par l'amour-propre. Et il s'agit bien ici chez Cioran d'une sorte de jansénisme athée, mais en même temps aggravé : la nature de l'homme n'est pas simplement corrompue mais plus encore *perdue* ; non seulement il n'avance pas vers son salut, mais marche historiquement à sa perte. Cet amour-propre, pourtant, il ne s'agit pas de le dévoiler socialement, mais de le désigner comme un premier moteur. L'homme est entré dans le devenir par orgueil, et c'est en termes étonnamment psychologiques que Cioran fait du commencement de l'histoire, par une pure aspiration prométhéenne, la fin de ce *rien* qu'était l'homme jusqu'alors. Il était « celui qui n'est pas », « et c'est justement ce manque, ce déficit d'existence qui, réveillant par réaction sa morgue, l'incite au défi ou à la férocité » (*Œ* 1076). L'homme de l'Histoire est bien ce sujet dédoublé par une conscience malheureuse qui le voue à la haine de sa faiblesse, dans l'aspiration à être autre chose que ce qu'il devait être naturellement. Après quoi le christianisme n'a pu que renforcer cet orgueil, à la fois par l'Incarnation et la perspective d'un Jugement dernier qui, parce qu'il donne sens à la vie, donne également sens à l'Histoire. Et Cioran ne cesse pas de considérer qu'à la différence du paganisme qui offrait à chacun sa part de maux et de biens, le christianisme, nous poussant à agir, a fait de nous des frénétiques aimantés par l'avenir : « L'obsession de l'avènement, qui est d'essence chrétienne, en réduisant le temps au concept de l'imminent et du possible, nous rend inaptes à concevoir un instant immuable, reposant en lui-même, soustrait au fléau de la succession » (*Œ* 1188).

Mais ici encore le modèle biblique est cependant détourné, car si l'homme a touché à l'arbre de la connaissance, c'est bien moins celle du bien et du mal qui importe, que ce savoir qu'il lie au commencement d'une Histoire et d'une civilisation possibles, savoir indissociablement mêlé à un rêve de pouvoir chimérique : « Précipités par le savoir dans le temps, nous fûmes du coup dotés d'un destin » (*Œ* 1072), écrit-il dans *La Chute dans le temps.* Point de surprise alors si la connaissance et la culture, conséquences et développements de ce savoir premier, se découvrent chez lui comme l'équivalent collectif d'une conscience qui empêche le Sujet d'être pleinement au monde – et c'est sans doute ce qui profondément explique, bien au-delà de la provocation ou du sarcasme, qu'il ait si brutalement écrit, comme un irréfutable axiome : « Je pose en fait que lorsque le dernier illettré aura disparu, nous pourrons prendre le deuil de l'homme » (*Œ* 1084).

Cette fable du monde, sa première fonction est certainement de mettre en scène, simplement, la certitude d'une défiance à l'égard de l'homme, sinon d'une haine véritable dont nous verrons les conséquences dans le refus de la communauté. Mais c'est aussi de reporter la faute première sur un Mauvais Démiurge – travail encore de négation jubilatoire : « Quelle chance [...] de pouvoir lui faire endosser la responsabilité de toutes nos misères, de l'accabler et de l'injurier, de ne l'épargner à aucun moment, même pas dans nos prières ! » (*Œ* 1031). Selon la même exigence que nous avons déjà rencontrée, il convient donc que Dieu existe, non comme objet de foi, mais comme idée, ou si l'on préfère comme fiction : accabler Dieu, c'est libérer l'homme et lui permettre de vivre ; sans doute reste-t-il un être mauvais, mais le mal qu'il commet reste bien sa fatalité. Ainsi s'inverse de manière essentielle toute sotériologie : il ne s'agit pas pour Cioran de nouer la figure de Dieu à un salut qu'il ne cesse pas, on s'en souvient, d'identifier à la mort de l'homme, mais de la rabattre sur les commencements. Ce n'est pas Dieu qui nous sauve, mais nous qui nous sauvons en reportant sur lui l'échec d'un univers manqué. La pensée d'un Mauvais Démiurge semble sans doute ouvrir une contradiction avec le désir de Dieu auquel Cioran fait droit métaphysiquement. Mieux vaut cependant parler d'une différence, ou du dédoublement d'un Dieu *bifrons* qui précisément fait écho à cette tension existentielle dont témoigne constamment son œuvre. Mais il ne s'agit pas ici d'un battement entre un Dieu bon et un Dieu mauvais, mais bien plutôt entre deux figures qui l'une et l'autre permettent d'abord de prendre distance avec un monde raté : par l'aspiration à l'Être d'une part, et par la constatation, d'autre part, d'un commencement mauvais. La recherche de l'Être n'est que l'ultime étape convoitée d'une manière de vide extatique qui libère, après quoi l'inapaisement propre à Cioran autorise l'inversion de la prière, qui se retourne en blasphème contre le Mauvais Démiurge. Le sacré qui s'attachait à l'Être pour susciter Dieu peut alors s'effacer dans le retour du sarcasme et de l'ironie jubilatoire : c'est toujours le même détachement du monde qui s'opère.

Cette fable des origines, une approche cyclique de l'Histoire vient s'y superposer, alternance toujours reconduite de barbarie et de civilisation, à l'exception remarquable de cette sorte de régime mixte, ou si l'on veut équilibré, qu'est le despotisme éclairé qui, par le métissage de civilisation et de barbarie qu'il propose, est précisément un suspens de l'Histoire – et le régime du même coup préféré de celui qui se refuse à être le « complice des révolutions, puisqu'il ne l'est même pas de l'histoire » (*Œ* 1357). On peut certainement s'étonner de découvrir ainsi parallèlement une lecture linéaire qui descend au pire et une théorie des recommencements qui régulièrement s'en dégagent. Il se pourrait cependant que la contradiction ne soit ici encore qu'un premier miroitement et qu'elle se trouve levée par l'hypothèse qu'un principe de négation gouverne aussi bien la pensée de l'Histoire pour ouvrir à la régularité de sursauts ou de dégagements vitaux. L'essentiel est cependant qu'en substituant dans l'Histoire humaine les notions de barbarie et de civilisation à celles de grandeur et de décadence, Cioran redessine une forme de fatalité dès lors que l'homme n'est plus crédité de forger l'Histoire mais bien plutôt décrit comme le jouet de sa propre nature – et tout se passe en effet comme si cette approche vitaliste dépossédait historiquement l'homme de la liberté de sa propre aventure[1]. Reste que cette conception d'une Histoire toujours prise entre une barbarie vigoureuse et une civilisation étiolée place le savoir et la culture, la virtuosité et le raffinement, et jusqu'aux formes de liberté démocratique au versant d'une faiblesse accomplie : il est alors aisé de concevoir que l'interruption de cette descente linéaire soit à l'inverse positivement reçue. Parce que Cioran avoue n'être « sensible qu'au côté négatif, destructeur du temps » (*C* 315), tous les recommencements sont porteurs d'un désir et d'une énergie qui sans doute à leur tour

1. Il est difficile, sans doute, de concilier cette approche vitaliste de la lecture finalement psychologique que fait en même temps Cioran d'une Histoire travaillée par l'orgueil humain : mais c'est qu'en réalité les deux ne se superposent pas, et l'orgueil n'est que le premier moteur d'un mouvement de rivalité avec Dieu qui ensuite disparaît au profit d'une aventure libérée, mais livrée à la fatalité d'une corruption, ou d'une brisure premières.

failliront, mais restent *beaux* de promettre ce qu'ils ne tiendront pas, de ménager l'ajour d'une vitalité retrouvée. C'est tout le mouvement qui gouverne l'alternance de la civilisation et de la barbarie – et semble né d'une pensée de l'Histoire qui s'épuiserait comme vieillit un organisme humain. D'où le besoin d'un ressourcement régulier à des forces neuves qui se fonde sur l'idée centrale que la civilisation ne peut être convoitée comme ce bien que contresignerait le progrès croissant de l'humanité – mais ressourcement qui ne peut venir que de l'autre, du barbare, dans la violence d'un arrachement rédempteur.

Ainsi de l'Europe présente où, par un accroissement de négativité, le civilisé moderne semble plus épuisé que d'autres. Le « Portrait » qu'en offre *La Chute dans le temps* a beau prôner le détachement, tout porte à croire qu'il ne puisse guère s'agir que d'une éthique individuelle – et si Cioran s'adresse aux autres, il parle visiblement d'abord pour lui. Car le civilisé comme sujet d'une communauté n'a pas de remède *en lui-même* : « Des remèdes, nous dit "Sur une civilisation essoufflée", il n'en possède ni n'en propose. Comme il sait qu'on ne *soigne* pas le destin, il ne s'érige en guérisseur auprès de personne » (*Œ* 832). Il n'y a pas de remède dans le mal parce que sa fatalité, justement, est l'exténuation. D'où cette thématique et ce lexique de la *faiblesse* qui accompagnent constamment l'analyse historique des institutions ou des êtres dont la fin se trouve poindre dans la tolérance à l'égard de ce qui n'est pas eux, et la liberté même qui n'est guère qu'une forme de coupable complaisance de chacun à l'endroit d'autrui[1].

Il y va, en effet, d'une assez remarquable opposition de la culture presque constamment dénigrée comme signe de civilisation – donc de raffinement épuisé –, à une nature à l'inverse louée – et c'est la figure positive de l'illettré. Si le barbare est donc l'autre du civilisé, celui seul qui permet à la décadence de sortir d'elle-même, l'essentiel semble bien alors que, par le même mouvement qui fait que Cioran, quant à soi, vient penser le salut comme mort et la souffrance comme seule sensation d'exister, il établit la civilisation du côté d'une complaisance létale, et la barbarie du côté de la vie : « Merveille qui n'a rien à offrir, la démocratie est tout ensemble le paradis et le tombeau d'un peuple. La vie n'a de sens que par elle ; mais elle manque de vie... » (*Œ* 998). L'homologie semble éclatante :

1. La même analyse gouverne la mort du christianisme : « La foi est exclusion, défi. C'est parce qu'il ne peut plus détester les autres religions, c'est parce qu'il les *comprend*, que le christianisme est fini : la vitalité dont procède l'intolérance lui fait de plus en plus défaut. Or, l'intolérance était sa raison d'être. Pour son malheur, il a cessé d'être monstrueux » (*Œ* 1189).

d'un côté le paradis et le tombeau d'un salut qui donne sens à la vie, mais la diminue ; de l'autre l'aspiration barbare à une vraie vie qui n'a pas de sens mais bénéficie de l'énergie reconnue à la négation. Bonheur de l'animalité, sans doute, mais aussi esthétique de la force nue. On ne peut qu'être surpris, sans doute, voire heurté, par l'éloge de la barbarie qui parcourt l'œuvre de Cioran, et surtout de cette indulgence pour les tyrannies – jusqu'au nazisme qu'il juge sans doute grotesque, mais où il voit pourtant le signe, chez les Allemands, d'une fraîcheur susceptible « d'un grand dessein ou d'une vigoureuse insanité » (*Œ* 838). Alternative en elle-même lourde de sens, comme si le vitalisme de Cioran laissait ouvertes, à part égale, et la grandeur de ce dessein et la folie de cette vigueur[1]. Tout se passe donc comme si l'éloge de la vigueur valait en soi, que la portée de tout recommencement fût séparable de ses conséquences parfois monstrueuses, comme s'il s'agissait bien finalement d'une esthétique du renouveau dont en effet Cioran se réclame pour justifier encore sa réaction, avant guerre, face au régime parlementaire roumain qu'il ne jugeait pas à l'aune de ses résultats *politiques*, mais comme signe, simplement, d'une « humanité exsangue, sans passions ni convictions, inapte à l'absolu », auquel il préférait par conséquent les systèmes adverses qui lui « semblaient *beaux* sans exception, accordés au mouvement de la Vie, ma divinité d'alors » (*Œ* 980). Et l'on ne peut se retenir de songer qu'entra pour une part, dans cette fascination pour le barbare, le désir inavoué d'être arraché soi-même à l'inaction et à l'ennui : fantasme, si l'on veut, de libération[2].

Or, de même que le Sujet qui souffre cherche son apaisement dans l'imaginaire sortie de la conscience d'être, une nation de même doit pouvoir jouir du bonheur d'aspirer à une issue heureuse – fût-elle imaginaire. Cette nécessaire utopie, Cioran la pense d'abord assez banalement comme partie intégrante d'une Histoire cyclique qui ne serait pas viable, ni vivable sans l'utopie qui est *l'autre* de tout présent, quel que soit ce présent, ou barbare ou civilisé. A la lettre, l'Histoire n'existerait pas sans elle, et un certain éloge, à l'occasion, peut donc en procéder : « A la longue, la vie sans utopie devient irrespirable, pour la multitude du moins : sous

1. Il n'est donc pas indifférent, dans cette perspective, que ce soit le mal, non le bien, que Cioran établisse du côté de l'énergie, sans en faire aucunement une catégorie morale : « Timide, dépourvu de dynamisme, le bien est inapte à se communiquer ; le mal, autrement empressé, veut se transmettre, et il y arrive puisqu'il possède le double privilège d'être fascinant et contagieux » (*Œ* 1174).
2. Sur la politique de Cioran à l'époque roumaine, on consultera le livre de Patrice Bollon : *Cioran l'hérétique*, Gallimard, 1997.

peine de se pétrifier, il faut au monde un délire neuf » (*Œ* 986), et le reproche qu'il adresse au régime communiste roumain dans « Sur deux types de société » est d'avoir ruiné l'utopie, signe abstrait de la vitalité qui nous tire vers un avenir qui n'adviendra pas sous cette forme rêvée, mais arrache néanmoins aux lenteurs du présent. Elle reste donc inscrite dans l'historicité humaine. Mais, plus profondément, une autre utopie se dessine qui, à un moment du cycle historique, par une sorte de millénarisme où Cioran paraît condamner certaines idéologies de ce siècle, noue l'espoir que l'alternance qu'elle impose puisse être la seule vraie. L'essentiel est alors qu'il ne l'établisse plus au versant d'un bonheur béatement convoité, mais d'une dernière frénésie. Et s'il s'agit alors, par une sorte plutôt d'uchronie, de sortir de l'Histoire pour un retour, comme on voudra, à l'âge d'or ou bien à l'Éden, ce qui se dessine ainsi est bien d'abord le rêve orgueilleux de croire que la fin puisse être *maintenant* celle d'un accomplissement parfait – pour toujours. Ambition « de faire mieux que Dieu, lui infliger l'humiliation d'un paradis supérieur au sien » (*Œ* 1053). Et tout se passe alors comme si le même élan prométhéen que Cioran attache aux commencements de l'Histoire contresignait ce désir d'utopie qui serait moins la fin de l'Histoire que son ultime et définitif avatar – le basculement du pire vers le meilleur.

Ce n'est alors que l'hypostase d'un autre salut létal, mais en même temps une projection dans l'avenir qui suppose toujours que l'Histoire ait un sens et marche vers une fin qui soit son accomplissement authentique – et Cioran pour sa part peut écrire dans *De l'inconvénient d'être né* : « Tout ce que j'ai pu sentir et penser se confond avec un exercice d'anti-utopie » (*Œ* 1357). Ce renoncement à vivre, par procuration, dans un autre temps contresigne l'acceptation de souffrir en celui-ci dans un présent dénué de signification. Cioran se refuse à appartenir à l'Histoire, à s'y soumettre pour s'en faire le *domestique* – et l'utopie précisément demeure historique. *Histoire et utopie* peut alors en toute cohérence se refermer sur cette quête intérieure d'un vide dispensateur de plénitude qui demeure à ses yeux la seule manière de sortir du temps *dans le présent*. Quant à l'avenir, il en accepte la vraie fin annoncée, soit sur le mode mineur d'un retour des tyrans dont il a pu écrire que la vision « s'impose à [lui] avec une évidence si décisive qu'il [lui] semblerait déshonorant de vouloir en démontrer le bien-fondé » (*Œ* 1017), soit sur le mode majeur d'un ultime naufrage, non du monde sans doute, mais de la présente Histoire humaine – et c'est le contraire d'une utopie. Satisfaction de prophétiser le chaos comme pour l'encourager puisque le présent est sans remède, pensée du pire, encore, dont la fonction peut paraître jumelle de celle qu'il reconnaît à l'idée de suicide : affirmer que la fin de l'humanité est possible et proche, la souhaiter un moment, est également une manière de jubilation qui permet de revenir à la souffrance d'être inscrit dans l'Histoire. Imaginer que l'on peut en sortir est aussi une manière de vivre avec l'idée qu'on n'en sortira pas, et ce ton volontiers apocalyptique dit le bonheur de se moquer du mouvement de l'Histoire et de son absence de sens par une libération hauturière : « S'acheminer vers la fin de l'histoire avec une fleur à la boutonnière, – seule tenue digne dans le déroulement du temps. [...] Nous autres incroyants, nous mourons avec nos décors, et trop fatigués pour nous leurrer de fastes promis à nos cadavres... » (*Œ* 685).

LE REFUS DE LA COMMUNAUTÉ

La distance que Cioran manifeste à l'égard de l'aventure humaine collective, si elle s'affirme diachroniquement dans cette sortie de l'Histoire, il n'y a pas de surprise à ce qu'elle apparaisse synchroniquement dans l'opposition maintenue à l'endroit de toute communauté présente. Qu'aucun lieu ne puisse pleinement l'accueillir, on peut sans doute y voir d'abord, et superficiellement, l'évocation de sa situation singulière, prise à jamais entre une Roumanie qu'il vitupère tout en ne cessant d'y rapporter le bonheur de ses commencements, et une terre d'accueil qui lui offre également une langue avec laquelle il entretient un rapport douloureux puisqu'il l'aime et qu'elle le fait souffrir, qu'il l'aime peut-être *aussi* de le faire souffrir[1]. Mais il y va surtout d'une éthique de l'inconfort qui maintient la passion du malheur et permet de comprendre autrement le déracinement cultivé par Cioran où s'affirme à l'extrême le sentiment d'exil qui pour une part définit la modernité. N'appartenir pas à son temps ressortit, on l'a vu, au refus d'être entraîné soi-même dans une action commune qu'il désapprouve comme si sa liberté s'y trouvait aliénée. N'appartenir pas au lieu qu'on habite relève d'une exigence jumelle et « une patrie est un soporifique de chaque instant » (*Œ* 878) : elle rassure, mais éloigne de

1. « J'ai fini par me rendre compte qu'adopter une langue étrangère était peut-être une libération, mais aussi une épreuve, voire un supplice, un supplice fascinant néanmoins » (*E* 143 *sq.*).

soi en rapprochant des autres, soumet à des valeurs communes et dissipe la douleur d'être dans l'illusion factice d'une communauté partagée.

On peut s'interroger sur une telle incapacité à s'allier à autrui. Nul doute qu'elle ne procède très largement de cette haine de soi qui de part en part traverse l'œuvre et se généralise en détestation de l'autre où Cioran reconnaît son semblable. Il suffit pour s'en persuader de lire parallèlement les *Cahiers* et la page qui, dans *La Tentation d'exister*, s'intitule justement « Se haïr », texte bref d'apparence toute classique et qui ne s'ouvre pas inutilement sur une référence à l'amour-propre dont les moralistes, justement, ont souvent dénoncé les méfaits. Mais c'est pour opérer une sorte de détournement : non dénoncer les formes qu'il peut prendre, mais y voir bien plutôt la perversion de l'homme parce que le Sujet n'est lui-même que par la conscience qui le sépare de ce qu'il était dans l'Éden, – et c'est cette séparation originelle qui, le vouant au mal qu'il n'a pas cessé d'accomplir dans l'Histoire, condamne l'homme à ne se découvrir comme tel que dans la haine de soi, de ce qu'il a perdu et de ce qu'il a pu accomplir après cette manière de Chute : « Je me hais : je suis homme ; je me hais absolument : je suis absolument homme. Être conscient, c'est être divisé d'avec soi, c'est se haïr » (*Œ* 946). Reste qu'une telle haine, et ici pensée comme universelle, est aussi apparue à Cioran comme cet *impensé* au contraire, et ce noyau dur de l'inexplicable, qui nous laissent encore supposer que, si elle se découvre d'une certaine manière conceptualisée en son œuvre, c'est à partir de ce sentiment singulier qui établit bien de nouveau sa pensée dans la dépendance de sa propre *nature*[1]. L'essentiel est alors que la détestation d'autrui si souvent évoquée dans l'œuvre, jusqu'à certaines formules que l'on jugerait précisément *haineuses*, en réalité ne vise pas l'autre, mais le même que soi – et dans un désespoir où s'affirme d'abord cette conscience essentielle qui s'éclaire dans *La Tentation d'exister* : « Mais la lucidité, ne l'oublions pas, est le propre de ceux qui, par incapacité d'aimer, se désolidarisent aussi bien des autres que d'eux-mêmes » (*Œ* 958).

Cette différence marquée par rapport à autrui, on y retrouve sans doute aussi l'expérience fondatrice de l'ennui et de la mélancolie, s'il est vrai que « pour un mélancolique, l'expression "nos semblables" n'a aucun sens. C'est une sensation d'exil irrémédiable, sans causes immédiates »

1. « J'ai des accès de haine incroyables, d'une virulence à faire peur. Mais ils sont, ces accès, entièrement gratuits ; ce qui révèle un vice de constitution, un dérangement profond de la machine. Je hais sans aucune nécessité ; mais au fait s'agit-il de haine ? N'est-ce pas plutôt un état durable de folie non déclarée ? » (*C* 191).

(*E* 124). Mais plus profondément encore s'y affirme le sentiment d'être un Sujet élu par son indélivrance : « Je suis *métaphysiquement* juif » (*C* 54), remarque Cioran dans un *Cahier* de 1965, et *La Tentation d'exister*, dix ans plus tôt, faisait l'éloge des Juifs dans « Un peuple de solitaires » : ils sont plus hommes que d'autres et représentent « l'existence séparée par excellence ou, pour employer une expression dont les théologiens qualifient Dieu, le *tout autre* » (*Œ* 858)[1]. Ils sont, en tant que peuple, ce que Cioran définit justement comme sujet séparé, et parce qu'il loue chez eux la hauteur d'être soi en surplomb d'autrui, la qualité de vaincus qui se refusent à l'être et échappent à la décadence, celle d'un peuple élu et cependant persécuté, à maints égards ces pages ne sont rien d'autre qu'un autoportrait de l'auteur en Juif, ou mieux encore une projection en lui de son Moi rêvé – jusqu'en cette part de haine latente qui ne se sépare pas de la louange.

Cette solitude est essentielle, si la hauteur dont témoigne justement l'affirmation d'un être-juif ne cesse pas de l'accompagner, c'est que la conviction de son propre *rien*, parce qu'elle ne se sépare pas de la supériorité de la reconnaître, du même coup se redouble du mépris affiché pour tous ceux qui, à la différence de ce que lui-même proclame, n'ont ni conscience de leur inexistence, ni « vision de leur nullité » (*Œ* 1112). Nul doute qu'une part d'orgueil entre dans ce surplomb, où se trouve reconduite l'affirmation de l'Alceste de Molière : « Je veux qu'on me distingue » – et nous avons vu le prix qu'il faut attacher au bonheur éprouvé par Cioran de se penser comme *le plus* malheureux. La haine de soi s'accompagne ainsi d'une composante narcissique qui se retrouve aussi bien dans l'assurance que la vérité de l'être est dans son drame individuel et que la souffrance supérieure porte à l'universel comme l'affirme *De l'inconvénient d'être né* : « La vérité réside dans le drame individuel. Si je souffre réellement, je souffre beaucoup plus qu'un individu, je dépasse la sphère de mon moi, je rejoins l'essence des autres » (*Œ* 1337). Mais rejoindre l'essence des autres, c'est dans le même temps les écarter comme doubles et dans cette conscience même s'établir au-dessus d'eux, dans une solitude qui les rend inutiles. Par un essentiel renversement, l'universel s'affirme dans le repli sur soi – sur une solitude ontologique qui n'est pas éloignée de la misère de l'homme sans Dieu, de telle manière que

1. Ainsi se renverse en louange un argument antisémite, celui même dont usait Cioran avant guerre, dans cette sorte de brûlot politique qu'est *Schimabarea la fata a Romaniei*, en écrivant que le Juif « n'est pas notre *alter ego* humain, notre voisin » car il est « d'abord *Juif*, et ensuite un *homme* ». Voir à ce sujet le livre déjà cité de Patrice Bollon, p. 115 *sq.*

l'ouverture aux autres ne saurait apporter aucunement un supplément d'être : une solidarité métaphysique existe sans doute, mais chacun n'en porte la révélation qu'en soi-même.

Là où Camus affirme : « Je me révolte, donc nous sommes », Cioran semble répondre : « Je souffre, donc je deviens chacun et, toute différence abolie, autrui me devient inutile. » Contre le désir camusien d'agir, la conviction que l'homme réprouvé marche au pire éradique toute velléité d'action tournée vers un progrès possible. Pour le vaincu, s'intéresser à la communauté humaine, prendre en compte ce qui la fonde ou la menace, et du même coup appelle des amendements, devient l'impossible même, et Cioran s'en explique indirectement dans des pages consacrées à Joseph de Maistre. C'est la lucidité qui le fait se projeter sur autrui qui précisément le retient de faire acception de la qualité humaine, ou de la situation *sociale*, justement, de quiconque : « Quand on s'appesantit sur la misère essentielle des êtres, on ne s'arrête pas à celle qui résulte des inégalités sociales, ni on ne s'efforce d'y remédier » (*Œ* 1533). Et pour le reste, le commerce des autres peut être une forme de *divertissement* coupable s'il s'agit de s'arracher à la souffrance simplement d'être soi – « car chacun de nous fait l'impossible pour ne pas être voué à lui-même » (*Œ* 594).

Qu'à l'occasion Cioran se soit montré l'être le plus gai, le plus sociable et le plus secourable à autrui, on aurait tort pourtant d'y voir une contradiction. Cet écart en effet ne frappe pas sa pensée d'inauthenticité mais montre seulement que l'écriture – c'est sa mesure thérapeutique – libère une tension personnelle qu'elle généralise, et que d'autre part il convient de distinguer l'homme semblable que les livres mettent en scène dans la détestation ou le refus, et l'individu empirique qu'il a pu côtoyer dans la vie, à l'égard duquel l'amitié ou la sollicitude disaient l'intérêt porté à la différence de l'autre : à son individualité, précisément[1]. Pour le reste, il s'agit bien de la tension toujours reconduite entre la lucidité qui rabat sur sa propre souffrance et ce déficit de conscience qui, en d'autres moments, reconduit volontiers vers autrui : « Quand il nous est impossible de *nous leurrer* encore sur notre propre compte, nous devenons incapables de ce minimum d'aveuglement et de générosité qui seul pourrait sauver l'existence de nos semblables. [...] Comment s'arrêter alors à ce

1. Et lorsque Cioran constate le contraste entre l'œuvre de Joseph de Maistre et ses lettres, c'est aussi pour lui-même qu'il remarque « qu'un penseur met d'ordinaire sa folie dans ses œuvres et conserve son bon sens pour ses rapports avec autrui » (*Œ* 1521).

qu'ils disent et à ce qu'ils font ? » (*Œ* 1112). Cette misère ontologique est alors essentielle en ce qu'elle établit toute forme de communauté du côté du *leurre*, justement, c'est-à-dire finalement d'une illusion coupable comme si la scène du monde n'était que ce théâtre où se joue la comédie de l'être.

Assurément, le sentiment d'être en exil dans l'existence ne peut faire droit à quelque intérêt pour autrui. Mais en même temps s'impose l'évidence d'une impossible socialité dès lors que la civilité – comme tout à l'heure la civilisation même – se trouve négativement pensée selon un double protocole. Comme l'insupportable contrainte, d'abord, infligée à celui qui y plie son énergie rebelle, et dont il doit se délivrer pour vivre parmi les autres : « Rien ne rend plus malheureux que le *devoir de résister* à son fonds primitif, à l'appel de ses origines » (*Œ* 1019). Et s'il parle ici pour lui-même, tout se passe à maints égards comme si Cioran – c'est encore sa différence – se pensait largement comme un barbare chez les civilisés : celui même qu'avant guerre la Garde de Fer roumaine avait séduit par sa vitalité. Loin d'être une forme d'accomplissement humain, la civilité s'établit ainsi du côté de la coercition d'une violence *naturelle* : exister, c'est marquer le refus de toute relation apaisée, et il n'y a pas de surprise, par conséquent, à ce que de loin en loin la louange se fasse jour de toutes ces formes d'écart vigoureux d'avec l'autre que sont l'intolérance, l'envie ou la détestation, comme si une forme de vitalité s'y trouvait maintenue.

Car le second visage de la civilité, ou de la démocratie, est précisément celui de l'exténuation qui définit le civilisé lui-même. Elle n'est nullement pensée en termes de transparence, ni d'équilibre conquis par on ne sait quel savoir-vivre, mais se trouve approchée sous les espèces encore de l'étiolement vital – et ce sont les formules sans détours du *Précis* : « Signes de vie : la cruauté, le fanatisme, l'intolérance ; signes de décadence : l'aménité, la compréhension, l'indulgence... Tant qu'une institution s'appuie sur des instincts forts, elle n'admet ni ennemis ni hérétiques : elle les massacre, les brûle ou les enferme » (*Œ* 728). Au sein de la culture, un sursaut de la nature est ainsi nécessaire – il viendra du barbare – qui nous donne à comprendre encore que la pensée de Cioran ne s'établit pas par-delà le Bien et le Mal, mais tout au contraire en deçà, dans des relations que la morale ne gouverne pas – et, d'une certaine manière, c'est toute forme de moralité, justement, qui se trouve ainsi congédiée. Qu'on lise simplement, dans *Histoire et utopie*, l'« Odyssée de la rancune » : ces pages ne sont pas autre chose que le long et assez violent développement d'un art d'être soi-même dans le refus des autres[1].

Le surplomb que suppose la prééminence du Je ouvre alors une rupture majeure avec l'âge classique, et la mise à distance de la communauté s'affirme donc sur le mode, non d'une critique, mais d'une satire des mœurs d'où s'efface tout espoir d'amendement. Il se peut bien alors que Cioran remarque, et de manière apparemment contradictoire, que « c'est s'investir d'une supériorité bien abusive que de dire à quelqu'un ce qu'on pense de lui et de ce qu'il fait. La franchise n'est pas compatible avec un sentiment délicat, elle ne l'est même pas avec une exigence éthique » (*Œ* 1341) – on aurait tort d'y voir la reconduction d'un *topos* classique[2]. Car une affirmation aussi apaisée ne signifie pas l'acceptation d'une morale partagée, mais plutôt la conduite que Cioran envisage *pour lui-même* et qui relève d'une élégance de vivre qui lui est propre et ouvre une différence essentielle entre le temps de l'écriture et de ses sarcasmes, et le temps d'autre part de la vie et de ses civilités nécessaires. On ne s'établit pas à demeure dans les rébellions de la dérision, et l'analyse doit laisser ces moments à une distinction qui les éclaire et justifie largement leurs écarts. Lui-même l'a dit : « J'accepte la vie par politesse : la révolte perpétuelle est de mauvais goût comme le sublime du suicide » (*Œ* 675).

A maints égards, ainsi, Cioran déchire le voile de civilité qui recouvre les rapports humains, et il y va sans doute de l'activité démasquante traditionnellement reconnue à nos moralistes. Mais en réalité tout porte à croire que l'enjeu se trouve déplacé à plusieurs égards. En premier lieu parce que la lucidité négatrice ne s'équilibre pas, comme c'est le cas par exemple chez La Rochefoucauld, de la recherche de ces règles grâce auxquelles l'existence peut être vécue selon les exigences qu'appellent

1. L'illustration littéraire d'un tel refus se trouve certainement dans le rapport que l'écrivain a entretenu avec l'œuvre d'autrui puisqu'il s'est trouvé pris presque toujours dans la dépendance d'un mouvement premier, et qui le porte à *penser contre*. Lui-même l'a reconnu : « Il ne faudrait jamais écrire sur personne. J'en suis si persuadé que, chaque fois que je suis amené à le faire, ma première pensée est d'attaquer, *même si je l'admire*, celui dont je dois parler » (*Œ* 1697). L'admiration attache, elle oblige et appelle le ressentiment contre celui qui a empêché d'abord d'être soi – après quoi le remords n'est que cette figure atténuée de la haine de soi comme il est advenu dans le cas de Valéry. A la demande de la Fondation Bollingen, Cioran lui consacra un texte que Jackson Mathew refusa comme trop négatif ; il le publia néanmoins dans la *NRF*, puis au moment de le reprendre en 1986 dans *Exercices d'admiration*, inscrivit en quatrième de couverture : « Les jugements inéquitables que j'ai portés contre lui émanent d'une exaspération impure que je me fais un devoir de dénoncer ici. » (On peut regretter que l'édition « Quarto » ne reproduise pas ces lignes : elles appartiennent au texte – mieux encore à la pensée même de Cioran.)
2. La Rochefoucauld : « Les hommes ne vivraient pas longtemps en société, s'ils n'étaient les dupes les uns des autres » (maxime 87).

l'honnêteté, ou bien la sociabilité. La négation est sans contrepartie – mieux encore elle vaut par elle-même : Cioran n'accuse pas l'agressivité que dissimulent les formes de civilité, il la loue et définit l'homme véritable non comme civilisé mais comme ce sujet au contraire asocial dont la santé suppose qu'il s'abandonne à sa nature contre les méfaits d'une culture qui fait gagner à la communauté ce qu'elle fait perdre à chacun de ses sujets – et ce que la morale suppose d'adhésion collective se trouve par principe dérouté. En second lieu, parce que s'il place la civilité et la communauté sous le signe du leurre – c'est le soporifique de la patrie – et fait de leur contestation l'affirmation d'une forme de lucidité, celle-ci n'est nullement d'ordre intellectuel ou bien social, mais revêt, toutes ces pages sont pour le montrer, une mesure intime qui une fois encore rabat l'écrivain vers lui-même et sa liberté créatrice.

DE L'IRONIE A L'ÉTHIQUE

Qu'il s'agisse du lieu qu'il habite, du temps qui devrait être le sien ou encore de ce que l'aventure humaine a construit, l'évidence s'impose donc d'une séparation convoitée qui multiplie les formes de décollement. On conçoit bien alors que la question de l'humanisme – s'il consiste d'abord à veiller à ce que l'homme soit humain, conforme à son essence – chez Cioran ne revêt aucune pertinence, ou mieux encore se vide de sens lorsqu'elle touche à un être qui ne coïncide pas avec soi, dont l'essence est de n'être pas présent dans une Histoire qui justement « n'est pas le siège de l'être, [mais] en est l'absence » (*Œ* 1060). Écartant ainsi toute recherche de ce que l'homme peut tenter d'accomplir pour rester fidèle à soi-même et à son plus authentique devenir, ce que la pensée de Cioran ne cesse pas d'affirmer, c'est l'écart entre la finitude de l'homme qu'il porte volontiers jusqu'à l'extrême du *rien*, et l'aspiration néanmoins à diverses formes de plénitude extérieure qui figurent un inatteignable absolu – la contestation aussi de ce monde extérieur qu'il ne parvient jamais à penser tout à fait ni comme une réalité ni comme une apparence. Cet inapaisement essentiel, il peut alors n'être pas inutile, après l'avoir étudié pour lui-même, de le repenser à nouveaux frais selon le protocole de l'ironie telle qu'elle se trouve redéfinie bien au-delà de la figure rhétorique classique, et traverse l'époque moderne du romantisme allemand jusqu'aux *Considérations d'un apolitique* de Thomas Mann, pour pointer ici parmi d'autres possibles un repère manifeste.

Le recours à un tel modèle ne signifie nullement qu'il faille en faire la clé, ou pis encore le passe-partout de l'œuvre, mais simplement qu'il permet de mieux affirmer encore l'ancrage existentiel que maintient toujours l'acte même d'écrire. Il ne signifie pas non plus qu'il faille rabattre cette œuvre sur un passé qui ne lui appartient pas[1], car parler d'ironie romantique, ce n'est pas seulement définir une attitude datée, mais une manière d'être au monde qui excède largement cette époque. Si une telle ironie se laisse en effet penser comme ce mouvement qui sépare le Sujet du monde par la lucidité de la réflexion, puis y reconduit par le retour redoublé et précisément ironique de cette même réflexion qui permet de conjurer la séparation, tout porte à croire qu'une telle relation conflictuelle au réel corresponde pour une part essentielle – et chez un écrivain dont on ne saurait par ailleurs oublier l'immense culture allemande – à ce qu'il définit comme sa position d'exilé. Relisant en 1965 son *Précis de décomposition* de 1949, Cioran lui-même ne le juge pas sans raison comme un livre « "dépassé", trop lyrique, et fâcheusement *"spätromantik"* » avant de conclure : « Au fond, je suis un romantique attardé, sauvé par le cynisme » (*C* 318). Jugement qu'il reconduira peu après, pour *La Tentation d'exister* aussi bien que pour le *Précis*, imputant leur excès de « poésie » à la lecture du premier Rilke et à celle de Shelley, presque quotidienne pendant la guerre. D'où le sentiment qu'il put éprouver, et qu'il nous faudra tout à l'heure commenter pour lui-même, d'une écriture et d'une pensée trop inactuelles pour faire de lui véritablement un contemporain.

Or ce qu'il nomme ici lyrisme est tout naturellement inséparable du soulèvement qu'il ne cesse de lier à sa propre écriture – et que la « Confession en raccourci » des *Exercices d'admiration* envisage d'une manière particulièrement éclairante. Lignes essentielles qu'il faut citer un peu longuement : « Écrire est une provocation, une vue heureusement fausse de la réalité qui nous place *au-dessus* de ce qui est et de ce qui nous semble être » (*Œ* 1625). Définition centrale, et dont il convient de reprendre les attendus un à un, puisque s'y s'affirment très précisément le bonheur d'une libération qui éloigne et peut-être détruit le réel par l'*artifice* de l'écriture – car cette vue est fausse – et en même temps l'incertitude cons-

1. Encore que Philippe Lacoue-Labarthe et Jean-Luc Nancy remarquent avec raison qu'« il y a aujourd'hui, décelable dans la plupart des grands motifs de notre "modernité", un véritable inconscient romantique » (*L'Absolu littéraire*, Paris, Seuil, 1978, p. 26).

tamment éprouvée par Cioran face à un monde dont on ne sait s'il *est* ou seulement nous *semble être*. Cette libération est alors une création qui nous permet de « concurrencer Dieu, le dépasser même par la seule vertu du langage », mais elle peut être aussi bien une destruction, car si « le superbe [est ainsi] atteint par le vocable, par le symbole même de la fragilité », « on peut l'atteindre aussi, curieusement, par l'ironie, à condition que celle-ci, poussant à l'extrême son œuvre de démolition, dispense des frissons d'un Dieu à rebours. Les mots comme agents d'une extase retournée... » (*Œ* 1626). Page capitale à maints égards et dont les termes mêmes offrent une étonnante parenté avec la définition que donne Hegel de l'ironie – mais, on le sait, pour la condamner[1]. Capitale d'abord par cet absolu qu'ouvre l'écriture dans la divinisation de celui qui s'y livre jusqu'à l'extase d'un décollement accompli par rapport au réel – et un tel détachement reconduit sur un autre mode cette essentielle aspiration au vide que nous avons pu évoquer. Ensuite par l'identité des effets qu'elle postule entre libération du monde et destruction du monde, si l'extrême pointe de l'ironie est de retourner la destruction en une création. Après quoi le retour s'opère fatalement au monde, et nous verrons que ce qui retient justement Cioran de s'établir longuement dans la complaisance d'une pareille distance, c'est précisément l'écriture du fragment.

Point de différence essentielle, dès lors, avec l'ironie romantique qu'Albert Béguin définissait clairement dans sa double fonction : « Vis-à-vis des données sensibles, elle sera une école du doute, permettant de refuser au monde "tel qu'il est" un degré de réalité absolue et définitive », mais « tournée ensuite vers cette nouvelle réalité, l'ironie empêchera l'esprit de s'abandonner entièrement au flux des rêves »[2]. Double mouvement qui me semble rendre compte au plus près des tensions constamment présentes, chez Cioran, dans la relation de l'être au monde. Car ce qu'il lui arrive de nommer *dérision* ne répond jamais à un soulèvement définitif mais qui au contraire ne cesse de porter en lui l'appel au retour puisque lorsqu'il évoque nos rébellions, c'est pour dire en même temps « les doutes que nous entretenons à leur égard » et par quoi elles « finiront bien par se retourner contre elles-mêmes, contre nous-mêmes » (*Œ* 831). La négativité peut bien s'opposer au monde comme il va : elle nous reconduit cependant au réel dans une manière de choc en retour qui

1. « Telle est la signification de la géniale ironie divine : c'est la concentration du *moi* dans le *moi*, pour lequel tous les liens sont rompus et qui ne peut vivre que dans la félicité que procure la jouissance de soi-même » (*Esthétique*, trad. franç. S. Jankélévitch, Paris, Aubier-Montaigne, 1944, t. 1, p. 92).

2. *L'Ame romantique et le rêve,* Livre de Poche, « Biblio-Essais », 1991, p. 299.

en est la contestation. Que l'on songe ainsi à l'idée du suicide tout ensemble évoquée comme appel à la mort et congédiée comme retour à la vie, à l'Histoire d'abord récusée comme pure extériorité puis réappropriée sous la forme d'une fiction qui écarte le vide du sens, à ces moments qui selon Cioran postulent Dieu, justement, comme « deuil de l'ironie » et le créent « pour la plus grande humiliation de nos sarcasmes » (*Œ* 1171), à toutes les formes enfin de décollement qui précèdent un retour au monde – tout porte à croire qu'un tel mode de pensée correspond souvent au plus près à ce modèle d'une réflexion ironique où s'affirme aussi bien la permanente coexistence d'une satire du réel et d'une aspiration à l'absolu.

Du même coup peut-on mieux comprendre également la difficile question d'un apparent idéalisme qui lui fait dénier toute existence du monde en dehors de notre conscience, comme s'il lui fallait s'assurer qu'il n'est que l'illusion que nous créons de telle sorte qu' « en mourant, nous ne quittons rien » (*Œ* 1719), et cependant douter que cette illusion puisse être durablement maintenue : « Qu'on démasque les choses, qu'on les stigmatise du nom d'apparences, cela ne compte guère, car nous admettons d'office qu'elles recèlent de l'être » (*Œ* 1218). L'idéalisme éloigne sans doute du monde puisqu'il en soumet la réalité à notre conscience, mais cet éloignement y reconduit toujours : c'est l'*amour morbide* de la vie – maladie, si l'on veut, de cette impossible adhésion convoitée. Point de surprise, par conséquent, si une page de *La Tentation d'exister*, précisément intitulée « Le Langage de l'ironie », montre exemplairement qu'elle est cette voix intérieure qui, dans la *réflexion* justement du dédoublement, s'adresse à nous pour dénoncer toute quête illusoire d'un ailleurs aussi bien que d'un savoir, pour nous ramener par conséquent au monde, et à l'apparence finalement reçue comme « l'unique réalité qui soit » (*Œ* 938). Hésitation constamment maintenue, constitutive du mal-être de Cioran et de son inadhérence au réel, mais étrangement jumelle, précisément, de ce doute évoqué par Béguin face aux données sensibles, et de l'incertitude éprouvée face à leur degré de réalité : c'est pour une part la dimension métaphysique de l'ironie.

Toute position ainsi se fait critique d'elle-même – de telle sorte que l'auteur ne s'y reconnaît pas, étant toujours également *ailleurs*. La pensée ne cesse pas d'être appel à un autre lieu qu'on n'atteint jamais, ni dans l'adhésion à ce qui est, ni dans la sortie vers un impossible absolu – et l'un et l'autre ne cessent d'être un objet de deuil. Pour une telle conscience malheureuse, la certitude prévaut toujours que sa véritable essence est située hors de lui, qu'il n'est jamais tout à fait présent en lui-même – et pour une part toute la pensée de Cioran s'enracine dans cette admirable formule d'un *Cahier* de 1957 : « Comprendra-t-on jamais le drame d'un homme qui, à aucun moment de sa vie, n'a pu *oublier* le paradis ? / J'ai un pied dans le paradis ; comme d'autres en ont un dans la tombe » (*C* 13). Et ce que l'on nomme trop banalement les contradictions de Cioran s'éclaire alors d'un nouveau jour encore si l'on consent à prêter véritablement attention à la profondeur de leur jeu, c'est-à-dire à l'impossibilité d'accepter un terme *ou* un autre, à l'impossibilité également de les dialectiser : c'est tout le prix à nos yeux du mot de Jankélévitch lorsqu'il définit justement l'ironie non comme *« neutrum,* mais *utrumque »*[1].

Le refus de la communauté s'approfondit alors si l'on songe que la liberté du Sujet ironique s'affirme en totale souveraineté ; elle peut détruire ce qui a valeur pour elle après l'avoir créé, révoquer aussitôt ce qu'elle vient d'évoquer. Parce qu'elle naît précisément de la contradiction entre ce monde fini et cependant une aspiration infinie, l'agressivité de son plaisir – songeons encore à l' « Odyssée de la rancune » – est de détruire la moralité objective, ou de se situer en dehors d'elle – et Hegel condamnait ce congé que permet l'ironie. L'exigence morale, si nous avons vu tout à l'heure comment la pensée de Cioran se construit constamment en deçà de ses prescriptions, dans un dégagement maintenu qui n'est pas simplement un refus de l'engagement – le désintérêt politiquement, historiquement marqué à l'égard du souhaitable –, tout porte à croire qu'une de ses dimensions soit aussi bien ce qu'en termes sartriens l'on pourrait définir comme l'absence du libre choix que l'on fait de soi-même pour définir sa destinée : non seulement, nous l'avons vu, parce que Cioran s'avoue dans la dépendance de sa nature, mais également parce que, si son œuvre a été pour une part la réponse aux questions que lui posait sa vie, cette réponse précisément n'a cessé de refuser l'engagement moral de l'être-au-monde pour au contraire s'en libérer. Il se peut bien alors que son œuvre travaille à retourner cette fatalité de sa nature, elle ne peut le faire que dans la division maintenue de soi à soi, dans la séparation aussi de la vie et de l'œuvre : il n'y a pas eu de projet par lequel se fonde véritablement le devenir-écrivain d'un homme car l'écrivain est resté libre des prescriptions morales que l'homme en lui, pour sa part, acceptait. C'est pourquoi la situation de Cioran peut sans doute pour une part s'éclairer de la manière dont Kierkegaard définit le premier des trois stades de l'existence – esthétique, éthique et religieux –

1. *L'Ironie ou la bonne conscience*, Paris, PUF, rééd. 1950, p. 120.

qu'il distingue dans *Ou Bien... Ou Bien...* Le stade esthétique, en effet, est celui des possibles et du non-engagement : s'y affirment simplement de perpétuels commencements où le sujet, qui ne peut s'intégrer au devenir du temps, tour à tour se cherche et se fuit, séparé des autres dans le désespoir qui naît de ce faux rapport avec soi, mais cependant dans une liberté préservée. Il n'est donc pas indifférent ici que, dans le *Post-scriptum*, Kierkegaard définisse l'ironie comme l'étape intermédiaire entre le stade esthétique et le stade éthique car si l'ironie affirme et le plaisir et l'agressivité, ils dissimulent l'angoisse et le désespoir – division qui appelle le motif du masque. Celui qui se livre à l'ironie maîtrise le désespoir : il ne s'en défait pas.

C'est bien pourquoi le stade éthique qui chez Kierkegaard vient *après* et désigne la fin de l'ironie parce que s'y affirment l'engagement dans le monde et l'acceptation du Bien et du Mal qu'on ne peut plus écarter comme catégories partagées – ce stade éthique, Cioran précisément ne s'y est jamais résolu. Il n'a jamais choisi de *devenir* lui-même dans l'acceptation d'un être où se reconnaître comme sujet moral d'une communauté historique présente, préférant s'établir à demeure dans la distance de celui qui ne vit que dans des moments éclatés – et son œuvre elle-même, faite de fragments et de formes brèves, travaillée de tensions contraires, ne s'est jamais portée vers l'avenir d'un projet qui installe celui qui écrit dans la dépendance de son propre passé, ni dans la logique d'une pensée tout à fait continue. Il n'est donc pas indifférent que cet essentiel refus de responsabilité, ce désengagement moral, lui-même l'ait explicitement reconnu dans un entretien où il affirme la différence, une fois encore, entre l'existence ordinaire où son attitude est « humaine à l'égard des hommes » et la position strictement esthétique, justement, qu'il adopte dans l'écriture : « Je ne me soucie pas alors des conséquences d'une phrase, d'un aphorisme, je me sens libre à l'égard de toute catégorie morale » (*E* 181).

On aurait tort sans doute de lire un tel désengagement comme une forme de légèreté, ou de n'y voir qu'une irresponsabilité coupable, car le travail d'écrire suppose constamment chez Cioran cette libération de toute entrave – jusqu'à la destruction parfois convoitée de ce qui est. C'est bien pourquoi, s'il arrive qu'elles prennent une apparence de généralité, ses positions éthiques ne témoignent que de la recherche, toujours singulière, de cette même libération qui ne fait acception d'aucun système et, comme l'écriture même, est nouée à l'instant présent. Le souci qu'ont pu avoir certains commentateurs d'établir l'œuvre dans la continuité de doctrines constituées, stoïcisme, scepticisme ou encore pensées orientales, ne saurait donc convaincre en raison même de cet inapaisement qui lui interdit de se soumettre à une sagesse qui est toujours à venir. Sans doute n'a-t-il cessé de louer toutes les règles de vie singulière, empruntées volontiers à l'Antiquité, qui établissent le Sujet dans la dépendance du « Cache ta vie » d'Épicure qu'évoque, dans *La Chute dans le temps*, le « Portrait du civilisé ». Sans doute a-t-il d'autre part établi la sagesse véritable du côté de la stérilité et de la disparition : parce que le monde n'est pas amendable, la véritable ambition du sage est de « disparaître sans laisser de traces » (*Œ* 957), et la haine de soi se maintient dans une telle volonté de se détruire pour accomplir parfaitement l'essence de l'homme. Une certaine *éthique du repli* certainement n'a donc cessé de se faire jour, mais dans le refus maintenu d'emprunter à quiconque une doctrine extérieure : « La délivrance, si l'on y tient en effet, doit procéder de nous » (*Œ* 823). L'essentiel néanmoins se resserre dans la tension toujours maintenue entre une telle délivrance convoitée et notre condition d'indélivrés car la domination absolue de toute passion, jusqu'à l'exhaustion du moindre désir, trouve toujours son échec dans l'aspiration à son pur contraire. Toute règle de vie s'est ainsi trouvée constamment déroutée pour ne finalement laisser place – c'est encore le stade esthétique – qu'à ce qu'il convient plutôt d'appeler un *style de vie* que donne assez bien à comprendre le mélange de plaisanterie et de sérieux qui, propre à l'ironie, se manifeste aussi bien dans ce que j'ai nommé jubilation ou ce que Cioran appelle lui-même à cultiver comme cette « futilité consciente, acquise, volontaire » (*Œ* 888), donc sérieuse et grave : la seule manière, sans doute, de vivre avec ce qu'on repousse.

Or c'est aussi bien la fonction de l'écriture que de tendre à cette délivrance du réel, et elle s'opère dans la même distance, à l'égard de soi, qui s'était fait jour à l'égard du monde. Une pareille tension constamment maintenue, il n'est donc pas indifférent de l'interpréter dans la perspective ouverte par le fragment célèbre de la revue du romantisme allemand, l'*Athenaeum*, où l'ironie est précisément définie comme « alternance incessante d'autocréation et d'autodestruction »[1]. Que l'on songe à la haine de soi ou à la sagesse définie comme disparition, à l'éloge enfin de l'illettré, l'aspiration à se détruire est en effet partout visible. Mais l'aspiration à se construire n'est pas moins claire comme en témoigne, dans les *Syllogismes de l'amertume*, l'assurance voilée de dérision que la « supercherie du style »

1. *In* Philippe Lacoue-Labarthe et Jean-Luc Nancy, *L'Absolu littéraire*, éd. citée, p. 104.

est bien de permettre à celui qui s'y livre d'« exister *par le mot* » (*Œ* 751). Supercherie, sans doute, dans l'ordre ontologique, dès lors qu'il s'agit de feindre seulement une existence plaquée sur le néant de l'être, mais qui cependant, dans l'ordre existentiel, permet d'éteindre l'embrasement de violence qui soulève le Sujet qui s'apprête à écrire.

D'où la définition de l'inspiration comme « déséquilibre soudain, volupté sans nom de s'affirmer ou de se détruire » (*Œ* 1625). La disjonction du *ou* est au premier regard étrange : elle se laisse cependant comprendre si l'on se rappelle le surgissement immédiat de l'idée et la dépendance qu'elle maintient à l'égard de la *nature* même de Cioran. Dans le même temps, l'écriture authentique reste du côté du Sujet : on ne devrait écrire que ses sensations, disait tout à l'heure Cioran, et la vérité de parole relève de l'existence du Je. Mais pour que l'écriture soit délivrance, il faut cependant travailler contre soi, se détruire pour pouvoir se construire – et c'est encore la plaie et le couteau : « Mon idéal d'écriture : [...] aller à contre-courant de ce qu'on est, trahir ses inspirations ; piétiner ses élans et jusqu'à ses grimaces » (*C* 14). Écrire au-delà de sa première parole, et si l'on veut contre elle, dans un dédoublement qui n'est rien d'autre que ce déséquilibre entre l'écrivain qui s'affirme et le Sujet empirique qui par là s'abolit. La *supercherie du style*, il n'y a pas alors d'étonnement à ce qu'on la retrouve dans le passage du Je au Il que Cioran, on le sait, a beaucoup pratiqué tout en notant dans le *Précis de décomposition* que « le pluriel implicite du "on" et le pluriel avoué du "nous" constituent le refuge confortable de l'existence fausse » (*Œ* 595). C'est alors le motif du masque où s'affirment aussi bien la conscience réflexive de celui qui *se crée*, mais également la nature esthétique et tout artificielle de cette création qui suscite un être heureusement faux comme l'écriture permettait tout à l'heure une vue heureusement fausse de la réalité : « La *pose tragique* ne sied qu'à une puberté prolongée et ridicule ; mais il faut mille épreuves pour en arriver à *l'histrionisme du détachement* » (*Œ* 675) [Je souligne]. Quoi que l'on fasse, on est le comédien de soi-même, car la vérité est alternativement dans le tragique et dans le détachement, et Cioran tour à tour a revêtu ces deux masques. Qu'il les avoue est une ultime marque d'ironie sans doute à l'égard de soi-même : c'est aussi l'assurance qu'une telle affectation est la seule manière finalement authentique de contresigner l'impossible adhésion *naturelle* à soi-même.

ÉCRITURE ET DÉSŒUVREMENT

La division du Sujet qui se découvre ainsi, la création de soi qu'elle signifie dans ce qui est aussi une destruction, il convient alors d'analyser le rapport de la pensée à l'écriture et de l'auteur au lecteur qu'elles supposent – et de manière générale la discontinuité de l'œuvre qu'elles entraînent. Évoquant la décision prise, durant l'été de 1947, d'écrire désormais en français, il n'est certainement pas indifférent que Cioran ait parlé de « seconde naissance » – autre forme de séparation d'avec soi. Il s'agissait naturellement de rabattre vers un passé désormais aboli le Roumain qu'il avait été – et pour une part essentielle affirmer la distance d'un désengagement dont on peut supposer qu'il visait symboliquement à effacer aussi les erreurs politiques de sa jeunesse roumaine : « Qui renie sa langue, pour en adopter une autre, change d'identité, voire de déceptions. Héroïquement traître, il rompt avec ses souvenirs et, jusqu'à un certain point, avec lui-même » (*Œ* 854). Que Cioran ait vécu le choix du français sur le mode de l'autodestruction ou de la trahison, cela bien sûr importe, et la rupture avec soi-même fut double car loin de substituer simplement une langue à une autre, il s'agissait d'abord de refuser d'être naturellement et comme inconsciemment présent à sa langue pour s'infliger l'épreuve d'écrire désormais en une autre. Et ce que la traduction tardive des premiers livres en roumain[1] a montré, c'est le passage d'une parole soulevée dans l'emportement de son flux à une écriture constamment dominée. Or cette difficulté à écrire en français que Cioran a souvent évoquée, il se pourrait qu'on ne lui ait pas prêté encore toute l'attention qu'elle requiert, car si l'on songe à la définition de la souffrance comme seule sensation d'exister, tout porte à croire que Cioran ait voulu justement *exister* par cette langue et non plus seulement être : se construire un être-écrivain qui ne coïncide pas avec son être propre, exister autrement dans la souffrance d'écrire en maintenant la langue à distance de soi – dans une relation d'étrangeté redoublée par l'écart que ce français si écrit venait délibérément ouvrir avec la langue présente.

1. A l'exception notable de *Schimabarea la fata a Romaniei*, paru en 1936 et réédité partiellement en roumain en 1990, mais jamais publié en français.

Selon son propre témoignage, en effet, c'est par la lecture des auteurs du XVIIIe siècle surtout que Cioran s'est forgé un idiome qui lui fût propre (*E* 146), et qui ne fut pas sans raison emprunté à une littérature qu'il ne sépare pas de ce moment où l'Ancien Régime s'apprêtait à sombrer dans la Révolution et dont le style fait selon lui « songer à une dégringolade *dans la perfection*, dans la non-vie » – quelque chose comme une langue morte qu'il définit précisément comme « une langue où l'on n'a pas le droit de faire de fautes » (*Œ* 1418 *sq.*). Cette réappropriation d'une langue datée, on aurait tort de croire qu'elle ait pu d'abord procéder d'une stratégie d'écrivain désireux de s'établir dans le territoire bien cadastré d'une littérature reconnue. Son œuvre entière, tout au contraire, donne à penser que le passage du roumain au français, loin de signifier une volonté parfaite d'intégration, maintenait une distance à l'égard du pays qu'il s'était choisi, et que cet idiome décalé contresignait le refus de la communauté qui travaille sa pensée, devenant pour lui le signe d'un exil intérieur : une langue d'apatride plutôt qu'une langue d'adoption. L'être-classique de l'écriture, s'il a été délibérément cultivé, semble ainsi avoir été secrètement médité comme écart, comme s'il se fût agi d'abord d'afficher un style qui nouait une manière d'écrire à une manière d'être dans une *différence* convoitée. Et le bénéfice de cette langue non contemporaine, tout en affirmant le congé de l'écrivain à son temps plaçait également son œuvre sous le signe de l'*inactuel* qui est au cœur de sa pensée, comme s'il fallait qu'il s'adressât à ses contemporains de plus loin qu'eux-mêmes.

Mais écrire ainsi dans une langue si l'on veut doublement étrangère sépare également l'écrivain de sa propre personne : manière d'ironiser encore, et d'écrire dans la volonté de se dominer dans un retour contre soi-même. Tout à l'inverse d'un ornement gracieux, le difficile travail de l'œuvre dans une facture classique ouvre ainsi une cohérence forte avec l'inadhérence maintenue face au réel. Parce que les mots sont des « semblants de réalité », ne s'y attache avec sérieux que celui qui ne croit pas au monde : « Le souci du bien-dire est l'apanage de ceux qui ne peuvent s'endormir dans une foi » (*Œ* 746). Bien dire, soulignons-le, et non pas bien penser – souci pour lui dénué de sens. Non pas bien dire pour mieux exprimer sa pensée, mais pour redoubler le semblant de réalité des mots et accroître ainsi la distance. Plus l'écriture est somptueuse, tournant son éclat loin du monde, plus elle se livre comme apparence, plus elle révèle le souhait de congédier le réel. Écrire, ainsi, c'est se séparer du monde, ouvrir à une fiction ou si l'on veut un simulacre, et ce souci de la forme n'est pas d'ordre esthétique – un désir de Littérature – mais bien plutôt ontologique s'il est vrai qu'il tourne l'écriture vers celui qui s'y livre : une manière encore d'autocréation.

Cet attachement au bien-dire se conforte sans doute à l'apparence classique de la langue ; on conçoit cependant toute la distance qu'il creuse par rapport à ce qu'il était à l'époque justement classique – pour devenir ici signe tragique. C'est pourquoi son éclat est aussi bien le piège de ce premier reflet où se sont laissé enfermer les commentateurs qui ont voulu voir en Cioran le dernier de nos moralistes – c'est-à-dire faire litière de la distance maintenue de la pensée à l'écriture, et du sens d'un pareil écart. Dès le *Précis de décomposition* de 1949, sans doute, cette écriture visiblement fait droit à la recherche d'un modèle, ou de plusieurs : le portrait dont on trouve un exemple dans « Sur un entrepreneur d'idées » (qui est en réalité une attaque contre Sartre), le petit traité, la lettre – et celle qui ouvre *Histoire et utopie* semble tout droit sortie des *Lettres persanes* – en apportent la preuve. Mais si c'est la forme du fragment qui a imposé bien plutôt la désignation de moraliste, on en a sans doute majoré l'importance – elle ne représente guère que le tiers de l'œuvre française – et détourné parfois la signification. Le fragment, en effet, s'établit chez Cioran du côté de l'aphorisme : il congédie l'équilibre de la maxime, sa clôture sur des éléments solidaires, symétriques ou antithétiques ; l'affirmation se substitue à la définition, la clarté se dissipe au profit d'une densité qui souvent ne va pas sans opacité, le fragment maintient sa rupture ouverte. Et s'il fallait ici rechercher un modèle, tout porte à croire que ce n'est pas chez La Rochefoucauld qu'on le trouverait, mais plutôt chez Chamfort, comme Cioran Sujet séparé et contradictoire, cynique à l'occasion, qui, substituant lui-même à une maxime désormais dépassée des anecdotes, des aphorismes, et ce que Camus appelle « des traits, des coups de sonde, des éclairages brusques »[1], fait déjà droit à la modernité de l'énonciation subjective qui s'annonce par ailleurs dans les *Carnets* de Joubert. Pour le reste, même si Chamfort importe aussi par la conscience qu'il a eue d'être à la fin d'un monde et au commencement d'un autre, par l'ouverture ainsi de sa pensée sur l'Histoire, joindre Cioran à la lignée des moralistes, fût-ce les plus tardifs de l'âge classique, c'est oublier la radicale rupture de sa pensée avec la leur et surtout que la fonction de l'écriture est tout autre dès lors que le fragment, après l'entrée en force de la subjectivité romantique, n'est plus seulement une forme esthétique, mais une forme existentielle.

1. *Introduction aux « Maximes » de Chamfort,* in *Essais*, éd. citée, p. 1101.

Une évolution, d'autre part, s'est fait jour et après les premiers volumes d'après guerre, une libération s'est opérée, que révèlent sans doute une écriture plus souple, un Je parfois plus affiché, une place croissante accordée aux simples choses vues (ou entendues), aux petits faits et si l'on veut aux *realia* modernes. Tout se passe d'ailleurs comme si Cioran avait pour lui-même pris conscience de ce qu'il énonce de manière générale dans *De l'inconvénient d'être né* : que le meilleur d'un esprit libre n'est pas dans ses ouvrages, mais plutôt « dans ces confidences où, dégagé de ses convictions ou de ses poses, comme de tout souci de rigueur ou d'honorabilité, il étale ses faiblesses. Et où il fait figure d'hérétique par rapport à lui-même » (*Œ* 1335). Affirmation remarquable qui reconduit une fois encore la division contre soi-même, le goût de l'autopunition et un certain retournement – c'est l'hérésie – par rapport à la volonté de se construire une figure dans *l'histrionisme du détachement*. On ne peut alors se retenir de considérer qu'une telle réflexion s'affirme solidaire de sa propre pratique des *Cahiers* qui, tenus de 1957 à 1972, s'interrompent précisément au moment où paraît *De l'inconvénient d'être né* – et ces quinze années d'écriture privée ont à coup sûr pesé sur cet infléchissement de l'œuvre d'une tonalité générale à une résonance plus singulière, et à tous égards plus ouverte.

Mais tournée contre soi, l'œuvre de Cioran l'est aussi bien *vers soi*, et c'est ce qui retient encore d'en faire trop aisément un moraliste. L'apparence classique est sans doute un effet de surface recherché, mais il s'affiche bien trop visiblement comme tel pour ne pas être le signe également d'autre chose que nous donnent justement à comprendre diverses notes où il commente l'œuvre des moralistes. Lorsqu'il remarque ainsi dans les *Cahiers* que leur grand art « est de savoir parler de soi sur un ton impersonnel » (*C* 131), nul doute que ce ne soit la concertation de son propre art d'écrire qui se trouve ici affirmée et que le véritable modèle qu'il a sans doute trouvé chez quelques-uns d'entre eux – à moins qu'il ne l'y ait aussi projeté – soit dans ce dépassement de soi et dans cet artifice d'une subjectivité voilée qui précisément lui permet d'accéder, on l'a vu, au bonheur d'une existence fausse. Car ce que le lecteur pouvait aisément soupçonner et dont la lecture parallèle des *Cahiers* et des *Œuvres* impose désormais l'évidence, c'est que l'énoncé qui universalise n'est que l'apparence dont Cioran ne cesse de couvrir ses pensées les plus singulières. Détachement qui pour une part relève du masque par quoi l'on se domine, pour une autre de l'inactuel, non de l'universel qui lui est étranger : l'écriture est d'abord tournée vers lui-même.

Elle s'attache également à lui-même, et c'est une fois encore la dépendance de sa nature : « Je n'ai envie d'écrire que dans un état explosif, dans la fièvre ou la crispation, dans une stupeur muée en frénésie, dans un climat de règlement de comptes où les invectives remplacent les gifles et les coups. [...] Je n'ai pas écrit une seule ligne à ma température normale » (*Œ* 1625). Si l'écriture s'arrache ainsi sur un ennui d'ordre métaphysique qui est l'autre nom du désœuvrement, si elle est donc essentiellement rupture et rébellion soudain ouverte, la difficulté d'un pareil aveu se resserre tout entière dans l'écart entre cette violence première et la perfection de la forme. Ce soulèvement premier affirme bien, sans doute, que l'écriture reste nouée au travail de la négation et à la dépendance du corps dont la température a soudainement monté. Mais de la violence initiale à cette forme d'apaisement qu'est l'accomplissement de l'écriture, le passage – mieux encore l'avancée – dit la quête d'une délivrance toujours convoitée : la destruction doit se faire création. L'écriture un moment libère par la distance même qu'elle impose à l'égard de son commencement – après quoi surgira l'exigence d'un nouveau fragment : d'où le *ressassement* qui ne se découvre pas seulement dans quelques idées-forces qui ne cessent de trouer les contradictions mais aussi bien dans la *reprise* d'une forme brève sinon constamment fragmentaire. La même tension qui s'affirme dans le rapport au monde se retrouve dans l'écriture qui pour un moment la surmonte et l'être-classique de la langue construit l'œuvre dans une relation encore ironique, en retournant contre la violence qui l'a fait naître l'accomplissement d'une forme qui en est le congé.

Si donc Cioran a naturellement pratiqué – c'est même la majeure partie de son œuvre – des formes brèves mais continues qui excèdent le fragment, tout porte à croire pourtant qu'il n'a pas cessé d'établir la vérité du côté de l'humeur présente et qu'aucun prolongement n'adultère. Lorsqu'en 1970 il projette de faire « un livre composé de fragments, de notes, d'aphorismes » qui sera sans doute *De l'inconvénient d'être né*, il précise en effet que « cette formule est plus près de ma nature, de mon goût pour l'inachevé, *bien dit*, que ces essais élaborés où il faut maintenir une apparence de rigueur aux dépens de la vérité interne » (*C* 690) [Je souligne]. Placer la vérité du côté du fragment, c'est ainsi refuser d'y voir, comme beaucoup d'autres écrivains, une forme mineure dans son inachèvement coupable ; c'est étroitement nouer une manière d'être et une manière d'écrire ; c'est affirmer enfin que l'inachevé du fragment est du côté d'une pensée qui se refuse à poursuivre, et que le *bien-dire* accorde au contraire à la forme quelque chose comme une perfection ouverte : un achèvement, sans doute, qui parfois prend la forme de l'aphorisme, et dans sa fermeture contresigne la distance avec le premier moment d'une pensée rompue aussitôt que surgie.

C'est pourquoi tout se passe comme si le fragment se trouvait pris entre deux ruptures. S'il s'éloigne en effet de ses naissances latentes, dans cet écart ne se découvre pas seulement la distance prise avec un soulèvement premier, mais aussi bien – Cioran l'a reconnu (*E* 51 *sq.*) – une amputation qui, dans le procès de la pensée, ne conserve que le résultat. Le fragment vaut ainsi par la provocation de son interruption qui peut opacifier le sens, et l'appel vers d'autres fragments qui viendront indirectement l'éclairer dans un réseau toujours ouvert. Lui-même l'a dit : entre ceux qui s'attachent à une pensée continue, et ceux qui visent à l'expression finale, « j'ai toujours incliné vers ces derniers, vers un Chamfort, un Joubert, un Lichtenberg, qui vous donnent une formule sans vous révéler le chemin qui les y a conduits » (*Œ* 1587). Mais s'il efface ainsi son origine, le fragment n'est pas non plus le germe de ce qui pourrait se développer et dédaigne de le faire ; il maintient au contraire vers sa fin une seconde rupture pour conserver la pointe légère de ce qui blesse sans s'attarder : « L'ironie, cette impertinence nuancée, légèrement fielleuse, est l'art de savoir s'arrêter. Le moindre approfondissement l'anéantit. Si vous avez tendance à insister, vous courez le risque de sombrer avec elle » (*Œ* 1712). Si formellement achevé qu'il puisse paraître, le fragment reste ouvert sur la disparition de son avant et l'arrêt devant son après, mais la prudence de briser assez tôt, là encore, n'est nullement esthétique : elle est bien tournée vers l'auteur qui mesure le péril de *sombrer avec elle*. C'est le bon usage du fragment.

L'œuvre ainsi n'est pas réductible à une quelconque unité, parce que son auteur lui-même n'est pas un, mais toujours autre et déplacé, jusqu'à ne plus se reconnaître dans telles affirmations antérieures. Cette rupture du Sujet avec soi, le fragment la mime et révèle au plus près, de telle sorte qu'une adéquation se fait jour entre une approche du monde qui ne rencontre jamais la plénitude d'un attachement constant, et la forme d'une écriture que Cioran n'entend pas attacher – même s'il y a parfois sacrifié – à l'illusion du *legato*. Dans l'un et l'autre cas s'affirme une même dislocation, une même rupture du lieu où l'on pourrait être à demeure dans le confort d'un rapport harmonieux : l'écriture ne doit pas devenir une patrie. L'évidence s'impose à nouveau que l'autocréation chez Cioran ne s'est jamais inscrite dans un devenir-écrivain qui prendrait une mesure sociale, ni dans le projet d'une œuvre qui eût été le tout d'une existence, et l'on peut certainement y voir une pratique mélancolique encore où l'exaltation ne dure pas sans appeler bientôt l'abattement et où s'affirme par conséquent l'inadhérence du Sujet à lui-même : d'où cette définition de l'aphorisme comme « triomphe d'un moi désagrégé » (*Œ* 1706) qui évoque à nouveau l'esthéticien de Kierkegaard. Le fragment dit la discordance intime et c'est pourquoi la césure de sa brièveté n'immobilise pas le temps sur une éternité contenue comme il advient dans les poèmes de Char et ne fait pas non plus de l'aphorisme, comme Nietzsche le voulait, une forme d'éternité, mais au contraire la marque d'une coupure qui entame la durée. Une parfaite adéquation s'établit donc entre l'écriture brève et le sentiment profond que la liberté est dans le refus de s'asservir au temps, et le fragment à cet égard est tout entier légitimé par ces lignes du *Précis de décomposition* qui reconduisent le privilège du commencement et de la fin que nous avons vu au sujet de l'Histoire : « Je n'aime que l'irruption et l'effondrement des choses, le feu qui les suscite et celui qui les dévore. La durée du monde m'exaspère ; sa naissance et son évanouissement m'enchantent » (*Œ* 690) – et l'acte d'écrire, ainsi, est doublement marqué par la puissance vitale de sa naissance et l'apaisement au contraire létal de sa fin.

Étroitement nouée à ce travail de délivrance, l'écriture est donc une éthique. Écrire, c'est œuvrer contre soi pour s'élever au-dessus de soi : se créer un Moi supérieur aussi bien que détaché du monde. C'est bien pourquoi lorsque Cioran note à propos de La Rochefoucauld : « J'aime chez lui cette amertume qui devait être constante, quotidienne pour avoir à tel point imprégné sa pensée. Ensuite quelle délicatesse de tour, quel soin à ennoblir par la forme une bile si ostensible. Je ne prise rien tant que l'amertume *élégante* » (*C* 554), il nous faut sans doute bien comprendre que l'amertume n'est pas élégante, mais le devient seulement lorsqu'elle est surmontée dans cette délicatesse qui l'ennoblit – un sourire élevé au-dessus du désastre. Reste qu'ici encore c'est aussi bien lui-même que Cioran découvre chez l'auteur des *Maximes*. Car ce qui pouvait se penser chez La Rochefoucauld sur le mode de la socialité s'affirme plutôt chez lui sur le mode de la séparation : ce que la maxime supposait de jeu mondain s'abolit, et l'élégance procède moins du désir d'offrir un livre *poli* que du besoin de se guérir de soi. Car si l'œuvre demeure l'*expression* de son humeur, c'est précisément qu'elle l'exprime, la projette hors de lui afin de l'en délivrer : l'élégance de l'amertume consiste à se couper de son commencement pour se porter vers une fin qui la *contient* et l'outrepasse.

L'essentiel est ainsi que chez celui qui n'a cessé de se définir comme un penseur privé plutôt que comme un écrivain, l'œuvre entière s'établit en deçà de la Littérature, et ne s'ouvre à elle que dans le geste d'une publication seconde : « Il ne faudrait jamais écrire pour *faire* un livre, c'est-à-dire qu'il ne faut pas écrire avec l'idée de s'adresser aux autres. Il faut écrire pour soi-même, un point c'est tout. Les autres ne comptent pas. Une pensée ne doit s'adresser qu'à celui qui la conçoit. C'est là la condition indispensable pour que les autres puissent avec fruit se l'assimiler, se la faire leur vraiment » (*C* 347). Théorie, on le voit, de la double détente : on ne touche l'autre que dans la mesure où on ne s'adresse pas à lui, dans la mesure par conséquent où la différence avec lui est ce qui provoque la réappropriation. Ce refus de tout plain-pied avec le lecteur ne reconduit pas simplement le refus de la communauté : il inscrit également Cioran dans cette lignée d'écrivains où s'affirme la prééminence du Je et qui, de Montaigne à Valéry, ne rendent publique une écriture privée que dans une sorte d'essentiel après coup. Nulle surprise par conséquent si la communication littéraire chez Cioran est toujours indirecte, ou si l'on veut brouillée : par l'apparence classique qui recouvre le soulèvement premier, par le refus d'offrir le parcours entier de la pensée, par le mélange de la plaisanterie et du sérieux, par des affirmations, enfin, où se généralise ce qui n'est en fait qu'une subjectivité masquée. Si dans le même temps Cioran n'a cessé de penser que la fonction d'un livre est d'ébranler, voire de blesser, on peut sans doute y voir d'abord une contradiction ouverte avec ce congé donné au lecteur ; on peut cependant y trouver l'assurance que si un livre ne peut toucher l'autre que dans la mesure où on l'a d'abord écrit pour soi-même, c'est qu'au-delà des différences qui se préservent entre les hommes, le lecteur saura retrouver dans l'auteur le drame individuel qui porte seul en lui l'universel : le semblable y reconnaît alors sa blessure. Écrire pour les autres, ce serait courir le risque de dénouer le livre de l'expérience qui la gouverne : les oublier, c'est ne retenir au contraire que ce qui essentiellement les rapproche de l'écrivain.

Or cette écriture tournée vers lui-même et dont on pouvait croire qu'elle lui était indispensable s'est néanmoins interrompue. Cioran a en effet cessé d'écrire en 1990, plusieurs années avant la maladie qui l'eût privé de poursuivre, et si une telle décision d'une certaine manière appartient à son œuvre, c'est qu'elle permet aussi d'en éclairer le sens. Évoquant cette interruption dans un entretien de 1992, il affirme n'en pas concevoir la raison : « Je ne sais pas du tout comment ça s'est passé »

(*E* 281). Tout porte à croire pourtant qu'une évolution s'est fait jour et que, de 1957 à 1972, l'écriture des *Cahiers* a témoigné d'une crise, c'est-à-dire d'un changement de régime qui, de plus en plus difficilement, arrache l'œuvre au désœuvrement et à ce que Cioran retourne contre lui sous le nom de stérilité. Or si l'écriture, on vient de le voir, n'a cessé, dans son incessante reprise, de s'enlever sur un fond d'ennui, la question de ce silence final est aussi celle de ce désœuvrement dont on peut se demander s'il fut conquis dans une libération accomplie – car Cioran n'a cessé de définir l'écriture comme autothérapie (*C* 432) – ou s'il fut au contraire subi. Tout le prix des *Cahiers*, dans cette perspective, est qu'ils se donnent à lire comme un symptôme et comme un diagnostic. Comme un symptôme s'ils affirment, par le relais d'une écriture intime moins surveillée, la difficulté même d'écrire, et du coup la facilité qu'il y aura à composer un livre à partir de ces simples notes dont le moteur n'est pas nécessairement l'indignation[1]. Comme un diagnostic d'autre part si ce moindre désir d'écrire justement s'analyse dans les *Cahiers* – selon un double protocole. Celui d'abord de l'apaisement subi – et paradoxalement souffert – comme le donne à comprendre une note de 1962 : « Depuis que j'ai perdu le goût de la déclamation ou de la diatribe, écrire est pour moi un supplice » (*C* 98). Celui ensuite de l'apaisement conquis, lorsque Cioran évoque, le 3 octobre 1966, une conversation où il avoue devant Beckett : « Je suis devenu *mon* disciple. Et [...] si je voulais redevenir écrivain il me faudrait faire le chemin inverse de celui que j'ai parcouru » (*C* 413) – et revenir à l'inapaisement.

Être devenu son disciple, c'est ne plus être celui qu'on était – un Sujet divisé – et reconnaître à l'écriture le bénéfice d'une délivrance. Mais c'est ouvrir aussi une nouvelle séparation d'avec soi – et peut-être aussi douloureuse que l'autre : à force de se créer comme comédien de soi-même dans l'*histrionisme du détachement*, Cioran aurait fini par devenir ce Sujet détaché qui coïncide avec son masque – mais un masque aussi bien désormais mortuaire si renoncer à écrire c'est se renoncer soi-même comme être divisé, et donc indélivré, pour accéder à une indifférence létale plutôt qu'à une vraie coïncidence avec soi qui se dirait dans

1. Il note en 1971 : « J'ai décidé de rassembler les réflexions éparses dans ces 32 cahiers » (*C* 949). Le projet n'a pas abouti sous cette forme, mais on trouve par exemple dans *Écartèlement*, paru en 1979, des fragments des *Cahiers* plus ou moins transformés. Une note de 1966 : « Un livre doit remuer des plaies, en susciter même. Il doit être à l'origine d'un désarroi *fécond* ; mais par-dessus tout un livre doit être un *danger* » devient ainsi : « Un livre doit remuer des plaies, en provoquer même. Un livre doit être un *danger* » (*Œ* 1444).

l'accomplissement d'un silence qu'aucune œuvre jamais n'eût rompu, un silence où se découvrirait le pur bonheur de n'être pas, ce que Cioran appelle *la volupté de ne pas naître*. C'est bien pourquoi tout porte à croire que ces propos tenus à Beckett, il faille y voir plutôt toute la souffrance de l'ironie ou l'élégance encore de l'amertume qu'il y aurait à ne plus écrire, car peu de temps après, reprenant la même expression : « Je suis devenu mon disciple », Cioran ajoute : « Et cependant, tout ce que j'ai appris, tout ce que je sais, aurait conduit un autre droit à la plénitude, à *la plénitude du vide*, c'est-à-dire à la sagesse » (*C* 459). Un autre – et non lui-même. L'écriture affirmait la rébellion première : l'éloignement de la rébellion est celui de la vie elle-même.

Car cet éloignement ne s'est pas accompli sans crise, je veux dire sans la tentation maintenue d'écrire, et c'est le sens même de l'œuvre qui vient ainsi se jouer dans ce qui se dessine – au-delà du *supplice* d'écrire – comme la souffrance égale qu'il y aurait à *ne plus écrire*. Comme si Cioran, loin d'être devenu son disciple, se tenait encore à distance de soi, et qu'il fallût poursuivre sans en éprouver le besoin, pour continuer à être celui qu'il était. C'est ce que donne à penser une note de décembre 1969 – trois ans, donc, après les propos tenus à Beckett : « Je vais m'accrocher à ces cahiers, car c'est l'unique contact que j'aie avec l' "écriture" » (*C* 657). On peut y retrouver sans doute l'ambivalence maintenue de son être-écrivain tendu entre un refus méprisant de participer à tout jeu littéraire et la volonté cependant de s'affirmer par une œuvre qui effacerait à ses yeux le sentiment d'être un vaincu de l'existence. Mais l'ambivalence peut se lire aussi d'une seconde manière, et sans doute plus profonde : le désœuvrement croissant dont l'aboutissement, dans les dernières années, fut la décision de ne plus écrire serait l'ajour d'une sagesse enfin conquise qui justifierait le travail d'une œuvre d'abord tournée vers soi-même, lui donnerait finalement son sens et en affirmerait la réussite ; mais dans ce silence même on peut voir aussi s'abolir l'indélivrance et la souffrance où s'affirme la sensation d'exister dans une sagesse refusée : l'écrivain silencieux serait simplement devenu un être pour la mort qui, quoique indélivré, s'éloignerait simplement de la vie dans la douleur de ne plus écrire. Rendre Cioran à sa vérité, c'est alors le laisser à cette ultime division, à cette indécision du sens, comme si ces deux lectures ne pouvaient être séparées – ni davantage réconciliées.

Table des matières

PERSPECTIVES LITTÉRAIRES

COLETTE ARNOULD
La satire, une histoire dans l'histoire

JEAN-LOUIS BACKÈS
Musique et littérature

BERNARD BEUGNOT
Le discours de la retraite au XVIIe *siècle*

ÉLISABETH BOURGUINAT
Le siècle du persiflage (1734-1789)

EMMANUEL BURY
Littérature et politesse

JEAN-CHARLES DARMON
Philosophie épicurienne et littérature au XVIIe *siècle en France*

LOUIS VAN DELFT
Littérature et anthropologie

PIERRE FRANTZ
L'esthétique du tableau dans le théâtre du XVIIIe *siècle*

JEAN-MARIE FRITZ
Le discours du fou au Moyen Age

VALÉRIE GALENT-FASSEUR
L'épopée des pèlerins

ANDRÉ GENDRE
Évolution du sonnet français

MICHEL JARRETY
La morale dans l'écriture : Camus, Char, Cioran

HENRI LAFON
Espaces romanesques du XVIIIe *siècle*

GÉRALDI LEROY, JULIE BERTRAND-SABIANI
La vie littéraire à la Belle Époque

CHRISTINE MARCANDIER-COLARD
Crimes de sang et scènes capitales

DIDIER MASSEAU
L'invention de l'intellectuel dans l'Europe du XVIIIe *siècle*

DANIEL MÉNAGER
La Renaissance et le rire

CLAUDE MILLET
Le légendaire au XIXe *siècle*

GEORGES MOLINIÉ, ALAIN VIALA
Approches de la réception

FRANCINE MORA-LEBRUN
L' « Énéide » médiévale et la naissance du roman

FRITZ NIES
Imagerie de la lecture

ARNALDO PIZZORUSSO
Éléments d'une poétique littéraire au XVIIe *siècle*

DOMINIQUE RABATÉ
Figures du sujet lyrique

ARMAND STRUBEL, CHANTAL DE SAULNIER
La poétique de la chasse au Moyen Age

JÉRÔME THÉLOT
La poésie précaire

FRIEDRICH WOLFZETTEL
Le discours du voyageur

Imprimé en France
Imprimerie des Presses Universitaires de France
73, avenue Ronsard, 41100 Vendôme
Janvier 1999 — N° 45 809